Jürgen König

Das Hintertürl zum Paradies

Roman

rosenheimer

Neuausgabe

Titelbild: Ernst Wrba, Sulzbach/Taunus
Satz: Buch-Werkstatt GmbH, Bad Aibling
Druck und Bindung: Oldenbourg Taschenbuch GmbH,
Hürderstraße 4, D-85551 Kirchheim

ISBN: 3-475-53495-9

1

Alles war ziemlich merkwürdig an diesem Tag. Die Menschen im Dorf benahmen sich sonderbar, waren aggressiv und gereizt. Der Bauer Lehmann, sonst ein friedfertiges, phlegmatisches Mannsbild, kochte vor Erregung und wusste nicht, weshalb. Die Höck Maria, die Spechtinger Wirtin, stand weinend vor dem großen Küchenherd, weil ihr die Semmelknödel bereits zum dritten Mal zu matschigem Brei zerfallen waren; dass ausgerechnet ihr das passieren musste!

Es war Hochsommer, und über Spechting lag eine unheimliche Stimmung. Der Himmel wölbte sich nicht wie sonst, er hing schwer und schweflig über dem kleinen Kessel, in dem sich, entlang der Dorfstraße, ein Dutzend Bauernhöfe duckte. Ein Unwetter zog auf. Es kam vom Tegernsee herüber, einer Gegend, aus der ohnehin selten Gutes kam. Kein Windhauch regte sich. Hunderte von Schwalben segelten wie irr an den Hausmauern entlang, und ihre eifrige Geschwätzigkeit steigerte sich zu einem panischen Geschrei. Drei, vier von ihnen klatschten im Sturzflug gegen Mauern und Fensterscheiben und blieben tot oder benommen auf dem Pflaster vor der Wirtschaft liegen. Der Höck Lukas, sonst so vernarrt in seine Kälber und Kühe, drosch wie von Sinnen mit einem Haselnussstock auf die Tiere ein, um sie in den schützenden Stall zu treiben; nie zuvor hatte er sein Vieh so geschunden.

Obwohl es erst kurz vor sieben war, brannte in der Wirtsstube schon Licht. Am Stammtisch hockten der Springer Marinus, ein Bauer aus Seiling, der Wegscheider Martl, ein derber, knöcherner Einödler, und der Limmer Georg, der »Stadtfleck«, der sich im Laufe der letzten beiden Jahre in Spechting eine kleine Landwirtschaft aufgebaut hatte und so recht und schlecht über die Runden kam. Die drei hatten sich nicht viel zu sagen und nippten lustlos an ihren Biergläsern; von Zeit zu Zeit stand einer von ihnen auf, ging zum Fenster und blickte sorgenvoll zum Himmel. Der Wegscheider Martl stützte seinen Kopf in die Hände und sagte: »Dös schaugt ganz nach Hagel her, Kruzefix, kruzefix!«

»Oda d' Welt geht unter«, gab der Springer Marinus zu bedenken, und obwohl er sich bemühte, gleichgültig zu scheinen, tanzten seine Finger unaufhörlich um die Glieder der silbernen Uhrenkette herum.

»Vielleicht verzieht sich's wieder«, gab der Limmer Georg mit einem Anflug von Hoffnung zu bedenken.

»Freilich verzieht sich's wieder«, grantelte der Wegscheider, »irgendwann verzieht sich's immer. Aba zuvor haut's uns dös ganze Zeug z'amm.«

Der Wegscheider stand auf, steckte seinen Kopf in die Kuchl und sagte zur Höck Maria, seiner Schwester: »I muaß hoam. Schreib auf, was i g'habt hab. Zahl'n tu i nix, weil i koa Geld net dabei hab.«

»Geh, Martl! Wart halt, bis dös Wetter vorbei is«, mahnte die Maria.

»Nix da. I muaß hoam, bevor mei Viech narrisch

werd.« Und mit Riesenschritten verließ der Wegscheider die Wirtsstube, warf seinen Traktor an und tuckerte die Dorfstraße hinunter. Der Limmer und der Springer sahen ihm nach, bis er hinter einem Hügel verschwunden war.

Fast gleichzeitig zuckten zwei, drei grelle Blitze, gefolgt von ohrenbetäubendem Donner. Das Licht flackerte, erholte sich noch einmal ganz kurz und erlosch dann endgültig; der Blitz hatte eine Stromleitung getroffen. Und als sei dies das Signal zu Schlimmerem, schlug der Hagel los. Taubeneigroße Schlossen trommelten auf die Häuser, Dachplatten platzten wie Bratäpfel, Fensterscheiben zersplitterten, und eine Henne, die es nicht bis zum Stall geschafft hatte, wurde von einem Eisklumpen glatt erschlagen. Ein orkanartiger Sturm heulte um die Hausecken, Bäume wurden von dem Trommelfeuer der Hagelschlossen kahl rasiert, und binnen Minuten stieg auf der Dorfstraße das Eis knöchelhoch. In den Ställen brüllte das Vieh, die Kanaldeckel am Straßenrand schienen überzukochen. Das Dorf brodelte wie in einem Hexenkessel.

Inzwischen hatten sich der Höck Hiasl, der Wirt, und sein Sohn, der Luk, zum Limmer Georg an den Stammtisch gesetzt. Die Höck Maria hatte ein paar Kerzen angezündet; im flackernden Licht schimmerten die Gesichter der Männer grau und hohl. Der Springer Marinus stand mit weit aufgerissenen Augen am Fenster und schrie unentwegt: »Himmelherrgottsakra! Mei Treibhaus! Meine Kohlrabi! Meine Tomat'n! Meine Radieserl! Alles hin! I muaß hoam! Ach was – is eh scho z'spät. Huren-Hagel, varreckta!«

Erst im Frühjahr hatte er sich hinter seinem Hof ein

großes Treibhaus gebaut, ganz aus Glas. Mehr als ein Scherbenhaufen war inzwischen wohl nicht mehr übrig davon. Der Luk ging in den Stall, um das Vieh zu beruhigen; vor allem wollte er sich um den Stier kümmern, den der Höllenspektakel fast um sein bisschen Verstand brachte. Er stampfte und zerrte an der Kette, dass das Holz ächzte. Auch der Limmer Georg fühlte sich gar nicht wohl in seiner Haut. Um Max und Moritz, seine beiden Haflinger-Hengste, war ihm nicht bange; die beiden hatten Nerven wie Drahtseile. Desto mehr sorgte er sich um die zehn Schafe und um Anna, die sensible Ziege. Die fünf Schweine würden sich zwar gleichfalls höllisch ängstigen, aber in ihrem Bretterverschlag waren sie gut aufgehoben. Doch Rocker, dieser Teufel von einem Stier, der mit seinen 18 Monaten mitten im schlimmsten Flegelalter war und schon Terror machte, wenn die Kreissäge einmal länger lief, als ihm passte, der würde es wohl schaffen, die sechs Kühe verrückt zu machen. Dem Limmer brannte der Hintern. Am liebsten wäre er aus der Wirtschaft gestürmt. Es waren knapp 200 Meter bis zu seinem Hof, den er im niederprasselnden Hagel wohl nicht ohne Schaden erreichen würde. Jetzt das Haus zu verlassen, war lebensgefährlich. Ein einziger dieser höllischen Tennisbälle hätte ihm den Schädel einschlagen können. Also blieb nur die Hoffnung auf ein baldiges Ende des Unwetters.

Nach gut 20 Minuten war der Spuk vorbei. Zwar zuckten immer noch Blitze am inzwischen tiefschwarzen Himmel, aber der Hagel hatte aufgehört; dafür goss es in Strömen. Der Limmer starrte aus dem Fenster. Die Obstbäume in seinem Garten standen nackt da, als wäre ein Insektenschwarm über sie hergefallen. Apfelmus und Zwetschgenmarmelade konnte er für dieses Jahr wohl vergessen. Er bezahlte sein Bier, nahm noch einen doppelten Obstler mit auf den Weg und wollte gerade die Wirtschaft verlassen, als ein Traktor die Dorfstraße herunterkam. Es war der Wegscheider Martl, den alle schon längst zu Hause vermutet hatten. Die Windschutzscheibe hatte er geschlossen, und das Kabinendach fehlte, weil es im Sommer wegen der Hitze meistens abmontiert wurde. Auf den immer noch taubeneigroßen Hagelschlossen, mit denen die Straße gepflastert schien, schlitterte das schwere Fahrzeug von einer Straßenseite auf die andere. Hinter der regennassen Scheibe, über die der Wischer hin- und hertanzte, kauerte schemenhaft der Wegscheider. Irgendetwas stimmte nicht.

Jetzt hatte er die Wirtschaft erreicht, und als der Limmer Georg an den Traktor herantrat, kippte der Wegscheider über das Lenkrad. Und da sah der Limmer, dass der Martl aus mehreren Kopfwunden blutete, und auf den Handrücken hatten sich dunkle, blutunterlaufene Flecken gebildet. Dem Limmer wurde ganz anders.

»He! Luk! Maria! Schnell, helft's mir. Der Wegscheider blutet wie a abg'stoch'ne Sau.« Und während er den Wegscheider festhielt, wartete er auf Verstärkung.

»Ja um Gott's will'n, Martl! Lebst denn überhaupts no«, kreischte die Maria, und mit Hilfe des Lukas hob der Limmer den Martl vom Fahrersitz. Er war bewusstlos, über sein blasses Gesicht rannen kleine Blutbäche, seine Haare waren verklebt. Behutsam legten sie ihn auf einen Diwan im Nebenzimmer. Die Maria holte eine Schüssel mit warmem Wasser und ein sauberes Tuch, wusch dem verletzten Martl das Gesicht ab und reinigte seine Kopfwunden.

Jetzt kam wieder Leben in das ausgemergelte Bauerngesicht. Der Wegscheider schlug die Augen auf, und das Erste, was er sagte, war: »Kruzefix, Kruzefix.«

»So schlimm kann's net sei. Er fluacht ja scho wieda«, sagte die Maria erleichtert. Auch wenn sie ihren Bruder sonst wegen seiner derben Flüche oft zur Ordnung rief, jetzt war sie froh drum, dass er sein Maul überhaupt wieder aufmachte.

»Was is 'n passiert, Martl?« wollte der Luk wissen.

Der Wegscheider verzog sein Gesicht, fasste sich mit den Händen ganz vorsichtig an seine malträtierte Kopfschwarte und jammerte:

»Mei oh mei. Der Huren-Hagel hat mi dawischt. Bevor i vo meim Traktor obakemma bi, hat's mi vo ob'n dawischt. Als ob's mia an Sack Stoana auf 'n Schädl schmeiß'n, genau so war's.«

Der Lukas lud seinen Onkel gleich ins Auto und fuhr mit ihm nach Miesbach zum Doktor Hochbichler. Der zählte fünf Treffer und flickte mit ebenso vielen Nähten den zerschundenen Schädel wieder zusammen. Dann verordnete er dem Wegscheider strenge Bettruhe, weil er auch eine leichte Gehirnerschütterung abbekommen hatte, und entließ ihn mit den besten Wünschen für eine schmerzfreie Nacht.

Doch der Martl wäre keiner derer von Wegscheid gewesen, wenn er sich nach diesem Erlebnis folgsam ins Bett gelegt hätte; vielmehr verordnete er sich seine eigene Kur, und zwar im Spechtinger Wirtshaus. Wenigstens zwei doppelte Obstler schienen ihm nach all der

Aufregung angebracht. Dann ging er zum gemütlichen Teil über und bestellte ein Bier und eine anständige Brotzeit. Auf seinem Kopf leuchtete ein blütenweißer Verband, und als ihm die Maria einen Teller mit vier dampfenden Regensburgern und Kraut hinschob und dabei mit derber, aber aufrichtiger Geschwisterliebe sagte: »Da friss, dass d' was wirst. Nix bist ja scho«, da lächelte der Martl, obwohl sein Schädel höllisch wehtat. Auch seine von den Hagelkörnern malträtierten Hände konnte er nicht mit dem Geschick gebrauchen, das beim Abhäuten der dicken Würste vonnöten gewesen wäre. So zog Maria für ihn die Wursthaut ab, schnitt kleine, mundgerechte Stücke, und der Martl saß da wie ein Kind, das ungeduldig auf die Fütterung wartet.

Der Regen hatte nachgelassen, auf der Straße und in den Wiesen schmolzen die Hagelkörner, und im Westen leuchtete die Sonne blutrot über die grünen Hügel.

Plötzlich stach ein wild gezackter Blitz aus einer der letzten schwarzen Wolken. Im Wirtshaus erschraken alle, weil das Gewitter längst vorbei zu sein schien. Es war, als hätte irgendjemand aus Versehen auf einen falschen Knopf gedrückt. Und nur einen Wimpernschlag später dröhnte ein furchtbarer Schlag in die Stille. Die Dorfstraße, die bis hinauf zur Kirche führte, wurde mit diesem letzten Donner in ein grelles, unnatürliches Licht getaucht. In der immer noch feuchten Luft waberten Flammen, schlugen immer höher auf und wurden rot. Ein Hof brannte.

Die Leute in der Wirtschaft stürzten ans Fenster. Auch wenn der Wegscheider es nicht herausgebrüllt hätte, der Limmer Georg sah selbst, wo der Blitz eingeschlagen hatte.

»Mein Hof brennt!«, schrie er wie von Sinnen. Und vom Fenster der Wirtschaft aus drang ihm der Feuerschein wie die Weißglut von Lava in die Augen. Er presste sein Gesicht gegen die kühle Scheibe und krallte sich mit beiden Händen an den Vorhängen fest.

»Bei mir brennt's«, schrie er noch mal und merkte nicht, dass alle anderen bereits ins Freie gestürzt waren. Wie gelähmt hing er an den Vorhängen, und ruckweise platzte eine Schlaufe nach der anderen von der Vorhangstange. Er war wie hypnotisiert. Sterne und flammende Kreise tanzten vor seinen Augen, er spürte, wie alle Kraft aus seinen Beinen wich, ohne dass er es hätte verhindern können.

»Mein Hof brennt, jetzt ist alles aus«, flüsterte er. Er hätte gerne weiter geschrien, aber es reichte nur noch zu einem kläglichen Wimmern.

Plötzlich packte ihn jemand am Arm. Es war der Lukas, sein bester Freund:

»Girgl! Herrgott, Girgl! Komm schnell! Dei Viech muaß außa!«

Und wie geistesabwesend stammelte der Limmer Georg:

»Ja freilich. Das Vieh. Das Vieh muss raus.«

Der Luk zerrte ihn die Dorfstraße hinauf, und der Limmer stolperte, stürzte, rappelte sich mit der Hilfe seines Freundes wieder auf und keuchte: »Das Vieh! Es verbrennt! Die Rösser! Der Stier! Sie verbrennen!« Der Lehmann Hubs, Maschinist der Feuerwehr, hatte bereits den kleinen Spritzenwagen aus der Garage gezogen und hinter den Traktor gekoppelt. Bald schoss aus zwei Schläuchen Wasser in die knatternden Flammen. Das Wohnhaus, auf das der Limmer immer so stolz gewesen war, weil es das älteste im Dorf und ganz aus Holz gebaut war, stürzte krachend zusammen. Die 300 Jahre alten Balken brannten wie Zunder. Vom rückwärtigen Teil des Gebäudes aus, wo im Untergeschoss das Vieh untergebracht war, und oben von der Tenne, wo das Heu lagerte, versuchten der Wegscheider, der Wirt und noch ein paar Männer, in den Stall einzudringen. Aber auch die hölzerne Stalldecke hatte bereits Feuer gefangen. Als der Limmer das sah und ihm die Todesschreie der Tiere durch Mark und Bein drangen, versuchte er, wie von Sinnen, in den Stall zu gelangen. Durch die Stallfenster zuckte wilder Feuerschein. Herabstürzendes Gebälk hatte bereits die Streu der Tiere in Brand gesteckt.

»Meine Rösser! Mein Stier! Ich muss meine Rösser rausholen. Lasst mich los!« Doch sechs kräftige Männerarme hielten ihn zurück. Hätten sie ihn losgelassen, er wäre mit seinem Vieh umgekommen.

»Girgl! Girgl! Hör doch zu. Es is z' spät. Da is nix mehr zum Rett'n«, sagte der Lukas, und seine Stimme krächzte von der unheimlichen Hitze; wie mit einem Schraubstock umklammerte er den Limmer, dessen Atem stoßweise und rasselnd ging. Das Brüllen des Viehs, die messerspitzen Schreie der sterbenden Schafe waren nur noch vereinzelt zu hören.

Inzwischen waren aus der Nachbarschaft immer mehr Feuerwehren eingetroffen. Die meisten fanden, dass es nicht mehr dafür stand, die Schläuche auszurollen. Nachbargebäude waren nicht gefährdet, und beim Limmer war nichts mehr zu retten.

Plötzlich aber kam das Entsetzen wieder. Krachend flog die Stalltüre aus den schmiedeeisernen Angeln, und wie ein böser Geist, von Flammen und Qualm eingehüllt, stürzte der Stier ins Freie. Feuerwehrleute flogen zur Seite, und mit einem entsetzlichen Brüllen, gepeinigt von furchtbaren Schmerzen, verfolgt von den Angstschreien der Helfer, rannte der Stier über die Dorfstraße, stürzte, rappelte sich mit letzter Kraft wieder auf und stampfte weiter. Ein Horn war abgerissen, und aus dem Stumpf baumelte zentimeterlang das blutende »Leben«. Die Kette, Sekunden zuvor noch fast glühend, war abgerissen und hatte dem Tier um den mächtigen Nacken das Fleisch verbrannt. Das Fell war verkohlt, und die Schnauze mit dem Ring mittendrin war unter der unsäglichen Hitze auf die Hälfte geschrumpft.

Als der Limmer das sah, befreite er sich blitzschnell aus der Umklammerung der Männer und fegte hinter dem brüllenden Koloss her.

»Rocker! Rocker! Bleib da! Ich komm doch! Bleib doch da. Es wird doch alles wieder gut!«, krächzte er, und seine Kehle brannte wie Feuer. Nichts wurde gut. Es war aus und vorbei. Nur wenige Meter von der Friedhofsmauer entfernt war der Stier zusammengebrochen und schaffte es nicht mehr, seine zerschundenen 650 Kilo auf die Beine zu bringen. Er war schon so gut wie tot und zum Brüllen zu schwach. Er wimmerte wie ein junger Hund. Jetzt war der Limmer Georg bei ihm, kniete sich nieder und streichelte den mächtigen Schädel, der unter den schrecklichen Qualen kaum spürbar zuckte.

»Ich weiß, Rocker, ich bin schuld. Wär ich daheim glieb'n und nicht beim Wirt verhockt, wär alles gut geworden. Ich bin schuld, ich weiß.« Während er so auf den Stier einredete, liebkoste der Limmer unablässig dessen mächtige Stirn, die glatt und kahl und verbrannt war.

Inzwischen hatten sich Feuerwehrleute mit Scheinwerfern um die beiden geschart, und die Lichtkegel der Lampen beleuchteten ein gespenstisches Bild. Keiner sprach ein Wort, nur das Prasseln des Feuers war zu hören. Da drängte sich ein junger Mann mit Feuerwehrhelm und rußverschmiertem Gesicht durch die Menge. Es war der Höck Klausi, der Spechtinger Jäger. In der Rechten hielt er einen großkalibrigen Revolver. Er beugte sich zum Limmer Georg hinunter, klopfte ihm behutsam auf die Schulter und sagte ganz leise: »Geh weg, Girgl. I mach Schluss. ’s is besser für dös arme Viech.«

Der Limmer sah durch seine Tränen hindurch nur verschwommen den Revolver, dessen Lauf auf den Schädel des Stiers gerichtet war, sah die rußigen Gesichter der Feuerwehrleute, die stumm im Halbkreis standen. Auch er fand, dass es so wohl das Beste sei. Er erhob sich, blickte den Jäger eine Weile stumm an und sagte: »Recht hast, Klausi. Aber lass es mich mach’n. Er ist mein Stier, und i bin schuld, dass das alles passiert ist.«

Dann nahm er den Revolver, setzte den Lauf mitten auf die wuchtige Stirn und drückte ab. Noch einmal lief ein Zittern durch den mächtigen Körper, die Augen des Stiers wurden ganz groß. Er war tot.

Der Limmer gab dem Höck Klausi den Revolver zurück und ging ganz langsam zu seinem Hof hinüber, vielmehr zu dem, was davon übrig geblieben war. Nur noch vereinzelt züngelten Flammen aus den Trümmern. Die Feuerwehren aus der Nachbarschaft zogen nach und nach ab, und nur die Männer der Spechtinger Wehr hielten Brandwache und begannen mit den Aufräumungsarbeiten.

In dem eingestürzten Stall bot sich ein grauenhaftes Bild. Zwischen qualmenden Trümmern hingen die verkohlten Kadaver der sechs Kühe an ihren Ketten, die zehn Schafe lagen kreuz und quer übereinander, daneben Anna, die Ziege. Auch Max und Moritz, die beiden Haflinger, waren qualvoll verendet. Als der Lehmann Hubs die fünf toten Schweine sah, sagte er zum Limmer: »Schad drum. Die hätt'n in meiner Räucherkammer besser ausg'schaugt.« Doch der Limmer hörte gar nicht zu; er tastete sich wie ein Schlafwandler weiter zum Wohnhaus. Der gesamte Hausrat war verbrannt. Die kleine Schreibmaschine, ein Relikt aus seiner Zeit als Werbemann, lag inmitten verkohlter Bücher. Eins davon war halbwegs unbeschädigt geblieben. Der Limmer hob es auf und las, was auf der Titelseite stand: »Zuchtvorschläge für oberbayerisches Fleckvieh«. Er lachte bitter und schleuderte das Buch weit von sich.

So also sah das Ende aus. Er besaß nichts mehr, bis auf die paar Klamotten, die er am Leib trug. Ihm wurde übel, und er erbrach sich. Was vom Feuer halbwegs verschont geblieben war, hatte das Wasser aus den Feuerwehrschläuchen vernichtet. Er stapfte weiter durch die Trümmer, bis zu den Überresten seines kleinen Musikzimmers. Mittendrin stand das Klavier; es sah schlimm aus, ein paar Saiten waren infolge der Hitze gerissen. Er öffnete den Deckel und schlug ein paar Tasten an. Es klang, wie wenn Steine in einen Blecheimer plumpsten. Resigniert und mit einem Gefühl abgrundtiefer Leere klappte er den Deckel ganz vorsichtig zu, so als wolle er verhüten, dass noch mehr zerstört wurde.

Der Limmer Georg legte sich ins nasse Gras, verschränkte die Hände unterm Kopf und schaute hinauf. Über dem Dorf wölbte sich der funkelnde Sternenhimmel, unübersehbar wie immer, wenn der Sommer es gut meinte. Wäre der Brandgeruch nicht gewesen, der Limmer hätte glauben mögen, alles sei wie zuvor. Bis an sein Lebensende hätte er so daliegen können. Die Leere in ihm begann sich allmählich wieder mit Gedanken, Überlegungen und Plänen zu füllen. Der Schmerz wich mehr und mehr einem flauen Gefühl im Magen.

Georg Limmer riss sich von den Sternen los und erhob sich aus dem feuchten Gras. Es überraschte ihn, dass er wieder in der Lage war, an Naheliegendes zu denken. Für die nächsten Wochen, wahrscheinlich sogar für Monate, musste er bei einem Bauern Unterschlupf finden. Ein Zimmer würde genügen, mehr brauchte er nicht.

Da stand plötzlich der Höck Lukas neben ihm. Er hatte sich eine Zigarette angezündet, und in der Rechten hielt er eine halb leere Flasche Bier.

»Girgl, die nächste Zeit kannst bei uns dahoam haus'n. Du kriagst der Großmutter sein Zimmer. Da steht a Bett drin und a Schrank, und a Waschbeck'n is a no da.«

Der Großmutter *sein* Zimmer! Seit er im Dorf lebte, hatte er sich nicht daran gewöhnen können, dass die Bauern die Grammatik nachgerade sträflich vereinfachten. Und vor besitzanzeigenden Fürwörtern hatten sie keinen Respekt.

»Der Großmutter *ihr* Zimmer«, korrigierte der Limmer, was er noch nie zuvor getan hatte. Er war einfach zu müde, und etwas anderes fiel ihm im Moment nicht ein.

»Für di wird dös schön egal sein, ob'st in der Großmutter *sein* oder in *ihr'm* Zimmer schläfst«, muffelte der Luk.

»Hast recht, Luk. Ich hab's auch nicht bös gemeint. Und i dank dir«, sagte der Girgl.

Die beiden Freunde gingen zur Wirtschaft hinüber. Der Luk führte den Girgl ins obere Stockwerk und zeigte ihm sein Zimmer. Es war klein, aber blitzsauber. Das Bett war für mögliche Besuche immer frisch überzogen, am Kopfende hing ein Kruzifix an der Wand, und auf einem kleinen Tisch steckten in einer Vase bunte Strohblumen.

»Schön ist es da«, sagte der Limmer nur. Der Luk wünschte ihm eine gute Nacht und ging hinaus.

Der Limmer Georg rückte den Stuhl ans Fenster und starrte in die sternklare Nacht hinaus.

Als im Haus alles ruhig war, schlich der Girgl die Treppen hinunter, nahm den Weg durch den Stall, in dem nur das monotone Schnaufen der Kühe und Kälber zu hören war, und ging die Dorfstraße hinauf. Der Geruch von Brand und kaltem Rauch wurde immer stärker, je mehr er sich seinem Hof näherte.

Als ob eine unsichtbare Hand die seine gepackt hätte, zog es den Limmer wieder da hin, wo er für ein paar Jahre ein bisschen Glück gefunden hatte. Ganz vorsichtig stieg er über Gerümpel und verkohlte Balken. Das tote Vieh war inzwischen in die Abdeckerei gebracht worden, aber das Klavier stand immer noch da, wo er es vor sieben Jahren, als er ins Dorf gekommen war, hingestellt hatte. Der kleine Drehsessel war verbrannt und nicht mehr zu gebrauchen. Der Limmer stellte zwei Kisten übereinander, setzte sich vor das Klavier, öffnete den Deckel und versuchte, mit einem Taschentuch und Spucke die verrußten Elfenbeintasten zu reinigen. Er fühlte sich wie in einer Kirche ohne Dach, und als er nach oben sah, zogen die schwarzen, verkohlten Balken und Sparren kleine Rechtecke in den sternklaren Himmel. Der Limmer schlug einen Akkord an. Er klang schaurig verstimmt, aber wider Erwarten waren nur einige ganz dünne Saiten gerissen. Also klimperte er einfach eine Oktave tiefer.

Am nächsten Morgen schien es so, als sei nichts geschehen. Es war hochsommerlich warm. Der Limmer schlief fast bis zehn Uhr. Als er nach dem Aufwachen ein Auge riskierte und sich erst besinnen musste, weshalb er in einem fremden Bett lag, entdeckte er auf dem Stuhl neben dem Waschbecken ein Bündel frischer Kleider, ein paar Jeans, Unterwäsche und ein Hemd mit den Ausmaßen eines Zeltes. Es war ihm schleierhaft, wo die Höcks solche Übergrößen auftrieben. Freilich, auch der Limmer war mit 100 Kilo nicht gerade von körperlichem Zerfall bedroht, aber der Eigner dieser Klamotten musste ein Bär von Kerl sein. Und da kannte er eigentlich nur einen: den Grabner Karl aus Bergham. Der Limmer kleidete sich an und fand, dass er eigentlich doch sehr schlank war. Das karierte Flanellhemd wehte ihm bei der kleinsten Bewegung wie ein Windsack um die Rippen, von der Hose ganz zu schweigen. Er klatschte sich eine Hand voll Wasser ins Gesicht, steckte sich in Ermangelung einer Zahnbürste ein Pfefferminz in den Mund, das auf dem Tisch lag und möglicherweise noch aus der Zeit der Höck Theres stammte. Dann ging er hinunter in die Wirtsstube.

Am Stammtisch saß der Grabner Karl, breitschultrig, rotbackig; aus den viel zu kurzen Ärmeln des einstmals weißen T-Shirts mit der Aufschrift »Landwirtschaft tut Not« quollen zwei unheimliche Arme, stark wie Abschleppstangen. Der Grabner begrüßte den Limmer mit dröhnendem Gelächter.

»Ja Girgl! Elegant, elegant. Endlich schaugst was gleich.«

»Solang ich bloß deine Klamotten anhab und dir sonst nicht auch noch ähnlich werd, geht's ja noch«, gab der Girgl mürrisch zurück. »Aber trotzdem: Dank schön für die Hos'n und das Hemd.«

Der Höck Lukas war gerade mit der Stallarbeit fertig und setzte sich zu den beiden an den Tisch. Der Limmer trank noch schnell eine Tasse Kaffee, die ihm die Wirtin hingestellt hatte, und verschlang auf drei Mal eine Wurstsemmel. Dann stand er auf und sagte zu seinen beiden Freunden: »Wollt's euch noch mal den Hof vom Georg Limmer anschaun, oder vielmehr das, was noch übrig ist?«

Er verließ die Wirtschaft, barfuß, weil es warm war, und seinen Körper umwehte die geborgte Kleidung. Der Luk und der Grabner folgten ihm. Erst jetzt, im gleißenden Licht der Sonne, wurde das ganze Ausmaß der Katastrophe deutlich. Nichts, aber auch nichts war mehr zu gebrauchen.

»Ja Girgl, da wirst di wohl um an andern Beruf umschaug'n müass'n. Zum Reparier'n gibt's da nix mehr«, sagte der Grabner, und obwohl es nur so dahergeredet war, traf es den Nagel auf den Kopf.

Als die drei den Stadel erreicht hatten, der hinter dem Stall in einiger Entfernung vom Hof stand, begann der Limmer Georg dennoch neue Hoffnung zu schöpfen. Das Gebäude war nahezu unversehrt geblieben, weil sich der Wind im rechten Moment gedreht hatte. Der kleine Traktor, der Ladewagen, ein Kreiselmäher und der Heuwender waren nicht in Mitleidenschaft gezogen worden, ebenso wenig wie Limmers Auto, ein Anhänger und weiteres landwirtschaftliches Gerät. Ein anderer Umstand jedoch, den der Limmer Georg bislang ganz außer Acht gelassen hatte, machte ihm plötzlich große Sorgen. Der Hof war nicht sein Eigentum. Er war nur der Pächter, die Versicherung würde ihm lediglich seinen persönlichen Besitz, sein Vieh und das Mobiliar ersetzen. Die Kosten für den Wiederaufbau des Gebäudes jedoch bekäme der Besitzer ausbezahlt. Es war ein gewisser Andreas Bierbichler, der schon vor 15 Jahren die Landwirtschaft aufgegeben und, obwohl damals erst 45 Jahre alt, mit dem Erlös seiner Grundstücksverkäufe eine Eigentumswohnung in München erstanden hatte, um das Dasein eines Frührentners zu genießen. Es schien unwahrscheinlich, dass dieser Mensch, der zur Landwirtschaft ein Verhältnis hatte wie die Kuh zum Metzger, den zu erwartenden Versicherungsbetrag in einen neuen Hof investieren würde. So wie er den Bierbichler einschätzte, rieb sich der vergnügt die Hände und träumte von einem schmucken Zweifamilienhäuschen, das dem alten Gierhals das Vielfache an Mietzins einbringen würde. Eine schöne Scheiße war das. Nur im Landratsamt wäre eine ver bindliche Auskunft zu bekommen, meinte der Limmer. Darüber konnte der Grabner nur grinsen.

»Mei, Girgl, bist du naiv. Im Landratsamt sag'ns dir bloß oans verbindlich: Dass dei Landwirtschaft kaputt ist und dass da wieda a neu's Haus hin muaß. Was für a Haus da wieda hin muss, sagt dene scho da Bierbichler. Dös is sei' Grund und Bod'n, und auf dem ko er notfalls an Puff bau'n. Hauptsach', die Nutt'n ham a Dach überm Kopf.«

Der Limmer wollte sich jedoch Gewissheit verschaffen. Und zwar in der Kreisstadt, beim Kreisbaumeister. Doch dazu kam er nicht mehr, denn im selben Moment rollte eine blütenweiße Limousine auf den Hof, ein Mercedes. Der Frührentner Andreas Bierbichler, vom Nichtstun feist geworden, quälte sich ächzend aus den lindgrünen Veloursitzen, stemmte seine kurzen Arme in die überquellenden Hüften, schüttelte den Kopf und wackelte auf den Limmer zu.

»Guten Morgen, Limmer. Sieht schlecht aus, was? Hat jemand a bissl warm abgebrochen?« Warm abbrechen – so heißt Brandstiftung auf Bayerisch. Der Limmer musste sich gehörig zusammenreißen, um dem schwitzenden Bierbichler nicht eine aufs Maul zu geben.

»Der Blitz war's, Herr Bierbichler«, entgegnete der Limmer, wobei die besondere Betonung auf »Herr« lag. »Und was passiert jetzt?«

»Was soll schon passieren? Die Versicherung bezahlt den Schaden, und du kriegst einen neuen Bauernhof. So einfach geht das.« Der Limmer glaubte zu träumen. Irgendwie ging ihm das alles zu glatt. Andererseits hatte er mit dem Bierbichler noch einen Pachtvertrag für die nächsten 8 Jahre. Aber was, wenn dieser Pachtvertrag vorzeitig endete, zum Beispiel durch »höhere Gewalt«; und ein Blitzschlag kam unzweifelhaft von ganz oben. Der Limmer wurde unsicher, da er nicht im Vertrag nachschauen konnte, weil der auch verbrannt war.

Andreas Bierbichler war die Verschlagenheit in Person. Das wusste der Limmer, davor hatten ihn auch der Grabner und der Höck schon damals gewarnt, als er den Pachtvertrag unterschrieben hatte. Der Kerl führte meistens Übles im Schilde, und wenn er auch im Überschwang ab und an zum Umarmen neigte, musste man stets gewärtig sein, von ihm ein Messer ins Kreuz zu bekommen.

»Kommt's mit. Ich möcht euch zu einem Schnaps einladen«, grinste der Bierbichler und legte dem Limmer und dem Höck leutselig seine Arme um die Schultern. Der Grabner stapfte hinterher; auch ihm war nicht ganz wohl bei der Sache. Der Bursche gab doch nur einen Schnaps aus, wenn er mindestens eine ganze Brennerei erschwindelt hatte.

Der Bierbichler blieb zum Glück nicht lange im Dorf. Für den nächsten Tag kündigte er eine Firma an, die er mit den Aufräumungsarbeiten beauftragt hatte. Woher wusste der überhaupt so schnell, so fragte sich der Limmer, dass der Hof abgebrannt war? Der Wurmdobler Xaver, der größte Bauer im Dorf, hätte es ihm schon erklären können. Denn der hatte den Bierbichler noch in der Nacht angerufen. Seit ihrer Kindheit steckten die beiden unter einer Decke, und das war auch so geblieben, seit der Bierbichler in München wohnte. Und was der Wurmdobler und der Bierbichler im Schilde führten – davon hatte der Limmer keine Ahnung.

Am Abend kaufte er bei der Höck Maria eine Flasche Obstler und verkroch sich in sein kleines Zimmer. Er hatte den Entschluss gefasst, sich zu besaufen. Heute brauchte er etwas, um wieder Klarheit zu schaffen. Heute wollte er einfach so tun, als hätte er, Georg Limmer, einen Grund zum Feiern, auch wenn er noch keinen erkennen konnte. Er zog den Stuhl zum Fenster, weil er sehen wollte, wie die Sonne unterging, und kippte den Vierzigprozentigen in sich hinein. Er fühlte sich, als hätte er Flügel, und dachte an die Zeit vor sieben Jahren, als er ins Dorf gekommen war und als alles angefangen hatte.

2

Georg Limmer, seit fünf Jahren »zu aller Zufriedenheit« Werbemann in der Münchner Agentur Schippel & Geibs, nahm seinen sauer verdienten Urlaub. Ihm hing so ziemlich alles zum Hals heraus: die Werbesprüche zu überflüssigen Produkten, die zynischen Chefs und Kollegen, das feine Hochhaus, in dem er mit unzähligen freudlosen, graugesichtigen Nachbarn wohnte. Das alles hatte Georg Limmer mehr als satt. Seit längerem schon suchte er nach etwas Neuem, ohne recht zu wissen, was und wo.

Kurz nach sieben Uhr setzte er sich ins Auto und fuhr auf der Autobahn Salzburg nach Süden, ohne bestimmtes Ziel. Er wollte nur raus aus der Stadt, wollte irgendwo auf einer Wiese oder in einem Dorfgasthaus seine Situation überdenken, sich ordnen, einen Schlachtplan für die Zukunft entwerfen. So konnte er nicht weiterleben. Er fühlte sich leer und ausgehöhlt. Es musste etwas passieren.

Nach einer halben Stunde Fahrt bog er von der Autobahn ab, Richtung Tegernsee.

Es war Mai, und durch die sonnenüberfluteten Wiesen ratterten Traktoren zum ersten saftigen Schnitt. Rote, schwitzende Bauernschädel leuchteten in dem wogenden Grün wie Farbkleckse. Georg Limmer fuhr durch kleine Ortschaften: Ginding, Machtlfing, Hundham, Seiding. Und dann Spechting. Ein Dutzend Bauernhöfe, das spitztürmige Kirchlein mit dem Friedhof auf der Sonnenseite, am Ortsende das Wirtshaus – nicht mehr. Dahinter wuchs das Feigenbergl wie ein Kamelhöcker aus den sanft geschwungenen Matten der Wiesen. Und ganz oben auf dem Feigenbergl stand eine uralte Eiche, deren knorrige Äste wie riesige Finger in den blauen Himmel stachen.

Der Wurmdobler Xaver und der Strunzbichler Max, zwei Bauern aus dem Dorf, hatten soeben ihre »Zwischendurch-Halbe« mit einem kräftigen Schluck geleert, bezahlten und traten aus dem Wirtshaus just in dem Moment, als der Limmer Georg seinen altersschwachen Volvo vor dem Gasthof parkte.

»Grüß Gott«, sagte der Limmer, wie sich das gehörte.

»Grüaß di«, brummelten die beiden Bauern im Chor. Das Du hatte keineswegs etwas Leutseliges oder gar Freundschaftliches an sich. Jedermann zu duzen war in derlei Dörfern gang und gäbe, und nicht einmal der Bürgermeister, der Pfarrer oder der Landrat konnten mit einem respektvollen Sie rechnen. Im Dorf und rundherum waren alle gleich – auch wenn ein paar ein bisschen »gleicher« waren.

Der Limmer öffnete gerade die Wirtshaustüre, als der Wurmdobler hinterher röhrte: »He! Du! Kimm amoi her!«

Der Limmer ging verwundert zu seinem Auto zurück, weil der Bauer ganz offensichtlich ihn gemeint hatte.

Die beiden Männer standen am Heck des Wagens und stützten ihre kräftigen, braun gebrannten Arme auf den Kofferraumdeckel, der sich unter der Last kaum merklich nach innen bog. Wie zwei Kinder standen sie da, die zum ersten Mal eine elektrische Eisenbahn im Schaufenster eines Spielwarengeschäfts entdeckten.

»Was gibt's denn?«, fragte der Limmer, und ganz wohl war ihm nicht.

»Bist aus München?«, forschte der Wurmdobler Xaver.

»Ja«, antwortete der Limmer.

»A stabil's Auto hast«, sagte der Strunzbichler Max.

»Ich bin zufrieden«, erwiderte der Limmer.

»Schwedisch«, stellte der Wurmdobler fest.

»Ja, schwedisch«, sagte der Limmer.

Jetzt richtete sich der Wurmdobler Xaver auf, stemmte seine schweren Fäuste in die Hüften und legte seine sonnenverbrannte Stirn in Falten.

»Aber den rot'n Hundling mög'n mia bei uns fei net«, maulte er aufgebracht und deutete mit seinem rechten Zeigefinger, an dem der Nagel fehlte, auf einen Aufkleber an der Heckscheibe des Autos. Er zeigte den sozialdemokratischen Kanzler, und weil die Bundestagswahlen bevorstanden, hatte der Limmer seine Gesinnung ans Fenster geklebt.

»Jetzt kemman dia rot'n Lump'n scho bis zu uns. Na, na, na! Kommunist'n-Bande, traurige!«

Und fast gleichzeitig drehten sich der Wurmdobler und der Strunzbichler um und gingen laut schimpfend die Dorfstraße hinauf.

Der Limmer sah den beiden nach, und aus den Augenwinkeln heraus bemerkte er, wie die Wirtin hinterm Küchenfenster stand und feixte. Das waren sie also, die Getreuen des großen Zampano »FJS«, und jeder, der ihm nicht den Hof machte, war ein Kommunist

Punktum. Der Limmer ging kopfschüttelnd ins Wirtshaus.

Er setzte sich an einen kleinen Ecktisch neben dem Kachelofen und wartete geduldig, bis die Wirtin kam. Es dauerte nicht lange, und während sie ihre fettigen Finger an der Schürze abwischte, setzte sie ein gewinnendes Lächeln auf. Sie war eine kräftige Frau um die fünfzig, mit grauen Strähnen im Haar und roten, saftigen Wangen. Ihre grauen Augen strahlten listig.

»Grüß Gott, der Herr. Was mag er denn?«, erkundigte sich die Höck Maria. Sie bediente sich der dritten Person als Anrede, gleichsam als unverfänglichem Kompromiss zwischen dem ortsüblichen Du und dem städtischen Sie. Den Limmer belustigte das, und um nicht aus dem Rahmen zu fallen, bestellte er: »Dann bring Sie mir halt bittschön ein Weißbier und eine Portion Leberkäs.«

Die Wirtin nickte zufrieden, ohne am verqueren Deutsch des Gastes Anstoß zu nehmen, und wiederholte der Sicherheit halber: »'s is' recht. A Weißbier und an Leberkas.«

Bevor sie in die Kuchl ging, drehte sie sich noch einmal um und strahlte den Limmer an:

»Dös was der Wurmdobler g'sagt hat, derfst net so ernst nehma. Der is und bleibt a ung'hobelter Klotz. Und außerdem hat er dös net so g'moant.«

»So, so«, sagte der Limmer und tat interessiert. »Wie hat er's denn gemeint?«

»Ja, wia er's genau gmoant hat, woaß i freili net. Aba so wia er's g'sagt hat, bestimmt net«, erwiderte die Wirtin, und ganz wohl war ihr in ihrer Haut offensichtlich nicht.

Der Limmer blieb eine Stunde, aß und trank und beobachtete durchs Fenster ein paar Handwerker, die gleich gegenüber an einem alten Bauernhof herumbastelten. Der Limmer schätzte das Haus auf gut 200 Jahre, und bevor er das Wirtshaus verließ, fragte er beiläufig: »Der Hof da drüben wird sicher modernisiert?«

Die Höck Maria ging zum Fenster und schüttelte den Kopf:

»Da wird nix modernisiert. Da wird renoviert. Dem wo der Hof g'hört, der is scho lang koa Bauer mehr. Der hat sein' Grund verkauft und verpacht, privatisiert in da Stadt und möcht' auch den Hof verpachten. Aba no hat er koan Damisch'n g'fund'n, der wo eahm in die oide Hütt'n einageht.«

Der Limmer war mit seinen Gedanken plötzlich ganz weit weg. Sie kreisten um das Hochhaus, in dem er wohnte, um das Büro, in dem er seit fünf Jahren muffige Luft atmete, und um seine Zukunft, die plötzlich begann, Gestalt anzunehmen.

Er bezahlte, und im Hinausgehen fragte er die Höck Maria: »Wie heißt er denn, der Besitzer?«

»Andreas Bierbichler hoaßt der Lump. Und wohna tuat er in Minga.«

In München also. Das traf sich gut.

Der Limmer Georg fuhr gleich nach Hause, dann mit dem Lift in den 13. Stock, wo es wieder nach Chlor und Gebratenem roch, betrat Nr. 1326 und suchte im Telefonbuch einen gewissen Andreas Bierbichler. Es gab deren fünf, und so beschloss er kurzerhand, notfalls alle Nummern durchzuwählen. Beim dritten Versuch war er an der richtigen Adresse. Das Haus sei noch zu haben, hieß es, und am gescheitesten sei es wohl, wenn man sich gleich treffen könnte. Der Limmer zog sich ein frisches Hemd an und band sich eine Krawatte um, für alle Fälle.

Nach 20 Minuten Fahrt erreichte er die angegebene Straße, und alles war wie überall in der Großstadt: Kinderspielplätze, von Hochhäusern eingepfercht; Kinder, die auf der Straße Fußball spielten, weil die Spielplätze nur für die Kleinsten da waren; Wäsche, die hoch oben auf winzigen Balkonen flatterte, umweht von den Abgasen der Autos. Endlose Klingelreihen an grauem, freudlosem Beton. Hier also wohnte der Ex-Bauer Andreas Bierbichler, und zwar im 15. Stock. Höher ging's nicht mehr. Da wohnten die feinen Leute in Eigentumswohnungen mit Dachgarten. Der Lift summte nach oben. Es roch nach Lavendel. »Wenigstens riecht es nicht nach Chlor und Schaschlik«, dachte der Limmer Georg und betrat einen giftgrünen, hochflorigen Teppichboden. Andreas Bierbichler wohnte gleich gegenüber dem Lift. Georg Limmer klingelte, ein exotischer, fernöstlicher Gong ertönte.

Als die Türe geöffnet wurde, kam in Georg Limmer für einen Moment der Verdacht auf, dass er sich in der Adresse geirrt hatte. Vor ihm stand ein Paradiesvogel von Mann, gut einen Kopf kleiner als er, mit geöltem, dunklem Haar und bis zu den Backenknochen reichenden Koteletten. Er mochte knappe fünfzig Jahre alt sein. Um seinen Kugelbauch spannte sich ein leuchtendes Buschhemd mit Kolibris, Palmen und Orang-Utans drauf. Die mächtigen Oberarme drohten jeden Moment die kurzen Hemdsärmel zu sprengen; am linken Unterarm baumelte eine goldene Kette mit den eingravierten Initialen, und am rechten Handgelenk blitzte eine »Rolex«. Die kurzen, fleischigen Beine steckten in lila Hosen, und eine mächtige silberne Gürtelschnalle, gleichfalls mit Initialen, hinderte den Kugelbauch, noch weiter abzurutschen. Auf der entblößten, behaarten Brust baumelte ein Maria-Theresien-Taler an einer dicken Kette, deren Verschluss sich irgendwo in den fetten Wülsten des Halses versteckte. Die Füße steckten in hochhackigen schwarzen Lack-Stiefeletten, was Herrn Bierbichler etwa zehn Zentimeter größer machte. Kaum zu glauben, dass dieser Mann einmal Landwirt gewesen war.

»Sie sind bestimmt Herr Limmer«, lachte der Paradiesvogel und streckte Georg die Rechte entgegen, an der ein Brillant funkelte.

Das Wohnzimmer war geräumig und ähnelte mehr einem exotischen Treibhaus als einer Wohnstätte. Überall Palmen und tropische Topfpflanzen. Figuren aus China und Indien, Blasrohre von Amazonas-Indianern und mitten im Zimmer eine weiße Voliere, gut zwei Meter hoch und ebenso viel im Durchmesser. Darin schwätzten auf einer mit Goldbronze gestrichenen Schaukel zwei weiße Kakadus dummes Zeug.

»Setz'n S' Eahna hi, wo S' wolln«, forderte Herr Bierbichler seinen Gast auf. Wenigstens ist er noch Bayer, dachte der Limmer und versank in einem türkisgrünen, flauschigen Diwan. Draußen auf dem Dachgarten döste ein dürrer Windhund in der Hollywoodschaukel und nahm von nichts Notiz.

Andreas Bierbichler ließ sich schwer in einen ledernen Ohrensessel fallen, besann sich dann aber eines anderen und wuchtete sich ächzend zwischen den beiden klobigen Armlehnen wieder hoch.

»Was woll' S' trink'n? Tee, Kaffee, Wein, Bier, Scotch, Bourbon, Gin oda bloß an Saft?«

»Einen Saft bitte«, sagte Limmer artig, und während der Bauer Bierbichler, der keiner mehr war, in die Küche ging, starrte der Limmer Georg auf die beiden weißen Kakadus, die sich schnäbelten und immer noch dummes Zeug quatschten.

»Sie wundern sich über diesen Luxus«, lachte Herr Bierbichler mit aufgesetztem Charme, als er Limmers Staunen registrierte. »Ja, ja. I war a g'scheiter Bauer, damals vor zehn Jahren. Hab alles an Grund verkauft, was die damals für den Ausbau der Autobahn braucht ham. Und i schwör's: Dös war net wenig.« Seitdem gönne er sich schöne Reisen, nach Fernost, Afrika; auch in Südamerika sei er schon gewesen. Seine Frau, eine Bauerstochter aus Machtlfing, weile derzeit mit einer Freundin auf den Bahamas. So sei er quasi Strohwitwer. Aber die Zeit werde ihm dennoch nicht lang. Und dabei zwinkerte er mit einem Auge. Von der Erinnerung übermannt, patschte sich Andreas Bierbichler auf seine prallen lila Schenkel:

»Damals, wia i verkauft hab, hams alle g'sagt: Der Bierbichler is a Lump. Bloß weils alle neidig war'n. Heut möcht'ns selba gern verkauf'n. Aba heut mog koana mehr den Grund ham. Weil d' Autobahn scho lang fertig is. Und Häuser dürf'n um Spechting rum koane baut wer'n. Und was mach'ns? Ausmist'n, melk'n, arbeit'n, Tag und Nacht, ohne Urlaub, ohne Freud'. Arme Hund sinds, die Bauern.«

»Aber die Tradition«, wandte der Limmer ein. »Eine Landwirtschaft ist doch etwas, das über Generationen hinweg wächst und das zu erhalten sich lohnt.«

»Tradition! Scheiß auf die Tradition. Die Tradition der Bierbichler war immer, dös zu tun, was am meist'n money bringt. Früher war's vielleicht d' Landwirtschaft. Dann war'ns die Grundstück! Und die hab i verkauft.« Der Bierbichler Andreas goss sich einen neuen Scotch ein.

»Jetzt aba zum G'schäft.« Er lehnte sich in seinem Ohrensessel zurück, schlang seine fetten Finger ineinander und sah aus wie ein Mann, der auf ein Angebot wartet.

Just in dem Moment wurde der vom Limmer Georg schon totgeglaubte Windhund in der Hollywoodschaukel lebendig. Obwohl er nur kaum merklich seinen spitzen Kopf bewegte, schien dies ein Appell an Herrchens Fürsorgepflicht zu sein.

Herr Bierbichler stand auf und offerierte dem Köter, was nun zu erwarten sei.

»Ja freilich, mei Spatzl! Glei kriegt mei Pharao sei Kalbsleberl. Glei kommt's Herrle wieder.«

Und kurz drauf kehrte Andreas Bierbichler mit einer Porzellanschüssel aus der Küche zurück und stellte dem Pharao sein »Kalbsleberl« direkt zwischen die spindeldürren Vorderläufe. So konnte das »Hunderl« im Liegen fressen und lief nicht Gefahr, sich zu überanstrengen. Der Georg Limmer wäre am liebsten aufgestanden, hätte Bauernhof Bauernhof sein lassen – so sehr widerte ihn dieser Mensch an. Aber er blieb und beschloss, den Ausgang des Gesprächs abzuwarten.

Herr Bierbichler nahm abermals Platz.

»Mögen Sie auch Kalbsleberl? Also i mach mir gar nix draus. Aber mei Pharao is ganz narrisch auf Kalbsleberl. Na ja. Man muss ja net alles mög'n, was a Hund mog.« Und wieder trommelte Herr Bierbichler vor Vergnügen auf seine lila behosten Beine.

Plötzlich spannten sich die Gesichtszüge des Andreas Bierbichler, jetzt ging's ums Geschäft.

»500 Mark im Monat. Heizung werd' grad eingebaut. Fließendes Wasser is scho drin, eine Menge Grund g'hört auch dazu, mitsamt Äpfel, Birn' und Zwetschgen. Aber ...«, und jetzt beugte sich der Listenreiche nach vorn, um den Limmer schärfer zu fixieren, »was ham S' denn für an Beruf?«

»Werbemann. Ich arbeite in der Werbung.«

»Dös is guat. Dös is a Beruf mit Zukunft. Werbung wird's immer geb'n. Und wir brauch'n d' Werbung. Schließlich müss'n wir ja wiss'n, was mia kauf'n soll'n. Oda net?« Und wieder freute sich Herr Bierbichler, weil er sich so gut fand.

»Also: 500 Mark plus Nebenkosten. Vertrag auf – sagen wir – acht Jahre.«

»Fünfzehn Jahre«, gab der Limmer prompt zurück, und es klang ganz so, als wäre darunter auf keinen Fall was zu machen.

Andreas Bierbichler überlegte kurz.

»Also gut. Fünfzehn Jahre. Den Pachtvertrag macht mei Notar. In zwoa Tag is er bei Ihnen.« Der Limmer stand auf. Er fand, dass es besser wäre, ganz schnell zu gehen, bevor er zur Besinnung käme. Er verabschiedete sich und fuhr mit dem Lift die 15 Stockwerke hinunter.

Als er wieder daheim war und vom 13. Stock des Hochhauses aus durch die schmutzigen Scheiben den unablässig flutenden Verkehr auf dem Mittleren Ring beobachtete, überkam den Limmer Georg ein Gefühl von Stolz und Zufriedenheit; fast war ihm zum Jubeln. Binnen weniger Stunden hatte er sein Leben in neue Bahnen gelenkt. Er goss eine Flasche Bier in zwei Gläser, stieß mit den beiden Gläsern an und sagte: »Prost, Limmer. Ich bin stolz auf dich.«

In den kommenden Wochen machte der Limmer Georg reinen Tisch. Er verschenkte ein Gutteil seiner Möbel, auch den Fernseher, von dem er sich leichten Herzens trennte, weil er ohnehin kaputt war. Mindestens einmal in der Woche fuhr er hinaus nach Spechting und spendierte den Handwerkern jedes Mal einen Kasten Bier, um sie bei Laune zu halten.

Ende September war der alte Hof so weit renoviert, dass der Limmer Georg ans Umziehen denken konnte. An einem Wochenende verließ er die Stadt, genau so wie er vor zehn Jahren gekommen war: mit ein paar Kartons, gefüllt mit Büchern, drei Wäschesäcken, ein bisschen Krimskrams und einer großen Zufriedenheit, weil er es allen gezeigt hatte.

Die letzten Septembertage waren wie gemalt. Die Sonne verstrahlte noch einmal Wärme wie in ihren besten Tagen, die Zwetschgen hingen tiefblau und feist an krummen Ästen, und der erste Frost würde ihnen die letzte, schwere Süße geben. Der Limmer Georg hatte alle Fenster in seinem kleinen Bauernhaus ganz weit aufgemacht, als wolle er den Mief der letzten Jahre ein für alle Mal verjagen. Er befand sich in einer großen Stimmung. 15 Jahre lang hatte er sich in eine Mühle einspannen lassen, die lauthals Dinge anpries, ohne die es sich im Grunde viel besser leben ließ. Und lauthals wollte er sich auch von jenen Leuten verabschieden, von denen er sich abhängig gemacht hatte, die ihn im Griff hatten, weil er von ihnen Geld bekam. Es waren Werbechefs, Agentur-Besitzer, Art-Direktoren und Verkaufs-Manager. Mit einem mutigen Jauchzer wollte er sich von ihnen befreien, ihnen sozusagen noch einmal richtig in die gelackten Büros scheißen. Georg Limmer setzte sich an die Schreibmaschine und entwarf einen Brief, der ihm wohl für alle Zeiten die Türen zu seinem bisherigen Beruf verschließen würde. Aber das kümmerte ihn wenig.

Es wurde ein böser Brief, obwohl er mit »Sehr geehrter Herr ...« begann. Wie im Fieber hackte Georg Limmer seine Abrechnung in die Maschine. Er wollte die Empfänger ganz bewusst verletzen, und das, was er da schrieb, bereitete ihm diabolische Freude.

Als er geendet hatte, war er sehr zufrieden. So zufrieden, dass er selbst hören musste, wie es klang, wenn seine Zeilen beispielsweise in einer der Agentur-Konferenzen verlesen würden. Er schaltete sein kleines Tonbandgerät ein und sprach den Text auf Kassette. Dann spulte er das Ganze zurück, und bevor er auf den Wiedergabeknopf drückte, schenkte er sich ein großes Glas Obstler ein, und es überkam ihn ein Gefühl, als höre er die Matthäus-Passion.

»Sehr geehrter Herr soundso.

Ich habe – ohne Ihre Zustimmung – mein Leben verändert. Es hätte wenig Sinn, Ihnen im Detail zu erklären, was mich dazu bewogen hat. Sie würden es ja doch nicht begreifen. Nur so viel: Ich habe es satt, über Dinge zu schreiben, die überflüssig sind wie ein Kropf. Ich habe es satt, in Ihrem Auftrag meine Mitmenschen zu verscheißern. Ich hasse Bandnudeln, ich mag keinen Jogurt, die Vorzüge von nahtlosen Strumpfhosen mit selbstatmenden Elastikzwickeln berühren mich nicht einmal am Rande, ich würde nie mehr ein französisches Auto kaufen, weil mir das meine binnen zwei Jahren unter dem Arsch weggerostet ist, ich habe keine Beziehung zu Monatsbinden, und es schert mich einen Dreck, ob XY-Limonade einen höheren Frucht- und Mineralgehalt hat als die Konkurrenzprodukte. Ich mag nämlich keine Limonade. Weder die Ihre noch die der Konkurrenz. Ich mag gewisse Sorten Bier, Branntwein und reines Quellwasser. Aber darüber durfte ich ja nie schreiben. Auch auf den Verdacht hin, dass Sie meine Mitarbeit in Zukunft nicht vermissen werden, kann ich Ihnen nur sagen: Es ist mir Wurscht.

Ich lebe jetzt auf einem gesunden Stückchen Erde, umgeben von gesunden Menschen. Ich werde Bauer. Ich sage Ihnen das ganz im Vertrauen, und kommen Sie bitte nicht auf die Idee, mich zu besuchen. Urlaub auf dem Bauernhof ist bei mir nicht drin.

Ihr nicht mehr ergebener Georg Limmer.

P.S. Dieser Brief ist ein Einheitsbrief und wurde hektografiert. Möglicherweise treffen einige Passagen auf meine spezielle Arbeit mit Ihnen nicht zu. Dies gilt auch für eventuelle Honorarforderungen. Sollte noch eine meiner Rechnungen an Sie offen stehen, bitte ich Sie, mir das Geld umgehend zu überweisen. Ich möchte mir demnächst einen Stier kaufen, und wenn es Sie freut, soll er Ihren Vornamen tragen.«

Noch am selben Tag fertigte Georg Limmer in einem Schreibwarengeschäft in Miesbach zwölf Fotokopien an und steckte sie in zwölf weiße Kuverts. Am Abend ging die Post ab. Als die Klappe des Briefkastens zufiel, wusste er, dass es kein Zurück mehr gab.

Am nächsten Morgen stand Georg Limmer zeitig auf und frühstückte rasch. Dann öffnete er die Fenster und begann in überschwappender Laune, Aktenordner, Werbeentwürfe, überflüssigen Krimskrams, Bücher und alles, was entbehrlich schien, ins Freie zu werfen. Georg Limmer hatte sich für diese ungewöhnliche Art des Stöberns entschieden, weil damit gleichsam ein symbolischer Akt verbunden war.

Bald war nicht mehr viel übrig. Ein Stück weit hinterm Haus schichtete der Limmer Georg Akten, Bücher und alles, was brennbar war, auf einen großen Haufen, und es wurde ein riesiges Feuer, weil die letzten 15 Jahre in Flammen aufgingen.

Ausgelassen wie Rumpelstilzchen hüpfte der Limmer Georg ums Feuer und kicherte:

»Ach wie gut, dass 's niemand stört, wenn der Limmer Bauer werd.«

3

Die ersten Nächte in seinem Bauernhaus hatten dem Limmer arg zu schaffen gemacht. Es war so still, dass er das Gefühl hatte, in einem schalldichten Raum eingeschlossen zu sein. Es war beklemmend, so gar nichts zu hören. Nur ab und zu das Quaken eines Froschs oder der Schrei eines aufgeschreckten Vogels. Sonst nichts. Wenn das Dorf schlief, lag der Limmer wach im Bett, und Zweifel plagten ihn, ob er für diese Stille geschaffen wäre. Doch das legte sich nach und nach.

Eines Morgens bekam Georg Limmer Besuch. Er hatte gerade gefrühstückt und wollte eben damit beginnen, den Rest des Gerümpels wegzuschaffen, den die Handwerker hinterlassen hatten.

Plötzlich stand ein kleiner, kahlköpfiger Herr im Hausgang.

Als er den Limmer sah, streckte er lächelnd seine rechte Hand aus, und seine Stimme klang ziemlich weihevoll: »Grüß Gott, mein Sohn. Du bist sicher der Limmer Georg.«

Kein Zweifel, das war der Pfarrer.

»Das stimmt. Mein Name ist Georg Limmer. Und wer sind Sie?«, fragte der Limmer Georg vorsichtshalber, obwohl dem kleinen Gottesmann die Lust am Missionieren aus allen Runzeln seines faltigen Gesichts blitzte.

»Ich bin der Pfarrer Obinger aus Riederau und versorge auch die Gläubigen in Spechting.«

Dem Limmer war nicht wohl in seiner Haut.

»Ich bin aber nicht katholisch, Herr Pfarrer«, sagte er, und es klang nicht besonders freundlich. Vielleicht hatte ihn auch nur das Du irritiert, mit dem der listige Gottesmann eine Brücke aus Leutseligkeit und Kumpanei bauen wollte.

»Oh, das macht nichts. Zwar sind in Spechting alle katholisch. Aber natürlich sind uns auch Protestanten willkommen«, flötete Hochwürden.

»Da muss ich Sie enttäuschen. Ich war katholisch und bin schon vor fünf Jahren aus der Kirche ausgetreten.« Georg Limmer lächelte, weil er an dieser Stelle längst nicht mehr verwundbar war.

»So, so. Sie sind ohne christlichen Glauben. Das ist aber nicht schön«, stellte Pfarrer Obinger fest, und über sein freundliches Gesicht legten sich drohende Schatten. »Ein schwarzes Schaf in dieser guten Gemeinde. Gott sei Ihrer armen Seele gnädig«, klagte Hochwürden beim Hinausgehen, und der Limmer Georg gab ihm ein »Amen« mit auf den Weg.

Georg Limmer war sicher, dass sich seine ketzerische Einstellung zu Glaubensfragen im Dorf bald herumsprechen würde. Aber dass es so schnell gehen würde, das überraschte ihn denn doch.

Sonntags darauf ging Georg Limmer schon am frühen Vormittag ins Wirtshaus. Am Stammtisch hockten zwei Bauern, die den Gottesdienst heute ausnahmsweise hatten ausfallen lassen. Als der Limmer in die Wirtsstube eintrat, anständig »Grüß Gott« sagte und sich an einen kleinen Ecktisch setzte, zogen die beiden Bauern wortlos ihre Hüte in die Stirn, und ihr Ton wurde gedämpft. Im Herrgottswinkel litt stumm der Gekreuzigte, umhüllt von einer Wolke aus Tabaksqualm.

Auch die Wirtin hatte die Ankunft des neuen Gastes schnell wahrgenommen, und wie auf Wolken schwebte sie aus der Kuchl zu dem kleinen Ecktisch hinüber. Sie musterte den Limmer Georg ein paar Augenblicke lang, stützte ihre fleischigen Arme auf die mit einer roten Decke überzogene Tischplatte und sagte mit unterdrückter Stimme: »Aha, unsa neuer Nachbar, da Herr …«

»Limmer, Georg Limmer.«

»Richtig, da Herr Limmer. Hat ja da Herr Pfarrer heut in da Frühmess scho g'sagt. Und wiss'n S', wos a no g'sagt hat? Dass Sie koan Glaub'n nimma ham. Stimmt denn dös?«

Der Limmer Georg wurde von dieser Frage doch einigermaßen überrascht und wusste zunächst nicht, ob er nun verärgert oder belustigt sein sollte.

»Über meinen Glauben habe ich mit Hochwürden nicht geredet. Ich hab ihm nur gesagt, dass ich aus der Kirche ausgetreten bin. Aber mit meinem Glauben hat das ja nichts zu tun.«

Die Wirtin, etwas irritiert durch Limmers freundliches Lächeln, nahm die Hände langsam von der Tischplatte und stemmte ihre Arme in die Hüften.

»Also doch! Aus da Kirch' is a austret'n. Na, na, na. Und dös in unserm katholischen Dorf. Wenn S' evangelisch wärn, gang's ja no. Aba gar koan Glaub'n ham. Dös is fei nix!«

Während der letzten beiden Sätze war die Wirtin so laut geworden, dass die beiden Bauern am Stammtisch ihre Köpfe ganz langsam nach hinten drehten. Der Limmer konnte jetzt deutlich ihre Gesichter sehen. Sie waren finster, fast feindselig.

»Aber ein Weißbier krieg ich trotzdem. Oder?«, fragte der Limmer die Wirtin.

»Hm«, brummte sie missmutig und schob ab in die Kuchl.

So nach und nach füllte sich die Wirtsstube. Die zweite Messe war soeben zu Ende, und um die einzelnen Tische formierten sich die Bauern zu Vierergruppen, um sich die Zeit bis zum Mittagessen mit Schafkopfen zu vertreiben. Den Limmer behandelten sie, als wäre er Luft. Arglos, ohne dass er es geplant hätte, schlitterte der Limmer Georg allmählich in eine dumpfe Bierstimmung, die er mit etlichen doppelten Obstlern verschönte. Ganz im Gegensatz zu den Bauern, die sich aus Hochprozentigem nichts machten, war der Limmer Georg aus Schwabinger Zeiten scharfe Sachen gewöhnt; und weil die Wirtin mittlerweile alle Hände voll zu tun hatte, blieben die leeren Schnapsgläser, die er im Laufe des Vormittags und einem Gutteil des Nachmittags geleert hatte, einfach auf seinem Tisch stehen. Er fühlte sich nicht schlecht. Aber er spürte doch zunehmend, wie ihm der Rücken weich und der Kopf schwer wurde. Wie einen Palisadenzaun baute der Limmer Georg die kleinen Schnapsgläser vor sich auf, und indem er halblaut zu zählen begann, tippte er mit dem Zeigefinger jedes der Gläser vorsichtig an. 15 waren es inzwischen, und noch war kein Ende abzusehen.

Nachmittags um vier saßen noch ein Dutzend Bauern am Stammtisch. Der Limmer hockte seit sechs Stunden in seiner Ecke, inzwischen umgeben von

20 leeren Obstlergläsern, die er jetzt hufeisenförmig um sich formiert hatte.

Immer stiller waren die Bauern geworden; ihr ganzes Interesse galt dem »Stadtfleck«, der so unglaubliche Mengen an Schnaps in sich hineingoß, wie sie es in diesem Wirtshaus offensichtlich noch nie erlebt hatten. Der Limmer hockte da wie ein Fels, und obwohl er die kantigen, von der muffigen Wirtshausluft geröteten Bauernschädel nur noch schemenhaft und vernebelt erkennen konnte, spürte er, dass sich die Bauern ausschließlich mit ihm beschäftigten.

»Sakra! Der Kerl is koa Mensch, der is a Maschin'«, flüsterte der eine.

»Uns hätt' da Herrgott scho lang g'straft, mit so vui Schnaps. Aba dem tuat er nix, weil er koan Glaub'n hat. Is dös gerecht?«, erzürnte sich ein zweiter, wesentlich lauter.

»Ha! Hansi! Wart's ab. Vielleicht varreckt er heut' no. Nacha werd er scho wieda katholisch«, blökte ein dritter. Darüber lachten alle herzlich.

Der Limmer wäre jetzt genau in der Stimmung gewesen, um den Bauernschädeln einige Grobheiten ins Gesicht zu schleudern. Aber so klar war er noch, dass er sich beherrschte. Diesen Leuten war im Suff nicht beizukommen. Dazu brauchte er einen klaren Kopf. Ein andermal vielleicht. Jetzt ging es ihm nur noch um einen halbwegs guten Abgang. Und was dies betraf, waren Zweifel angebracht.

Die Bauern hatten sich unterdessen wieder ihrer Lieblingsbeschäftigung, dem Kartenspiel, zugewandt, als aus der Kuchl ein junger, untersetzter rotbackiger Bursche in die Wirtsstube trat und langsam auf Limmers

Tisch zuging. Der junge Mann hatte muskulöse Arme und starke, nervige Hände. Unter einem giftgrünen T-Shirt wölbte sich ein mächtiger Brustkasten, und um die kräftigen Oberschenkel spannten sich ausgefranste, abgeschnittene Jeans. Der Limmer Georg schätzte ihn auf 25. Ohne erst eine Aufforderung abzuwarten, setzte er sich auf einen freien Stuhl, genau vis-à-vis.

Er ließ seinen Blick über die lange Reihe der Schnapsgläser gleiten und sagte nur: »Respekt.«

Der Limmer kniff die Augen zusammen, um sich ein halbwegs klares Bild von seinem Gegenüber machen zu können. Es misslang; viel mehr als die verschwommene Silhouette eines Menschen vermochte er nicht mehr zu erkennen.

»I bin da Höck Lukas, da Bua vom Wirt. Mi geht's ja nix an. Aba i moan, dass dei Rausch viel größer nimmer werd'n ko. I moan, 's is g'scheiter, wenn'st jetzt hoam geh'st. I moan's guat mit dir.«

Eine seltsame derbe Sanftheit lag in dieser Stimme, und sie klang fast besorgt. »Ich bin der Georg Limmer«, nuschelte er und streckte seinem Gegenüber die Hand entgegen. Der Lukas schlug ein, und der Limmer fühlte eine warme, trockene, raue Hand. Er hätte sich in ihr verstecken mögen, so wohl tat ihm dieser Händedruck. Für einen Moment klarte Limmers Blick auf, und er sah in die freundlichen Augen des Höck Lukas, der jetzt wieder aufstand und in die Kuchl zurückging. Kurz darauf kam seine Mutter, die Wirtin; der Limmer bezahlte seine Zeche, stand auf, und erst jetzt spürte er die 20 doppelten Obstler und die etlichen Halbe Bier wirklich in den Knochen.

Die Bauern beäugten neugierig seinen Abgang. Bevor er die Wirtsstube verließ, stemmte sich der Limmer mit dem Rücken gegen die schmiedeeiserne Garderobe, klammerte sich mit der Rechten an einem Kleiderhaken fest, nahm seinen ganzen Grips zusammen und sagte, zu den Bauern gewandt: »Ich danke euch für ... die freundliche ... christliche Aufnahme. Und viele Grüße ... an ... Hochwürden.«

Die Bauern sperrten ihre Mäuler ganz weit auf, weil das, was der Limmer sagte, für sie doch recht überraschend kam. Dann war der Limmer auch schon draußen. Und während er im Zickzack unter Ausnützung der vollen Fahrbahnbreite die 30 Meter bis zu seinem Haus wankte, verfolgten die Bauern vom Wirtshausfenster aus seinen Abgang und waren ein wenig enttäuscht, als der Limmer ohne Zwischenfall die Haustüre erreichte.

Für Georg Limmer bestand kein Zweifel daran, dass er anlässlich seines ersten Besuchs im Spechtinger Wirtshaus einen für ihn kaum günstigen Eindruck hinterlassen hatte. Dachte er. Tatsächlich verhielt sich die Sache jedoch ganz anders. Der Wegscheider Martl, der Springer Marinus und der Brandl Leonhard, die den mählichen Niedergang Limmers mitangesehen hatten, sprachen in den folgenden Tagen mit unverhohlenem Respekt von dem »Stadtfleck«. Für sie hatte er den Eindruck eines trink- und standfesten Mannsbilds erweckt, dessen Verträglichkeit an Hochprozentigem bei weitem jenes Maß überstieg, das sie sich zuzutrauen bereit gewesen wären. Und dass er sogar noch imstande gewesen war, auf eigenen Beinen den zwar kurzen, aber in diesem Zustand immerhin mühseligen und nicht ungefährlichen Heimweg anzutreten, nötigte allen, die dabei gewesen waren, eine stumme Hochachtung ab. Aber wie gesagt: Der Limmer Georg, im Umgang mit Bauern unerfahren, machte in den folgenden Tagen um das Wirtshaus einen großen Bogen, weil er seinen Einstand als eindeutig missglückt betrachtete. Auch erinnerte er sich noch seiner Abschiedsworte: »Und viele Grüße an Hochwürden«, hatte er bestellt, und spätestens zu diesem Zeitpunkt hätten die Bauern spüren müssen, dass er sie »auf die Kirchweih laden« wollte, sich, mit anderen Worten, über sie lustig machte. Dass ihm das keiner übel genommen hatte, wusste er nicht.

Eine Woche war vergangen, ohne dass sich der Limmer Georg sonderlich bemüht hätte, Kontakte zu seinen neuen Nachbarn aufzunehmen. Noch war er mit dem Einrichten seines Hauses beschäftigt. Ab und zu sah er den Höck Lukas vom Fenster aus, wie er mit dem Schubkarren den Mist aus dem Stall schob, einen Zaun reparierte oder mit dem Traktor auf die Wiesen hinausfuhr. Die Kinder vom Bauern Lehmann, seinem anderen Nachbarn, grüßten artig. Es ließ sich alles ganz gut an.

Als die Schatten länger wurden, weil sich der Herbst ankündigte, hatten auch die Bauern mehr Weile, um Dinge zu tun, für die während der Erntezeit einfach keine Zeit blieb. Der Strunzbichler Max weißelte die Fassade seines Hofs, der Lehmann besserte die morschen Grundmauern seines Stadels aus, weil er nicht nur Bauer, sondern auch Maurer war, und der Höck Lukas fuhr an regnerischen Tagen ins Holz, um Brennbares für den Winter zu schneiden. Um sein karges Taschengeld, das ihm seine Mutter, die Spechtinger Wirtin, zusteckte, ein wenig aufzubessern, hatte er sich bei einer großen Brauerei als Holzknecht verdungen. Die Brauerei besaß im bayerischen Oberland gut 800 Hektar Wald, und weil der Höck Lukas mit der Motorsäge ebenso gut umzugehen verstand wie mit dem Traktor beim »Schloapf'n«, war ihm der Job jedes Jahr wieder sicher. Der Luk, wie er von seinen Freunden genannt wurde, arbeitete nicht alleine. Er und der Grabner Karl, sein bester Freund aus dem benachbarten Bergham, verkauften sich als Team und genossen einen guten Ruf als trinkfeste, aber auch fleißige Arbeiter.

Mit dem Höck Lukas pflegte der Limmer Georg mittlerweile ein beinahe freundschaftliches Verhältnis; beide interessierten sich füreinander, auch wenn der Luk beispielsweise nur kopfschüttelnd die für seine Begriffe »damische« Tätigkeit akzeptierte, die der »Stadtfleck« ausgeübt hatte. Beim Grabner Karl war das indessen ganz anders. Er akzeptierte nichts, was sich abseits des bäuerlichen Berufs bewegte. So war seine Beziehung zum Limmer Georg schon beinahe feindselig. Und daraus machte er auch keinen Hehl.

»Di Stadtfleck schlag' i no amoi bis auf Minga« – bis nach München, pflegte er zu drohen. »Aba so wia du ausschaugst, varreckst eh vor mir. Und nacha schmeiß i mit deina Boana d' Birn vo de Bam.«

Was der Grabner Karl konkret gegen den Limmer Georg hatte, war während der Anfangszeit und auch später, als die beiden längst dicke Freunde waren, nie zu klären gewesen. Vielleicht war es nur Eifersucht, mit der der Grabner Karl über »sein« Land wachte. Vielleicht war es nur Angst vor der »Infiltration« seiner heilen Welt durch die hektischen, großspurigen Städter. Vielleicht …

4

In dem Jahr, das er nun schon im Dorf lebte, war der Limmer Georg von den meisten Bauern mit größtmöglicher Vorsicht und Zurückhaltung behandelt worden. Es lag ganz einfach in der Mentalität dieser bayerischen Querschädel, alles Neue und Ungewohnte erst einmal mit prüfendem Misstrauen aus der Distanz zu betrachten. Es widersprach ihren Gepflogenheiten, sich einem »Zuagroast'n« an den Hals zu werfen, weil er nett oder freundlich war. Beides, Nettigkeit und Freundlichkeit, hätten den »Stadtfleck« allenfalls verdächtig gemacht. Nur ein ausgewogenes Quantum an Kratzbürstigkeit, Hilfsbereitschaft und leiser Sympathie war geeignet, Entgegenkommen zu wecken. Dass er nie ein Spechtinger werden würde, war klar. Dass er sich eines Tages wie ein Spechtinger fühlen dürfte, war sein Ziel.

Und es hatte sich dann im Lauf der Zeit auch alles so entwickelt, wie er es sich erträumt hatte. Der Höck Lukas, ja selbst der Grabner Karl, der kraftstrotzende Bauer aus Bergham, waren mittlerweile seine besten Freunde geworden. Aber die zunehmende Vertrautheit, mit der ihm die Bauern, ihre Frauen und auch die Kinder im Dorf begegneten, drängte den Limmer Georg mehr und mehr, das zu tun, was er sich vorgenommen und weshalb er nach Spechting gekommen war: nämlich Bauer zu werden. Nur wie das praktisch zu machen war, das wusste er noch nicht.

Donnerstag war stets »Kommunikationstag«. Meistens um acht Uhr abends, selten später, trafen sich der Grabner, der Höck und der Limmer, um in den Wirtshäusern von Kirchdorf, Schnapfing oder Miesbach ein paar Halbe zu trinken und sich nette Grobheiten an den Kopf zu werfen. Heute war wieder so ein Donnerstag, und der Limmer war nicht allerbester Laune. »Er rauchte keinen Guten«, wie man in derartig gelagerten Fällen zu sagen pflegte.

Der Grund für seine Missstimmung war ein eingeschriebener Brief, mit dem ihm seine Bank schon frühmorgens die Laune für den Rest des Tages vermiest hatte. »... und bitten wir Sie dringend, Ihr Konto binnen der nächsten 14 Tage auszugleichen. Andernfalls sehen wir uns genötigt, unsere Rechtsabteilung einzuschalten.« Mit diesen wohlgesetzten Worten hatten sie den Limmer Georg der Entscheidung ein gutes Stück näher gebracht. Heute Abend wollte er seine beiden Freunde ins Vertrauen ziehen. Jetzt erst recht.

Pünktlich um acht trafen sich die drei vor dem Spechtinger Wirtshaus. Man entschied sich für den »Oberbräu« in Tegernsee, gegen den Willen des Limmer Georg, der sich in den stets überfüllten Gewölben dieser Edel-Bierschwemme noch nie sonderlich wohl gefühlt hatte. Eine knappe Viertelstunde brauchten die drei bis nach Tegernsee, und während der gesamten Fahrt sagte der Limmer kein einziges Wort. Er hätte besser daheim bleiben sollen, der Abend stand unter einem schlechten Stern.

Im »Oberbräu« war, wie immer, die Hölle los. Gut

300 Gäste saßen dicht gedrängt an langen Tischen und brüllten, lachten und schimpften um die Wette. Tabaksqualm hing schwer und grau in den Gewölben, mollige Bedienungen quetschten sich, mit Maßkrügen schwer beladen, durch die engen Gänge und machten ganz beleidigte Gesichter, weil es jeden Tag dasselbe war. In der hintersten Ecke war wie zufällig ein kleiner Tisch frei, auf den die drei zusteuerten; doch es war kein Zufall, denn dicht daneben befanden sich die Toiletten, und jedes Mal, wenn die Tür aufging, wurden die drei von einem Duftgemisch aus Pisse und Fichtennadel umhüllt. Limmers Laune sank noch tiefer.

Nach zwanzig Minuten gab es das erste Bier, ein Umstand, der auch die Stimmung der beiden anderen trübte. Aber außer dem Toilettenmief lag noch etwas anderes in der Luft. Haltlos wie Ochsen stürzten die drei ihre Maßen hinunter, bestellten noch eine und noch eine und beschränkten ihr Gespräch im Wesentlichen auf die Bestellung. Der Höck Lukas befand sich bereits in jenem Stadium, in dem er zusehends Ähnlichkeit mit seinen Kälbern bekam: Die Augendeckel wurden immer großflächiger, bedeckten bereits bis zur Hälfte den starr auf einen Punkt gerichteten Augapfel, sodass seine langen, rötlich-blonden Wimpern noch länger erschienen, weil man sie jetzt von oben sehen konnte. Ab und zu rülpste er, was noch nichts bedeutete, weil ihm gewöhnlich erst am nächsten Morgen übel wurde. Der Grabner tat, als ginge ihn das ganze Drumherum überhaupt nichts an, und der »Stadtfleck« bestellte sich eine Portion Romadur, jenen streng riechenden Käse, der Wunder wirkt, wenn es mit der Verdauung hapert. Der Limmer war ganz vernarrt in Romadur und saß deshalb im Wirtshaus oft alleine am Tisch.

Jetzt kriegten die drei Besuch. Ein schmucker Bursch in brandneuen, handbestickten Bundlederhosen, ein richtiger Salon-Bayer, und sein Anhängsel, eine gut gewachsene Schönheit mit geblondetem Haar und tief dekolletiertem Dirndl, setzten sich auf die beiden freien Stühle am Tischende. Der Höck Lukas pfiff leise durch die Zähne, was ziemlich unsinnig war, weil er in seinem gegenwärtigen Zustand die Dame allenfalls schemenhaft erkennen konnte. Auch die beiden Neuen schienen nicht bester Laune zu sein, denn kaum hatten sie ihre Plätze eingenommen, ging der Streit schon los.

Er: »Gib doch zu, dass du mit dem Kerl etwas gehabt hast.« Es war Rheinländer Dialekt. Die Gegend um Köln, vermutete der Limmer Georg.

Sie: »Du spinnst ja. Der Toni ist ein ulkiger Bayer und hat mich doch nur zu einem Kaffee eingeladen.« Auch sie kam aus der Gegend um Köln.

Er: »Dann bleib doch hier, wenn es dir bei den Bayern so gut gefällt.« So ging es hin und her. Bis sich der Grabner einmischte. Was er sagte, war fast poetisch, erzeugte jedoch die entgegengesetzte Wirkung.

»Eifersucht ist eine Leidenschaft, die mit Eifer sucht, was Leiden schafft«, brummelte der Grabner und beobachtete dabei das Pärchen listig von der Seite.

Der Kölner, der gute Ohren hatte, stand auf, stützte sich mit seinen dünnen Ärmchen, die unter den hochgekrempelten Hemdsärmeln hervorstachen, einigermaßen männlich auf die Tischplatte und fauchte den Grabner an:

»Ihnen gebe ich gleich ›Eifersucht‹, halten Sie sich da heraus, Sie bayerischer Trottel.« Das hätte er wirklich nicht sagen sollen. Aber zur Überraschung aller war es nicht der Grabner Karl, den das lose Mundwerk des Rheinländers in Harnisch brachte. Der Höck Lukas, unverkennbar von Trunkenheit gebeutelt, sprang auf, stürzte sich wie ein Habicht auf den »Preiß'n« und verpasste ihm eine gestreckte Rückhand mitten ins Gesicht. Der Rheinländer fiel um, und noch im Stürzen riss er einen andern Gast vom Nachbartisch mit sich.

Was nun folgte, war bayerisches Bauerntheater, und zwar vom Feinsten. Im Nu war der Höck Lukas von einem halben Dutzend kräftiger Kerle vom Nebentisch umringt, und obwohl er sich wie ein Löwe wehrte, war er doch gegen die Übermacht ohne Chance. Der Rheinländer hatte sich klugerweise unter den Tisch verkrochen, und der Limmer Georg war aufgesprungen, um seinem Freund zu Hilfe zu eilen.

Das Gefecht dauerte knappe fünf Minuten, und während die beiden Freunde fürchterliche Prügel bezogen, saß der Grabner Karl mit rot glänzendem Gesicht am Tisch und brüllte pausenlos: »Attacke! Attacke!« Keinen Millimeter rührte er sich von seinem Platz, sondern schrie immer nur »Attacke!«. Als der Kampf entschieden war, sahen der Höck und der Limmer nicht gut aus. Der Limmer lag am Boden, abwechselnd fluchend und wimmernd: »Kruzefix, i glaub, mein Arm is ab.« Er mühte sich vergeblich aufzustehen. Es war, als wären ihm sämtliche Knochen zertrümmert worden. Inzwischen hockte der Höck Lukas auf einem Stuhl. Er hatte den Kopf in beide Hände gestützt und blutete stark aus einer klaffenden Stirnwunde, die ihm einer seiner Gegner mit einem Stuhl verpasst hatte. Am Tisch, vor sich eine frische Maß Bier, saß der Grabner und schlug sich vor Vergnügen auf die Schenkel:

»Na, na, na! Ihr seid's mia zwoa so Depp'n. Lasst's euch von a paar Preiß'n so zuaricht'n.«

Zehn Minuten später kam die Polizei und fast gleichzeitig der Krankenwagen. Der Limmer, der nach wie vor bewegungsunfähig am Boden lag, wurde auf eine Trage gepackt, und den Höck nahmen sie auch gleich mit, weil er an der Stirn genäht werden musste und außerdem der Verdacht auf Gehirnerschütterung bestand, weil er so blass war.

Im Tegernseer Unfallkrankenhaus sind schon schwerere Fälle verarztet worden. Dem Höck wurde sein Hirnkastl zusammengeflickt, und wegen einer mittelschweren Gehirnerschütterung musste er ins Bett. Dem Limmer waren zwei Rippen und der Unterarm angebrochen worden, und selbstverständlich durfte er auch noch nicht nach Hause.

Drei Tage lang mussten der Höck und der Limmer im Krankenhaus bleiben. Und als sie wieder daheim waren, wollte der Limmer Georg nun endlich seinen beiden Freunden einen Blick in seine Zukunft gestatten. An jenem unglückseligen Abend im »Oberbräu« war sein erster Versuch jäh an der folgenschweren Auseinandersetzung mit Tischnachbarn gescheitert. Jetzt hatte er neue Muße, und das gemeinsam erduldete Leid würde den Höck und den Grabner vielleicht verständnisvoll für seine Pläne stimmen.

Der Donnerstag hatte im Leben des Georg Limmer

schon seit jeher eine besondere Bedeutung. Alle Dinge von Wichtigkeit hatten sich für ihn an einem Donnerstag entschieden. Der erste Schultag war ein Donnerstag, sein erstes intimes Erlebnis mit einem Mädchen fiel auf einen Donnerstag, die Trennung von seiner langjährigen Freundin vollzog er an einem Donnerstag. Und es hatte sich auch nicht vermeiden lassen, dass er ausgerechnet an einem Donnerstag geboren wurde. Vielleicht hatte damit alles angefangen.

Eine Woche war seit der Prügelei im »Oberbräu« vergangen. Und weil jeder Anlass, und war er noch so absurd, ausreichend Grund zum Feiern hergab, beabsichtigten die drei, beim Limmer zu Hause ihr »Einwöchiges« zu feiern. Schon am Nachmittag schob der Girgl gute drei Kilo vom Schwein ins Rohr und mühte sich verbissen um das Gelingen der Beilagen. Mit dem Kartoffelsalat hatte er es sich besonders schwer gemacht, weil er schon bald erkennen musste, dass Kartoffelschälen zu einer der schwierigsten Übungen für Einarmige zählt. Um seinen eingegipsten Arm wenigstens als notdürftige Hilfestellung benützen zu können, machte er den Gips mittels Plastikfolie und Isolierband weitgehend staub- und wasserdicht. Abgesehen von einigen Plastik- und Isolierbandfetzen konnte man den Salat dann zum Verzehr freigeben.

Der Höck Lukas, der sich schon vor Tagen seines Kopfverbandes entledigt hatte und nur noch ein stattliches Pflaster auf der Stirn trug, kam schon vor Sonnenuntergang, der Grabner kurz danach. Der Limmer hatte den Tisch in Weiß gedeckt, Servietten neben die Teller gelegt und das gute Silber aufgefahren, das einzige Erbgut, mit dem seine Großmutter ihn bedacht hatte. Dieser Aufwand musste sofort den Argwohn der beiden Bauernburschen erregen.

Der Kachelofen gab wohlige Wärme ab, der Grabner rieb sich vergnügt die Hände und entdeckte erst dann den festlichen Glanz, mit dem der Limmer seine beiden Gäste verwöhnen wollte. Der Grabner erhob sich wieder von der Ofenbank, ging ganz langsam zum prächtig gedeckten Tisch hinüber, musterte abwechselnd das blütenweiße Tischtuch und seine schrundigen Hände, die von der schweren Arbeit schon lange nicht mehr richtig sauber zu bekommen waren, und sagte leicht gallig:

»Aha, der Herr Stadtfleck braucht a weiße Tischdeck'n zum Brotzeitmacha. Damit meine dreckat'n Pratz'n no a bisse besser auffall'n. Und wenn die saubere Tischdeck'n nacha dreckat is, nacha hoaßt's: Dös war da Grabner mit seine dreckat'n Pratz'n.«

»Geh, hock di her, du Esel«, mäkelte der Höck, »und wenn's di scheniert, nacha ziagst halt Handschuh' an.«

Jetzt wurde der Grabner ganz fuchtig: »Ja grad du hast es nötig, du Bauernfünfer, du damischer. Wenn i a nix arbeit'n dat, so wia du, hätt i a saub're Pratz'n.«

Der Limmer, der soeben mit dem Schweinsbraten aus der Küche kam, hatte um drei Ecken den Streit der beiden Bauernburschen mitgekriegt. Wortlos stellte er den Schweinsbraten auf die Ofenbank, räumte zügig, soweit ihm dies sein eingegipster Arm zuließ, den Tisch ab, faltete die Tischdecke zusammen und verstaute sie in der Schublade einer alten Kommode. Dann legte er von neuem Teller und Besteck auf und sagte fast beiläufig:

»Die Servietten lass ich lieber da. Vielleicht braucht sie der Herr Grabner noch, um seine dreckat'n Pratz'n abzuwischen.« Die drei waren natürlich weit davon entfernt, wegen einer Tischdecke ernsthaft zu streiten. Aber das Aufzupfn und Frotzln gehörte zu einem althergebrachten bayerischen Zeremoniell und kam so urplötzlich auf, dass es für Nichtbayern ungewohnt und nicht selten verletzend wirkte. Es war eine derbe, saftige Aufrichtigkeit, an die sich der Limmer Georg schon längst gewöhnt hatte.

Der Schweinsbraten schmeckte vorzüglich, und auch über den Kartoffelsalat war nur Positives zu sagen. Der Grabner indes, zu dessen harthölzerner und grobklotziger Art es einfach gehörte, erst einmal alles mies zu machen, nörgelte auch noch herum, als er bereits drei Doppelportionen verdrückt hatte: »Da Schweinsbrat'n is z' trock'n. Da Kartoffelsalat is z' nass.« Um noch mehr Grant loszuwerden, fehlte ihm die Zeit, weil er schon auf einem neuen Stück vom Schwein herumkaute.

Als alle satt waren, kam der Limmer Georg ohne Umschweife zur Sache: »Ich hab mir's überlegt. Ich werd Bauer.« Der Stadtfleck hatte sich auf jede mögliche Antwort seiner beiden Freunde vorbereitet, hatte ihre Einwände, ihre Überraschung, ja sogar ihren Spott einkalkuliert. Hundertmal hatte er sich die Gesichter der beiden vorzustellen versucht, wenn er in ihrer Gegenwart den ersten Schritt machte, der sein Leben nun endgültig verändern sollte. Und nun kam alles doch ganz anders.

Ganz langsam beugte sich der Limmer Georg über den Tisch, stützte sich auf die schrundige Fichtenplatte, und er spürte eine lausige Kälte in sich hochsteigen. Er fühlte sich wie ein Akteur auf einer Bühne, die ihm ganz alleine gehörte und die für ihn allein mit einem Mal viel zu groß war, weil die Pointe seines Stücks irgendwo, ohne Reaktion des Publikums, wie Luft in den Kulissen hängen geblieben war. Ja, genauso fühlte er sich. Nur um der Stille ein Ende zu machen, wiederholte er:

»Ich will Bauer werden.«

Der Höck Lukas nippte an seinem Schnapsglas, wie immer in heiklen Situationen zwickte er die Augen zusammen, und sein Mund wurde ganz schief.

»Hast es g'hört, Grabner? Da Girgl möcht a Bauer werd'n.«

Der Grabner Karl stützte den Kopf mit einem tiefen Seufzer in die gewaltigen Hände, rülpste ungeniert, sodass Zwiebel- und Knoblauchduft durchs Zimmer wehten, und sagte, wie beiläufig: »Freilich hab ich's g'hört. Der Stadtfleck möcht' a Bauer werd'n.«

»Also, g'hört hat er's«, sagte der Höck zum Limmer Georg gewandt.

»Und? Macht halt eure Mäuler auf! Was sagt ihr denn dazu? Jetzt redet schon oder scheißt wenigstens Buchstaben. Dann kann ich's zusammensetzen.«

Der Limmer war aufgestanden und hatte aus einer kleinen Schublade der alten Kommode ein Formular genommen, das auf beiden Seiten mit Schreibmaschinenschrift ausgefüllt war, und ganz unten prangte das Dienstsiegel des Bayerischen Ministeriums für Unterricht und Kultus. Er faltete das Dokument behutsam auseinander und legte es wie etwas sehr Zerbrechliches auf den Tisch.

»Bittschön. Und das zum Beweis dafür, dass es mir sehr ernst ist«, sagte der Limmer. Jetzt kam sogar Leben in den Grabner Karl. Mit einer schnellen Handbewegung nahm er das Schriftstück an sich und begann laut zu lesen:

»... erhält Herr Georg Limmer ... die Genehmigung, drei Trimester, zwei theoretische und ein praktisches, als Gastschüler im Ausbildungsplan der Landwirtschaftsschule Miesbach zu belegen. Gezeichnet: Dr. Spanner, Oberregierungsdirektor.«

Um das zu verdauen, brauchten die beiden Bauernburschen Zeit. Eine ganze Weile blickten sie sich stumm an, fixierten den Limmer Georg von der Seite, bis der Grabner endlich etwas sagte: »Du, Luk, der Limmer möcht' wirklich a Bauer werd'n. Da steht's schwarz auf weiß.«

»So, so.« Mehr hatte der Luk dazu nicht zu sagen.

So viel war klar: Der Limmer Georg hatte nur eine reelle Chance, wenn er die beiden für seinen Plan gewinnen konnte. Er brauchte ihre Hilfe, ihr Wissen und vor allem ihr Gespür für die Landwirtschaft. Er musste ganz sicher sein, dass er mit ihrem Beistand und mit ihrer Verschwiegenheit rechnen konnte. Die Sache durfte im Dorf erst bekannt werden, wenn er sich zumindest theoretisch für seinen neuen Beruf ausreichend präpariert hatte.

Während dem Limmer Georg noch das scheinbar teilnahmslose und fast verletzende »So, so« in den Ohren klang, begann der Grabner Karl am Rand einer Zeitung eine lange Zahlenreihe mit einem Bleistift aufzuschreiben. Am unteren Zeitungsrand machte er einen Strich und addierte langsam zusammen.

»Hunderttausend Mark fürs Erste müssten reichen. Dafür kriegst an Traktor, an Ladewagen, Kreiselmäher, Kreiselwender, drei Küh oder Kalbinnen. Die Maschinen freilich alle gebraucht, nix Neues. Stier brauchst no koan. Der meine is a fleißiger Springer, der packt deine drei Küh mit links. Den Stall musst a bisse herrichten. Und wenn'st drei oder vier Hektar Wies'n bei dir hinterm Haus pachten kannst, langt's vielleicht zum Leben. Und an Mistbreiter und an Odelwagen leiht dir ab und zu da Luk.«

Keiner der beiden hatte den Grabner in seiner flüssig vorgetragenen Kalkulation zu unterbrechen getraut. Der Luk hatte mit halb geschlossenen Augen zugehört und schüttelte nur hin und wieder den Kopf. Der Limmer hingegen spürte, wie Hitze und Kälte in mächtigen Wellen seinen Kopf durchfluteten. Er hätte vor Verzückung schreien mögen. Er wäre dem Grabner am liebsten um den Hals gefallen, aber er beherrschte sich, als ob er Angst hätte, durch etwas Unbedachtes diesen großen Traum zu zerstören. In diesem Stadium war es wohl besser, nichts zu überstürzen. Der Luk stand auf, weil er müde war. Beim Hinausgehen drehte er sich noch einmal kurz um und sagte zum Limmer:

»Nächsten Donnerstag ist in Miesbach Viechmarkt. I muaß an Stier steigern. Wenn d' Lust hast, fahrst halt mit. Is für di' vielleicht ganz guat – als zuakünftiga Baur.« Dabei lächelte er spöttisch.

Auch der Grabner Karl tappte hinaus in die Dunkelheit, und so blieb der Limmer Georg allein in der Stub'n zurück und leerte noch den kläglichen Rest, den die beiden in der Schnapsflasche zurückgelassen hatten und den aufzubehalten sich nicht lohnte.

Der Limmer schlief schlecht in dieser Nacht. Albträume plagten ihn. Dämonen mit Kuhköpfen umtanzten sein Bett, das mehr und mehr die Gestalt eines Traktors bekam. Und in diesem Chaos bewegte sich wie auf Rollschuhen der Grabner, der ein großes, weißes Blatt Papier in seinen Händen hielt, auf das endlose Zahlenreihen gekritzelt waren. Und während er die kuhköpfigen Dämonen umkreiste, flüsterte er immer wieder: »Hunderttausend Mark wird's scho kost'n.« Und ganz in der Ferne drehte auf einer unübersehbaren Wiese der Höck Lukas auf einem alten Traktor seine Runden, und hinten dran hing ein gewaltiger Kreiselwender, dessen langzackige Gabeln unablässig Banknoten durcheinander wirbelten. Ab und zu stieß der Luk spitze Schreie aus und brüllte mit überschnappender Stimme: »Hi, hi! Ein Bauer will er werden. Ein Bauer!«

Als der Morgen dämmerte, wachte der Limmer auf, und darüber war er sehr froh. Gegen die Fensterscheiben prasselte der Regen, und er wusste, dass noch alles beim Alten war.

Die Woche bis zum nächsten Viehmarkt zerrann dem Limmer Georg wie nichts. In den Tagen nach dem Gespräch mit seinen Freunden kümmerte er sich in erster Linie um seine finanzielle Situation. Alles in allem hatte er noch etwa 80 000 Mark an Außenständen aus seinem früheren Beruf zu erwarten. Wenn die erst mal auf seinem Bankkonto waren, dann konnte er sich in Ruhe auf sein bedeutendes Vorhaben vorbereiten.

Als er donnerstags darauf zur Wirtschaft hinüberging, um gemeinsam mit dem Höck nach Miesbach zum Großviehmarkt zu fahren, bot sich dem Girgl ein Bild des Jammers, das ihn jedoch keineswegs überraschte, weil er wusste, dass der Höck am Abend zuvor wieder etliche über den Durst getrunken hatte. Der Luk, vom scharfen Kuhstallmief noch zusätzlich gebeutelt, kniete zwischen zwei Kälbern, die Arme über deren Rücken gelegt, und kotzte, was Magen und Galle hergaben. Der Limmer Georg wusste, dass mit dem Höck Lukas heute wohl nicht mehr zu rechnen war; also setzte er sich einigermaßen verärgert ins Auto und fuhr allein nach Miesbach. Als er vor der Oberlandhalle ankam, war es kurz nach neun. Um halb zehn sollte die Stierversteigerung beginnen.

Der Limmer kaufte sich einen Versteigerungskatalog und suchte sich einen Platz in den obersten Bankreihen, weil er von dort einen schönen Ausblick in die tief unten liegende Arena hatte. Obwohl er natürlich keinen Stier steigern wollte, fühlte er sich doch schon ein bisschen wie ein Bauer. Ein paar Reihen unter ihm saßen der Wegscheider Martl und der Brandl Leonhard. Das traf sich gut, denn wo die beiden waren, konnte auch der Haimerl Franz nicht weit sein, und dieses Trio sorgte in der Regel für spaßige Kurzweil, die meist in unkalkulierbaren Tollheiten endete. Der Limmer quetschte sich durch die engen Bankreihen nach unten und setzte sich neben den Wegscheider.

»Aha, der Herr Limmer. Möchst auch an Stier steigern?«, krähte der Martl.

Der Limmer schüttelte den Kopf. »Noch nicht. Für meine erlesene Zucht ist da wohl nicht das Passende dabei. Vielleicht im nächsten Jahr.«

Der Brandl und der Wegscheider wieherten vergnügt. Jetzt stolperte auch der Dritte im Bunde, der Haimerl Franz, die Treppen hinunter. Ein vierschrötiges, untersetztes Mannsbild mit lustigen dunklen Augen und schwarzen Locken in der niederen Stirn, wie ein Holsteiner Stier. Seine abgewetzte Lederhose hatte noch nie eine chemische Vollreinigung erfahren, und so glänzte das Hirschleder, das sich um die kurzen, prallen Oberschenkel spannte, wie eine Speckschwarte. Aus der kleinen Messertasche ragte der Horngriff eines Hirschfängers, dem der Haimerl Franz auch in der Wirtschaft den von Spülmitteln verunreinigten Messern den Vorzug gab. Alle drei, der Brandl, der Haimerl und der Wegscheider, kannten sich seit frühester Kindheit, waren Einödbauern, die in der unmittelbaren Umgebung von Spechting ihre Landwirtschaften betrieben, und fühlten sich, egal zu welchem Anlass, als eine nahtlos zusammengeschweißte Interessengemeinschaft.

Wie immer am Tag der Großviehversteigerung, zu der Interessenten aus dem gesamten Bundesgebiet und sogar aus dem Ausland kamen, war die Oberlandhalle mit weiß-blauen Girlanden und Tannenreisig festlich geschmückt. Und so viel hatte der Limmer Georg inzwischen mitbekommen: Der Brandl und der Wegscheider wollten gemeinsam einen Stier ersteigern, der Haimerl Franz hatte nur eine beratende Funktion.

Punkt halb zehn ging es los. Um die Kauflust der Bauern gleich richtig anzuheizen, wurde als Erster ein Superstier in den Ring geführt. Ein Prachtstück von einem so genannten Rotbunten, 14 Monate alt, 13 Zentner schwer und aus bester Familie, ein übermütiger

Flegel, der seinen Besitzer durch die Arena zerrte, wie es ihm gerade Spaß machte. Seine Ahnentafel im Katalog war gespickt mit Goldmedaillen, und das war für das Gespann Brandl–Wegscheider einfach um ein paar Nummern zu groß. Während auf einem Balkon der Auktionator die Preisangebote mit der Geschwindigkeit eines Maschinengewehrs herunterrasselte, verfolgte der Limmer gespannt den Ausgang des Rennens. Bei 18 500 Mark war Schluss. Ein Herr in feinem Trachtenanzug erhielt den Zuschlag, ein Schweizer.

Auch die folgenden Stiere, von mäßiger Qualität, gingen weg wie warme Semmeln.

»Da Nächste is da unsere«, zischte der Brandl dem Limmer ins Ohr, »der muaß her.« Der Limmer war sehr gespannt, war der Brandl doch als ein Fuchs in Sachen Viehzucht bekannt.

Doch was da jetzt in den Ring geführt wurde, verwandelte die etwa tausend Bauern schlagartig in eine feixende und blökende Herde. Das Tier sah auch zu komisch aus und hätte einem Karikaturisten vom Zeichenblatt gehüpft sein können.

Wie in Filzpantoffeln schlurfte der Stier gleichgültig durch die Arena, sodass selbst der an allerlei gewöhnte Auktionator Mühe hatte, ernst zu bleiben. Die Farbe des Fells war nur schwer zu bestimmen, jedoch dominierte ein senffarbener, blassbeiger Ton, offensichtlich eine Kreuzung aus fränkischem Gelbvieh und Allgäuer Grauen. Der Schädel war untypisch lang und schmal, und anstelle der bei Bullen üblichen Stirnlocken ragten zwischen den beiden Hornstummeln zwei rotblonde Haarbesen kerzengerade in die Höhe. Als ob er um sein beklagenswertes Aussehen wüsste, hielt der Stier den

Kopf traurig gesenkt, und nur ab und zu riskierte er einen verschämten Blick ins Publikum. Die viel zu langen Vorderbeine und die zu kurzen Hinterhaxn verliehen ihm den schleichenden Gang einer Hyäne. Gott, war der Kerl komisch!

Der Wegscheider Martl, um dessen Geld es ja schließlich ging, packte den Brandl an der Lodenjoppe, und sein Atem ging stoßweise: »Brandl, i glaub, du spinnst. Mit dem Viech kannst im Zirkus auftret'n. Aber in mein Stall kimmt mia der net. Der Stier is ja a Beleidigung für jede Kuah.«

»Halt's Maul, du Hirsch«, zischte der Brandl, »a Schönheit is er ja net grad. Aba der Kerl hat unheimliche Erbanlagen. Sein Vater war a fleißiger Springer, und sei Mutter is a Kuah mit a pfundigen Millileistung. Jetzt sei stad. I mach dös scho.« Der Brandl Leonhard kannte in der Tat den Besitzer des eigenartigen Stiers, ein kleiner Bauer aus dem Chiemgau. Und der hatte mit das beste Vieh im Stall stehen, das in dieser Gegend zu finden war. Bei 2000 Mark wurde das gute Stück vom Auktionator ausgerufen. Der Brandl hielt seinen Katalog in die Höhe als Zeichen dafür, dass er dabei war. Rein zum Spaß bot ein anderer 2100. Der Brandl ging mit, und so sehr sich der Auktionator auch mühte, einen höheren Preis zu erzielen, es blieb bei 2200 Mark, und der Brandl bekam den Zuschlag. Der Leonhard grinste zufrieden und nahm gelassen die nicht ganz ernst gemeinten Gratulationen der um ihn herumsitzenden Bauern entgegen. Denn nur er wusste, dass er ein gutes Geschäft gemacht hatte.

»Komm, Wegscheider, darauf trink ma a Halbe«, sagte der Brandl verschmitzt, stand auf und ging, gefolgt vom Wegscheider Martl und dem Haimerl Franz, in die Kantine, gleich um die Ecke. Der Stier war inzwischen wieder in einer großen Halle am Futtertisch angekettet worden.

Bis zwei Uhr nachmittags waren fast hundert Stiere versteigert worden, und die Kantine füllte sich mehr und mehr mit Bauern. Die meisten hatten das ersteigerte Vieh schon in die Anhänger verladen und gönnten sich zum Ausklang noch ein bisschen Alkoholisches. Der Brandl, der Wegscheider, der Haimerl und auch der Limmer Georg saßen in einer Ecke der Kantine und tranken stattliche Mengen Bier.

Während der Wegscheider Martl dumpf in sein Bierglas starrte und über die Zweckmäßigkeit seiner 2200-Mark-Investition für den senffarbenen Stier nachdachte, zog der Brandl Leonhard einen zerknitterten Papierfetzen aus der Tasche, legte ihn auf den Tisch und strich ihn mit seinen schwieligen Händen so glatt, dass man mit einiger Mühe lesen konnte, was mit Kugelschreiber darauf gekritzelt war. Zur Überraschung aller wandte sich der Brandl nun an den Limmer Georg, der beim Biertrinken noch wacker mithielt. Sicher war dies auch die Folge wachsender Bierseligkeit, denn der Brandl gehörte sonst nicht zu den Leuten, die sich verpflichtet fühlten, sich für etwas zu rechtfertigen, was andere auf Anhieb nicht begreifen. Er war knapp über vierzig, ein drahtiger Kerl mit einem markanten, scharf geschnittenen Gesicht, das von einem gepflegten, an den Enden aufgezwirbelten Schnurrbart eine besondere Zäsur bekam. Rechthaberisch war er bis zum Starrsinn, streitsüchtig und ein gehässiger Zyniker, dem es nicht wohl ums Herz war, wenn er nicht irgendjemanden verletzen konnte. Dass sich der Brandl Leonhard nicht nur mit verbalen Attacken begnügte, hatte der Lässer Martl aus Günding erst ein paar Wochen zuvor am eigenen Leib verspürt. Beim »Alten Wirt« hatte der Martl dem Leonhard glattweg ins Gesicht gesagt, dass er – nämlich der Brandl – dafür bekannt sei, seine Milch mit Wasser zu »verlängern«. Nur so sei auch die enorme Milchleistung seines mit 15 Stück eher bescheidenen Viehbestands zu erklären. Noch bevor es dem Martl gelungen war, hinter dem Kachelofen Deckung zu nehmen, hatte ihm der Brandl mit einem gezielten Faustschlag das Nasenbein zertrümmert. Um den Martl noch mehr zu demütigen, hatte der Brandl dann seinen Hirschfänger aus der Tasche gezogen und dem Martl mit zwei raschen Schnitten dessen kostbare, handbestickte lederne Hosenträger durchgeschnitten, was den Martl wesentlich mehr verletzt hätte als seine zerschlagene Nase.

Auch der Limmer Georg war schon einmal mit dem Brandl im Spechtinger Wirtshaus zusammengewachsen. Der Anlass war nichtig und kaum der Rede wert gewesen. Erst als der Brandl brüllend und mit hochrotem Kopf einen »neuen Hitler« gefordert hatte, der in diesem Land schon wieder für Ordnung sorgen würde, war dem Limmer die Hutschnur gerissen. Er hatte den Brandl einen »hohlköpfigen Faschisten« geheißen, und um der drohenden Schlägerei zu entgehen, war der Limmer aufgestanden und nach Hause gegangen. Der Brandl hatte ihm den »Faschisten« schon bald verziehen, und in der Folgezeit drängte sich dem Limmer der Verdacht auf, dass er mit dieser Bezeichnung den Nagel auf den Kopf getroffen hatte. Der Brandl also machte nun etwas, das den Limmer schon sehr verwunderte. Er schob dem Stadtfleck den geglätteten Zettel hin und sagte so laut, dass es alle hören konnten: »Schaug her, Girgl. I woaß scho, dass du koa b'sondere Meinung von mir hast. A Faschist bin i, hast g'sagt. Vielleicht hast sogar Recht. Aber i bin a guater Bauer. Und weil du a intelligenter Mensch bist, sollst von mir net glaub'n, dass i damisch bin.«

Der Brandl nahm einen tiefen Zug aus seinem Bierglas, wischte sich mit dem Handrücken den Schaum aus dem Bart und fuhr fort: »Weil du aber koa Bauer bist, könn'st glaub'n, dass i a Trott'l bin, weil i den Stier kauft hab. Da schaug her …« Und dabei hielt er dem Limmer das kleine Blatt Papier unter die Nase.

»Der Stier is zwar koa Mister Universum, aber was auf dem Zettl steht – und dös is vom Züchter verbrieft –, is dös Geld scho wert. Der Stier hat sozusagen a blitzsaubere Vergangenheit.«

»Im Gegensatz zu dir, Brandl«, krähte der Wegscheider dazwischen. Alle, die am Tisch saßen, lachten herzlich. Sogar der Brandl, denn der Wegscheider war Freund und Nachbar genug, um so etwas sagen zu dürfen.

»Und warum erzählst mir das alles?«, wollte der Limmer wissen.

»Weil du von mir koa schlechte Meinung hab'n sollst. Du bist zwar a Roter, i bin a Schwarzer. Aber i mag di.«

Es war eine seltsame, ungewohnte Liebeserklärung, derer der Limmer da teilhaftig wurde, und irgendwie freute er sich darüber, obwohl sein Misstrauen dem Brandl gegenüber dadurch nicht wesentlich abgebaut wurde.

Keinem der drei, die noch am Tisch saßen, war aufgefallen, dass der Haimerl Franz nun schon fast eine halbe Stunde auf der Toilette war. Seine Abwesenheit gab auch keinen Anlass zur Unruhe, da es nicht unüblich war, sich im Gang vor der Toilette mit anderen Bauern über dies und das zu unterhalten. So nahmen der Brandl, der Wegscheider und der Limmer Georg denn auch kaum Notiz, als sich nach gut 40 Minuten der Haimerl wieder zu ihnen an den Tisch setzte. In der Kantine herrschte bereits Aufbruchstimmung. Im Gastraum waren von der Resi, der Bedienung, bereits die Stühle auf die Tische gestellt worden, was auch für die letzten Gäste ein unmissverständliches Signal zum Aufbruch bedeutete. Die vier bezahlten ihre Zeche und verließen die Kantine durch einen langen Gang, der hinüber zum Stall führte, wo das gehandelte Vieh bis zum Abtransport an der Kette lag. Dieser Stall war gut hundert Meter lang und etwa 25 Meter breit, und an den Spitzentagen standen bis zu 500 Stück Großvieh vor den Tränkebecken.

Jetzt war die Halle leer, das heißt, sie war fast leer. Denn ganz unten, wo die lange Reihe der Futtertische und Tränkebecken zu Ende war, wartete geduldig der Senfgelbe, den der Brandl und der Wegscheider ersteigert hatten. Unter der rissigen Holzdecke der Halle schwebte noch der Duft von Mist, Stroh und Sägemehl, und ab und zu wetzten sich mit einem feinen Klingeln die Kettenglieder, die der Stier um den Hals trug. Es klang wie Weihnachtsglöckchen – und von der Bescherung trennten den Brandl und den Wegscheider nur noch Sekunden.

Plötzlich raste der Brandl Leonhard los, rannte mit

tierischem Gebrüll den Mittelgang hinunter zu seinem Stier, schlitterte durch Kuhdreck, konnte einen Sturz gerade noch vermeiden und erreichte, nach Luft und Fassung ringend, den Bullen. Es war ein Bild des Jammers, ein stummer Aufschrei der hilflosen, gefoppten, verspotteten Kreatur, mit der ein noch Unbekannter arges Schindluder getrieben hatte. Auf den beiden waagrecht zur Seite stehenden Stummelhörnern steckten zwei Tomaten, die beiden senkrecht nach oben stehenden Haarbesen über der Stirn waren mit zwei roten Schleifen drapiert, an den Schwanz war eine grüne Girlande aus Tannenreisig gebunden, und die beiden viel zu langen Vorderbeine steckten in zwei alten Gummistiefeln. Der Rest des knochigen Stiers war kreuz und quer mit weiß-blauen Stoffbändern umwickelt, und von dem stattlichen Hodensack baumelten gleichfalls bunte Bänder. Zu beiden Seiten des Stierkörpers war mit blauer Fettkreide, wie sie zum Nummerieren des Viehs verwendet wird, quer über die Rippen geschrieben: »ZORRO« – und auf der anderen Seite: »DER SCHRECKEN VOM WEGSCHEID«. Der Stier stand regungslos da, wie aus Pappe. Die langen Wimpern gesenkt, sah er aus, als wollte er jeden Moment in Tränen ausbrechen.

Der Brandl Leonhard war einem Anfall nahe. Alle Farbe war aus seinem Gesicht gewichen, und die aufgezwirbelten Spitzen seines Schnurrbarts zitterten wie der Schwanz einer Klapperschlange. Der Wegscheider, dem das Fettkreide-Geschmier ja in erster Linie galt, stand da, kratzte sich am Kopf und sagte nachdenklich, nicht ohne eine Spur von erleichtertem Aufatmen: »A Gemeinheit is es ja scho. Aber jetzt g'fällt mir dös

Viech glei vui bessa. Richtig lustig schaugt er jetzt aus. Find'st net, Leonhard?«

Der Brandl, der inzwischen begonnen hatte, den Stier der Dekoration zu entledigen, fand das nicht.

»Den Kerl, der wo dös g'macht hat, den bring i um.«

Und kaum merklich trat der Haimerl Franz, der auch dabei stand, einen Schritt zurück.

Mit der vormals heiteren Stimmung stand es von nun an nicht mehr zum Besten. Der Brandl führte den Stier aus der Halle und bugsierte ihn in den kleinen Viehanhänger, der an seinen Traktor angekoppelt war. Es goss in Strömen. Auch der Limmer ließ es genug sein und fuhr nach Hause. Er wollte nicht unbedingt dabei sein, wenn der Brandl Leonhard den Übeltäter möglicherweise doch noch ausfindig machen sollte. Denn was Spaß war, bestimmte in der Regel der Brandl – in diesem Fall aber bestimmt nicht jener, der seinen Stier und damit den Brandl selbst verunglimpft hatte.

Der Brandl, der Haimerl und der Wegscheider setzten sich auf den Traktor und tuckerten heim, Richtung Spechting. Dass erleuchtete Wirtshausfenster von jeher ihre Faszination auf die drei ausübten, war in und um Spechting hinlänglich bekannt. Ihr Heimweg führte denn auch, obwohl ein Umweg von etwa vier Kilometern, mitten durch Wolfsau, und wie es eine glückliche Fügung wollte, brannte in der Wirtsstube vom »Grünen Baum« noch Licht. Da konnte man nicht einfach vorbeifahren und so tun, als wäre ein Wirtshaus nur ein Wirtshaus und nicht mehr. Ein Wirtshaus war wie ein Magnet, und sich dem Anziehungsbereich dieses Magneten zu entziehen, wäre schmerzhaft und der Verbesserung der ohnehin schlechten Laune allenfalls abträglich gewesen. So stieß denn der Brandl Leonhard auf keinerlei Widerspruch bei seinen Beifahrern, stellte den Motor ab und sagte nur: »Jetzt brauch' i no a Bier – oda zwoa.«

Damit war der Rest des Abends geregelt. Es regnete Bindfäden, und als die drei im Laufschritt die Wirtshaustüre erreicht hatten, begann der Stier in der Enge des kleinen Hängers gottsjämmerlich zu klagen. Es war kein kraftstrotzendes, zorniges Brüllen, wie es für einen ordentlichen Bullen artgerecht gewesen wäre. Vielmehr klang es wie das kränkliche Gehüstel eines Ziegenbocks. Der Wegscheider drehte sich noch einmal um und sagte ganz angewidert: »Wenn er wenigstens g'scheit plärren tät. Aber sogar dazu is er z' damisch.«

Der Brandl indes hatte eine Idee. Er führte den jammernden Stier aus dem Hänger und band ihn an einen Hydranten, direkt vor dem Wirtshaus. Zum einen würde es das Tier bestimmt mit stiller Artigkeit danken, die Enge im Hänger los zu sein, und zum anderen würde der Regen das Fell des Bullen möglicherweise von der blauen Fettkreide befreien. Und wenn es auch nichts nützte, schaden würde es auf keinen Fall. Da stand er nun im Regen – »ZORRO – DER SCHRECKEN VOM WEGSCHEID« – und zupfte stetig die roten, fetten Geranien vom Fensterbrett der Wirtshausstube.

Drinnen lärmten die Bauern. Der Wegscheider Martl hatte das »Klassenziel« längst erreicht und war im Sitzen eingeschlafen. Seine Stirn lag platt auf dem Tisch, und seine ellenlangen Arme hingen kraftlos aus den viel zu kurzen Ärmeln seiner Trachtenjacke.

Der Haimerl Franz, dem es schon den ganzen Abend in seiner Haut nicht recht wohl war, hielt jetzt den Zeitpunkt für geeignet, reinen Tisch zu machen und die leidige Stier-Geschichte ein für alle Mal aus der Welt zu schaffen. Denn er war es gewesen, der während eines Ausflugs zur Toilette in der Oberlandhalle den Stier dekoriert hatte.

»Du, Brandl. Nix für unguat, aber dös mit dem Stier war i«, sagte der Haimerl etwas kleinlaut, und der Brandl schickte sich bereits an, eine längere Salve bayerischer Kraftausdrücke ins Lokal zu brüllen, als er es sich doch anders überlegte. Er zwickte die Augenlider zusammen, die aufgezwirbelten Schnurrbartspitzen blieben ganz ruhig und ließen keinerlei innere Erregung vermuten; sein Gesicht bekam den Ausdruck eines sizilianischen Räubers, der soeben einen Carabinieri in den Hinterhalt gelockt hatte.

»So, du warst also der Bazi, der wo mein Stier so verschand'lt hat. Aber i muaß sag'n, dia Idee war net schlecht. Dia hätt glatt vo mia sei kenna.«

Der Haimerl Franz wollte schon erleichtert aufatmen, als der Brandl plötzlich barsch wurde: »Morgen Früh, nach der Stallarbeit bist bei mir. Da kriegst an Eimer, a Bürst'n, Wasser und a Waschmitt'l, und dann geht's auf, mei Liaba! Nacha werd' g'schrubbt, bis da Stier wieder ausschaugt wia neu.«

Der Haimerl Franz, der selbst seiner Frau nur selten widersprach und als großer Dulder bekannt war, nickte stumm. Er war einer jener Menschen, die nicht auf die Welt gekommen waren, um Widerstand zu leisten, und die stets die Suppe auslöffelten, die sie sich eingebrockt hatten. Am nächsten Morgen, pünktlich nach

Beendigung der Stallarbeit, ging der Franz zum Brandl hinüber und machte sich an die Arbeit. Er schrubbte drei Stunden. Der Stier, in einen gleißenden Mantel aus Waschmittelschaum gehüllt, schien die Prozedur zu genießen wie nichts anderes auf der Welt, und zum ersten Mal seit der Versteigerung am Vortag guckte er richtig glücklich. Der Brandl saß feixend im Gras, und als der Haimerl fertig war, sah »ZORRO – DER SCHRECKEN VOM WEGSCHEID« aus wie neu.

5

Georg Limmer war von seinem Entschluss, Bauer zu werden, durch nichts mehr abzubringen. Es war Spätsommer, und am 1. Oktober würde sein erstes Trimester in der Landwirtschaftsschule in Miesbach beginnen. Er war unheimlich stolz auf sich, weil er endlich einmal etwas riskierte, dessen Ausgang mehr als ungewiss war. Entschlossen verjagte er jeden aufkommenden Zweifel, der sein Vorhaben hätte gefährden können. Er ordnete sein Leben, das hinter ihm lag. Dazu gehörten Versicherungen, Bankangelegenheiten, Außenstände und natürlich seine Schulden. Er machte sozusagen Inventur und stellte nicht ohne Verwunderung fest, dass deutlich erkennbare Ansätze von Gewissenhaftigkeit, Sorgfalt und eine Spur von Pedanterie in ihm steckten. Er ging selten aus, entsagte dem Alkohol fast völlig, aß wenig, weil er zu fett geworden war, und weidete sich an einer Entdeckung, die ihn sehr überraschte: Er hatte Disziplin. Er stand pünktlich um sechs Uhr auf und ging selten später als 22 Uhr ins Bett. Das gefiel ihm, weil es noch sehr neu war.

In Spechting, das so reich an Katholiken und arm an aufrechten Gottlosen war, wo die Autorität des Pfarrers noch unantastbar war und die sonntägliche Spende für den Klingelbeutel zu den höchsten moralischen

Pflichten gehörte, da machte sich just zu jener Zeit Unruhe breit.

Ein gewisser Emil Wondratschek, knapp 40 Jahre alt, gebürtiger Pole, Dozent für politische Wissenschaften an der Universität München, hatte sich bereits vor einem Jahr im Haus des Kaufmanns Egon Jetke, das davor dem Polizisten Rummel gehört hatte, eingemietet. Seit einem Jahr also lebte Wondratschek mit seiner Lebensgefährtin im Dorf. Der Limmer Georg war ihm ein paarmal auf der Dorfstraße oder im Wirtshaus begegnet und hatte mit ihm ausschließlich über Belangloses geplaudert. Wondratschek war wie Limmer Sozialdemokrat, was im christdemokratischen Dorf schlimm genug war. Den Limmer akzeptierten die Bauern, weil er »zwar ein Roter, aber trotzdem ein netter Kerl« war, Wondratschek erwiesen sie Respekt, weil er bei Diskussionsrunden öfters im Fernsehen zu sehen und eben deshalb schon von einer gewissen Prominenz war. Wondratschek und Limmer hatten noch eine weitere Gemeinsamkeit: Beide waren schon vor Jahren aus der Kirche ausgetreten. Das wusste auch jeder im Dorf. Und das war weit schlimmer, als ein »Roter« zu sein.

Schon vor Wochen war bekannt geworden, dass Wondratschek die Absicht hatte, in den Stand der Ehe zu treten. Ihm war zwar kaum nach Heiraten zumute, aber die Verwandtschaft seiner Lebensgefährtin Erna Ruckdäschl, durchwegs verbissene Katholiken, fanden es an der Zeit, dieser wilden Ehe ein Ende zu bereiten, damit künftig für das junge Paar und die möglicherweise zu erwartenden Kinder auch alles seine Ordnung habe. Da Erna Ruckdäschl bereits im dritten Monat schwanger war, drängte die Zeit. Nun war im Dorf aber auch noch ruchbar geworden, dass Wondratschek schon einmal kirchlich getraut war, sich nach kurzer Zeit aber wieder hatte scheiden lassen.

Diese Tatsache erhitzte die Gemüter im Dorf mehr als alles andere. Wie das der Herr Wondratschek denn nun anstellen wollte, abermals des Segens der Kirche teilhaftig zu werden? Andere mutmaßten, dass eine Erlaubnis hierfür nur von höchster Stelle in Rom zu bekommen sei. Wieder andere zeigten sich versöhnlich und meinten, dass es doch schön wäre, wenn im Dorf wieder einmal eine richtige große Hochzeit gefeiert würde. Genauso dachten auch Emil Wondratschek und Erna Ruckdäschl, und Emil war wild entschlossen, seiner Trauung ein festliches Gepränge zu verleihen.

In den nächsten Wochen ging der Pfarrer Adolf Obinger im Wondratschek-Haus ein und aus. Denn Hochwürden musste es ja schließlich gelingen, im strengen Regelbuch der Kirche eine Lücke zu entdecken. Und diese Lücke fand der Pfarrherr, auch ohne sich beim Ordinariat oder gar in Rom nach den Möglichkeiten zu erkundigen. Herr Wondratschek besaß selbst Fantasie genug, um die häufigen Besuche des Pfarrers Obinger richtig zu deuten: Er stiftete einen ansehnlichen Geldbetrag für die Kirchenkasse, »zur Renovierung des Gotteshauses«, wie er sagte, und ließ sich den Betrag quittieren, weil er die Spende ja von der Steuer absetzen konnte. Der Pfarrer Adolf Obinger lächelte milde und sagte: »Der Pfennig in dem Beutel klingt, die Seele in den Himmel springt.« Der Ablass war vollzogen.

Angesichts dieser großzügigen Geste war die Wiedereingliederung in die große Gemeinde der katholischen Kirche für Wondratschek reine Formsache; für Erna Ruckdäschl indes war es einer der schönsten Tage in ihrem Leben.

Die Hochzeit Wondratschek–Ruckdäschl geriet zu einem großen, festlichen Ereignis für die ganze Gemeinde. Es war am ersten Samstag im September, und leider regnete es. Wondratschek hatte weder Kosten noch Mühe gescheut, um den Spechtingern zu zeigen, was eine Hochzeit ist. Auf teurem Büttenpapier waren Einladungen an sämtliche Dorfbewohner, an die Einödbauern und an die Honoratioren der Nachbargemeinden verschickt worden, die den Namen Wondratschek zwar noch nie gehört hatten, sich aber nichtsdestoweniger geehrt fühlten. Der Pole Wondratschek hatte sich zu dem festlichen Anlass einen bayerischen Trachtenanzug schneidern lassen, und Erna Ruckdäschl erschien im bodenlangen Dirndl vor dem Traualtar.

Die für Spechtinger Verhältnisse gewaltige Show begann um neun Uhr dreißig. Die Dorfbewohner standen vollzählig vor der Kirche Spalier, und die alte Zwicklerin, inzwischen fast 90, machte, was sie bei Hochzeiten immer machte: Sie weinte. So sehr ging ihr dieses Zeremoniell jedes Mal zu Herzen, und zur Prinzinger Marie, die neben ihr stand, sagte sie: »Mei, is dös schön, dass der Herr Wondratschek wieder katholisch word'n is.«

Die Marie nickte beifällig, und giftig flüsterte sie der Zwicklerin ins Ohr: »Wirst schon seh'n. Unser Herr Pfarrer macht sogar den Limmer noch katholisch.«

Da irrte die Prinzinger Marie allerdings, was jedoch im Moment ohne Bedeutung war.

Der Limmer Georg saß vielmehr in seiner Stube und dachte nicht im Traum daran, zu dem Universitätsdozenten Wondratschek auf die Hochzeit zu gehen, obwohl auch er eine Einladung gekriegt hatte. Für ihn war der ganze Vorgang so ungeheuerlich und verlogen, dass er beschloss, Emil Wondratschek künftig zu verachten. Sein Grimm steigerte sich noch mehr, als am Nachmittag zwei Omnibusse aus München, voll gepackt mit Hochzeitsgästen, vor der Wirtschaft vorfuhren.

Schon seit Tagen hatte die Höck Maria, die Spechtinger Wirtin, über die bevorstehende Arbeit geklagt, denn 120 Essen waren für sie kein Pappenstiel. Unaufhörlich hatte sie sich das Maul zerrissen, weil »das doch einfach unmöglich ist, aus der Kirche auszutreten und dann mit dem Segen der Kirche wieder zu heiraten«. Aber zum einen witterte sie ein gutes Geschäft, und zum anderen war der Herr Wondratschek »viel zu prominent«, als dass man ihn mit einer Absage hätte vor den Kopf stoßen können.

Unter den Hochzeitsgästen waren sogar zwei Filmschauspieler, ein paar Politiker, allerdings nur von kommunaler Bedeutung, drei Universitätsprofessoren und allein hundert Leute aus der Verwandtschaft Wondratschek–Ruckdäschl. Einige hatten sich sogar hirschlederne Bundhosen oder bayerische Dirndl für diesen Anlass schneidern lassen, weil man doch aufs Land fuhr und der Hochzeit den rustikalen Anstrich einer echten »Bauernhochzeit« verleihen wollte. Und mittendrin eilte ein silberhaariger Herr von Grüppchen zu Grüppchen, stellte das Brautpaar einmal dahin, einmal dorthin und bannte unermüdlich alle Stationen des Spektakels auf Schmalfilm. Der Herr kam aus Hamburg, und mit seiner Dokumentation über »bayerisches Brauchtum« würde er oben an der Küste sicher einen großen Erfolg verbuchen können.

Der Limmer Georg zog die Vorhänge in seiner Stube zu, weil er von seinem Schreibtisch aus zum Wirtshaus hinüber sehen musste, ob er wollte oder nicht. Und der Anblick dieser gackernden, gelackten Bande brachte ihn zu sehr in Harnisch. Was da passierte, passte nicht in dieses Dorf, das spürte er.

Zum Festmahl gab es wahlweise Schweinebraten, Kalbsbraten oder Schnitzel. Neben dem Brautpaar saß Pfarrer Adolf Obinger und lächelte, weil er mit seiner Missionsarbeit sehr zufrieden sein konnte. Hochwürden hatte bereits das zweite Stück Kuchen verdrückt, und bevor er sich anschickte, ein drittes in Angriff zu nehmen, beugte er sich zu dem Bräutigam und flüsterte ihm zu, hinter dem Rücken der Braut: »Herr Wondratschek, ich möchte mich noch einmal recht herzlich in meinem Namen und im Namen der ganzen Kirchengemeinde für Ihre großzügige Geldspende bedanken. Der Betrag ist gestern auf meinem – ich wollte sagen: auf dem Gemeindekonto eingegangen. Es war ja viel mehr, als ich erwartet hatte.«

Wondratschek zwickte den Pfarrer kumpelhaft in den Oberarm. »Aber ich bitte Sie, Herr Pfarrer. Wir sind doch beide Männer mit Stil. Ich habe Ihnen viel zu verdanken. Und im Leben hat eben alles seinen Preis.« Die beiden ließen die Sektgläser klingen und freuten sich, dass alles so gut geklappt hatte.

Emil Wondratschek ließ sich auch die Hochzeitsfeier nicht wenig kosten. Am Nachmittag setzte sich die ganze Gesellschaft wieder in die beiden Omnibusse, und weil es inzwischen zu regnen aufgehört hatte, fuhr man zum Wendelstein. Wondratschek hatte beide Wagen der Zahnradbahn gemietet, vier Volksmusikanten sorgten für echt bayerische Stimmung, in der Bergstation gab es echt bayerischen Wurstsalat, und auf der Aussichtsterrasse erklärte Wondratschek, wo etwa Spechting und wo München zu suchen wären. Die meisten Gäste, besonders jene, die aus Nord- und Westdeutschland angereist waren, schienen tief beeindruckt, mit welcher Selbstverständlichkeit sich Emil Wondratschek in der bayerischen Geographie zurechtfand. Zum Abschied gab es noch echt bayerischen Obstler, dann fuhr man mit der Zahnradbahn wieder ins Tal und mit den Bussen zurück nach Spechting.

Für den Abend hatte Wondratschek Großes geplant. Das ganze Dorf war zu kalten Platten und Bier eingeladen worden. Die vier Volksmusikanten hatten sich mit einem Saxophonisten und einem Schlagzeuger verstärkt, denn es durfte getanzt werden.

Die meisten Hochzeitsgäste vom Tage waren bereits wieder abgereist, weil sie doch sehr weite Wege zurückzulegen hatten. Hundert kalte Platten mit Wurst und Käse hatten die Höck Maria und zwei freiwillige Helferinnen aus dem Dorf zurechtgemacht. Und das alles für die Bauern aus Spechting und der näheren Umgebung, von denen die meisten Emil Wondratschek gar nicht kannten.

Es ging bereits auf zwanzig Uhr zu, und nur der Petzinger Schorsch, ein Bauer aus Fichtach, hatte bis jetzt an der langen Tafel Platz genommen. Der Petzinger war zwar sehr verwundert gewesen, als er die Einladung erhalten hatte. Denn Herr Wondratschek war ihm fremd, und so wertete er den Vorzug der Einladung als eine Aufmerksamkeit, die in erster Linie seinem Posten als Zweitem Bürgermeister der Gemeinde Fichtach galt. Außerdem war der Petzinger dafür bekannt, dass er nicht lange nach dem Wieso und Warum fragte, wenn es kostenloses Essen und Trinken gab. Und meistens ließ er sich für den Heimweg noch ein paar Brote einpacken, wenn etwas übrig blieb.

Emil Wondratschek hatte ganz fest mit etwa 80 Leuten gerechnet. Um einundzwanzig Uhr waren es indes nur 20 und eine Stunde später sogar nur noch zehn. Wondratschek war darob sehr gekränkt und vermutete eine Intrige. Die Musiker spielten nur, weil sie dafür bezahlt wurden, und die Höck Maria blickte traurig auf die viel zu vielen kalten Platten. Erna Wondratschek, geborene Ruckdäschl, war den Tränen nahe, denn mit dem Ausbleiben der geladenen Gäste hatte sich die Stimmung ihres Gatten zusehends verschlechtert.

»Aber Emil«, flötete sie weinerlich, »nimm's doch nicht so persönlich. Vielleicht sind die Leute verhindert.«

»Unsinn! Sechzig Leute können nicht an einem Abend verhindert sein. Da steckt Methode dahinter. Die wollen mich brüskieren«, mutmaßte Wondratschek. Er täuschte sich, denn die meisten Bauern dachten über die Einladung ähnlich wie der Wegscheider Martl, der sich gleich nach der Stallarbeit ins Bett gelegt hatte: »I kenn den Mensch'n kaum, und einem Mensch'n, den i kaum kenn', geh i net auf d' Hochzeit. I geh' bloß einem auf d' Hochzeit, wenn er mei Freund is, oder wenn i eahm ganz guat kenn.« Punktum. Da half auch das ganze Jammern der Wegscheider Anni nichts, die schon um der Neugier willen nur zu gerne ins Spechtinger Wirtshaus gegangen wäre. Doch daraus wurde nichts, denn wo der Bauer nicht hinging, hatte die Bäuerin erst recht nichts verloren. So war's der Brauch, und dagegen war kein Kraut gewachsen.

Den Ehrentanz mit seiner jungen Braut absolvierte Wondratschek denn auch lustlos und ohne Engagement. Sein Blick war starr und finster, und während des ganzen Tanzes schien er wie geistesabwesend durch seine hübsche Frau hindurchzublicken. Jedes Mal, wenn die Türe zur Gaststube aufging, warf er erwartungsvoll seinen Kopf zur Seite, immer noch hoffend, dass sich das Lokal endlich mit Gästen füllen möge. Um Geselligkeit und das Zeremoniell der Hochzeit ging es ihm erst in zweiter Linie. Vielmehr hatten seine maßlose Eitelkeit und sein immerwährender Drang, im Mittelpunkt zu stehen, einen empfindlichen Knacks erlitten. Ja, das war es wohl: Er wollte Mittelpunkt sein, was aber nicht ging, weil außen herum nichts war. Und ohne Publikum fühlte sich Wondratschek nackt.

Einem jedoch kam die verfahrene Situation nicht ungelegen. Kurz vor Mitternacht schlich sich der Petzinger Schorsch, Zweiter Bürgermeister von Fichtach, zu seinem Auto, entnahm dem Kofferraum einen alten Wäschekorb und begab sich ins Nebenzimmer, wo auf einem langen Tisch die kalten Platten mit Wurst und Käse geschichtet waren. Der Petzinger packte den Korb in vier Etagen voll, schlich zum Auto zurück und verstaute den Fresskorb im Kofferraum.

Dann ging er zufrieden in die Wirtsstube zurück und machte erst einmal richtig Brotzeit.

Wondratschek war von Natur aus blass, leicht erregbar und hatte einen zu niederen Blutdruck. Die Aufregung der letzten Stunden hatte ihn bis an die Grenzen seiner Belastbarkeit gebracht. Dunkle Ringe säumten seine Augen, auf seiner glatten Stirn schimmerten kleine Schweißtropfen. Die etwa zehn Bauern und zwanzig Angehörigen hatten sich in kleinen Gruppen um die sechs Tische postiert, einige spielten Karten, und von fröhlichem Gemeinsinn war schon längst nichts mehr zu spüren. Die Stimmung war trist, und da hinein platzte der Inglfinger Korbinian, ein Bauer aus Riederau, Mitte sechzig.

Wondratschek hatte auch ihn eingeladen, hätte jedoch sicher darauf verzichtet, wenn er geahnt hätte, in welchem Zustand der Inglfinger Korbinian der Einladung Folge leisten würde. Erstens war er ordentlich betrunken, was vermuten ließ, dass er den Abend im Wirtshaus von Riederau verbracht hatte. Zum zweiten, und das traf Wondratscheks Vorstellung von Anstand und guten Sitten weit mehr, hatte es der Inglfinger Korbinian nicht einmal für nötig empfunden, sich festtagsgemäß zu kleiden. Vielmehr schlurfte er jetzt in Gummistiefeln, an denen zentimeterdick der Kuhmist klebte, auf den Bräutigam zu und schlug diesem krachend auf die Schulter, was Wondratschek schon gar nicht ausstehen konnte. Dazu lallte der Korbinian, während die Wirtsstube in Sekundenschnelle nach Kuhstalldunst roch:

»Ha! Wondratschek! Oida Pollack! Freust di, dass i a no kemma bi'? Hunger hab' i und Durscht und dös net wenig.«

Wondratschek lächelte süßsauer. Seine Schwiegereltern drängten sich verängstigt in die äußerste Ecke am Stammtisch, wo der Korbinian einer jahrelangen Gewohnheit folgend Platz genommen hatte. An seinem einstmals blauen Arbeitsanzug klebte Kuhmist. Fast alle waren pikiert, und der Höck Maria, der Wirtin, war der Auftritt sehr peinlich. Der Korbinian rülpste ein paarmal, nahm ein halb volles Bierglas, das auf dem Tisch stand, und leerte es mit einem Zug. Dann rülpste er wieder. Das alles war für Wondratscheks Verwandtschaft noch recht neu; aber es sollte weit schlimmer kommen.

Denn plötzlich fasste sich der Inglfinger Korbinian mit beiden Händen in die Gegend, wo er den Magen vermutete, begann zu würgen und schoss wie ein geölter Blitz hinaus zur Toilette. Alle Wondratscheks schwiegen betreten, und nur der Petzinger Schorsch empfand den Auftritt als Abwechslung und sehr gelungen. Während der Korbinian mit sich beschäftigt war, spielte die Kapelle das zu Herzen gehende Wiener Lied: »Stellt's meine Ross in Stall …« Emil Wondratschek nützte die Abwesenheit des Störenfrieds zu einer kurzen Erklärung und wandte sich entschuldigend an seine Verwandtschaft.

»Das ist mir alles sehr peinlich. Aber allzu lange wird sich der Herr Inglfinger ja wohl nicht mehr aufhalten. In dem Zustand …«

Um es gleich vorwegzunehmen: Der Zustand des Inglfinger Korbinian war in der Tat Besorgnis erregend, und obwohl er zwar nicht auf den Operationstisch musste, so war er für die nächsten drei Tage doch außer Gefecht gesetzt. Nur gut, dass die feine Hochzeitsgesellschaft folgende Geschichte von Ursachen und Folgen falscher und leichtfertiger Ernährung nicht mehr zu Ohren bekam.

Wie jedes Jahr nach Beendigung der Feldarbeit im Herbst, verdiente sich der Inglfinger Korbinian als Hilfsarbeiter ein paar Mark zum Milchgeld dazu. Seit Jahren machte er das, und der Ratzinger Schorsch, ein Bauunternehmer aus Narling und Schulfreund des Korbinian, hatte für den Bauern bis zum Frühjahr immer ein paar leichte Arbeiten. In diesem Jahr musste der Korbinian zu einer Baustelle an der Autobahn nahe Rosenheim, und weil der tägliche Heimweg zu weit und zu beschwerlich gewesen wäre, übernachtete der Inglfinger an den Werktagen in einer Bauhütte und kam nur am Wochenende nach Hause.

Am Abend vor der Hochzeit in Spechting hatte der Inglfinger Korbinian seine drei Baustellen-Kollegen zu einem Abschiedsessen eingeladen. Bratkartoffeln mit Schnitzel standen auf dem Speiseplan, und an alles hatte er gedacht, bis auf eins: Fett. Er hatte vergessen, Fett einzukaufen. Seine drei Kollegen waren noch mit dem Aufräumen der Geräte beschäftigt, als der Inglfinger vor dem kleinen Kanonenofen hockte und nach einem Ausweg suchte. Er fand ihn in einem Blecheimer, der noch ungeöffnet in einer Ecke der Baubude stand. Der Korbinian öffnete den Deckel mit einem Schraubenzieher, und zum Vorschein kam eine glasig-gelbliche Masse. Zehn Kilo Kugellagerfett. Der Korbinian häufte sich etwas davon auf die Kuppe seines Zeigefingers und kostete. Es schmeckte abscheulich, aber seine Notlage, das Versprechen, ein Mahl zu bereiten, die bereits geschlossenen Geschäfte und der unbändige Hunger, den vermutlich auch seine drei Kollegen inzwischen verspürten, zerstreuten jede Spur von Argwohn und Ekel. Er patschte einen gehäuften Esslöffel von der glasigen Pampe in die Pfanne, und schon quoll ein schwarzer, öliger Rauch zur Decke. Als sich die dicksten Rauchschwaden verzogen hatten, schnitzelte der Korbinian die rohen Kartoffeln scheibchenweise in die Pfanne, würzte reichlich mit Pfeffer, Salz und Paprika und wiederholte denselben Vorgang mit den vier Schweineschnitzeln.

Arglos setzten sich die drei anderen zum Mahl. So sehr sich der Inglfinger Korbinian auch mühte, seine Qualitäten als Koch anzupreisen, er blieb mit seiner Euphorie allein.

»Schmeckt's?«, fragte der Korbinian mit geheucheltem Interesse.

»Wia Aff'nfett«, antwortete der Erste.

»Aber satt macht's«, sagte der Zweite.

»Wahrscheinlich für immer«, befürchtete der dritte.

Der Inglfinger schluckte tapfer, obwohl auch ihm der Appetit schon nach dem ersten Bissen vergangen war.

»Komisch schmeckt's scho«, sagte der Korbinian mit vollen Backen. Er fand, dass es wohl am klügsten wäre, die Unterhaltung unbeirrt fortzusetzen. Wenn die drei in ein Gespräch verwickelt wären, hätten sie wohl wenig Zeit zum Nachdenken.

»Aber, dös is so a neumodisch's Pflanz'nfett aus 'm Reformhaus. Und net billig. I schwör's.«

Plötzlich hielt der Zweite inne. Er legte ganz langsam Messer und Gabel beiseite und zog mit spitzen Fingern einen kleinen, roten Papierstreifen zwischen den Bratkartoffeln hervor. Den Korbinian durchfuhr ein eisiger Schreck. Er zog ganz eng den Kopf zwischen die Schultern und knurrte: »Scheißdreck.«

Der zweite hielt sich den kleinen Papierstreifen ganz dicht vor die Augen und las: »Kugellagerfett. Kontrollnummer CK 31245.«

Drei Augenpaare waren groß und starr auf den Inglfinger Korbinian gerichtet. Es konnte in dieser Situation nicht einmal mehr von einem schwer wiegenden Verdacht die Rede sein. Der kleine Kontrollstreifen brachte absolute Gewissheit.

»Ja, du Dreckhammel, du mistiger«, brüllte der Zweite und schleuderte den Teller mitsamt Bratkartoffeln und Schnitzel wie einen Diskus durchs geschlossene Fenster. Der erste sprang auf, rannte ins Freie, würgte, und binnen Sekunden war er alles wieder los. Der Dritte stand auf, ganz langsam machte er das, sah den Inglfinger lange an, und sein Blick war unendlich traurig: »Korbinian, Korbinian. I bin schwer enttäuscht von dir. Dös war ja fast a halber Mordversuch. Na, na, na.« Und kopfschüttelnd verließ auch er die Baubude.

»Wehleidige Wimmerl! Verzogene Fratz'n! Heikle Hund!«, brach es aus dem Korbinian heraus. »Undankbares G'sindl! Kocht's euch doch euern Dreck alloa.« Dann aß er unter Außerachtlassung seiner ohnehin angegriffenen Gesundheit stur seinen Teller leer bis auf den letzten Schnipsel. Die Folgen seiner rustikalen Küche hatte der Korbinian erst mehr als 24 Stunden später, nämlich während der Hochzeitsfeier des Emil Wondratschek, zu tragen. Vielleicht lag diese Spätzündung auch daran, dass der Inglfinger Korbinian nur noch einen halben Magen hatte. Die andere Hälfte war ihm schon vor zehn Jahren herausoperiert worden.

Er war halt ein Mensch, der sein Wohl und Wehe mit Haut und Haaren in die Hände des Allerhöchsten legte. Von einer nachgerade saloppen Gottesfürchtigkeit, sprach er über seinen Herrgott wie über einen guten Kumpel. Dass ihm dieser im Laufe seines Lebens außerordentlich harte Prüfungen auferlegt hatte, wertete der Korbinian als sein ganz individuelles Kreuz, das ihn weit über seine Mitmenschen emporhob. Er beklagte sich nie, wenn ihn Unheil heimsuchte, ließ aber andererseits auch keine Gelegenheit aus, um die Duldsamkeit seines Schutzengels auf extrem harte Proben zu stellen. Ein leichtsinniger Tagträumer, der mit Kreissägen, Trennschleifern und landwirtschaftlichen Maschinen hantierte, als handle es sich dabei um kinderfreundliches Spielzeug. Es verging kaum eine Woche, ohne dass sich der Korbinian eine größere Blessur zugezogen hätte. Zu allem Überfluss bediente er auch noch bei Beerdigungen und zu anderen festlichen Anlässen die kleine Böllerkanone, mit der zum letzten Gruß oder zum Willkommen der Festgäste geschossen wurde. Zwei Finger der rechten Hand hatte er in Ausübung seiner Tätigkeit als Kanonier verloren. Der Daumen der rechten Hand wurde Opfer eines Sägeblatts. Verblieben sind ihm noch der kleine und der Ringfinger der rechten Hand. Den linken Zeigefinger riss ihm das Zugseil seines Traktors ab, und der linke kleine Finger musste ihm wegen einer bösen Blutvergiftung amputiert werden. Blieben insgesamt fünf Finger an zwei Händen. Wie ein Magnet schien er das Unglück anzuziehen, und wenn er wieder einmal auf der Nase lag, sagte er ganz ohne Groll: »Der da drob'n muss mi schon ganz b'sonders mög'n. Denn wen der Herr liebt, den züchtigt er.«

Sein innigster Wunsch war es, die Zeit bis zur Rente in etwa fünf Jahren noch halbwegs gut über die Runden zu bringen. Dann würde er den Kindern den Hof übergeben und alle fünfe grade sein lassen und nichts mehr anrühren, wovon Gefahr ausging.

»'s kommt, wie's kommt«, pflegte der Korbinian zu sagen, und aus dieser, auf eine Kurzform gebrachten Lebenseinstellung klang jene demütige Gottesfurcht, die der Pfarrer Obinger an ihm so sehr schätzte. Hochwürden wünschte sich oft, dass alle in und um Spechting so dächten wie der Inglfinger Korbinian, und deshalb durfte er an Fronleichnam – zusammen mit drei anderen – auch immer den kostbaren Baldachin tragen, unter dem der Pfarrherr die schwere goldene Monstranz schleppte. War es für den Korbinian auch jedes Mal eine Qual, weil er sich mit insgesamt fünf Fingern doch wesentlich schwerer tat als seine unversehrten Partner, so empfand er es dennoch als Auszeichnung und fühlte sich wie auf Flügeln, weil er seinem Herrgott ganz nah war.

Menschen von seinem Schlag brauchte man im Dorf, weil man sich um sie sorgen konnte, wenn die eigenen Sorgen einmal knapp wurden.

6

Der erste Oktober war ein Montag. Für den inzwischen 37-jährigen Georg Limmer ein großer Tag: Schulanfang. Er frühstückte üppig. Der Unterricht begann um neun. Kurz vor acht klingelte es an der Haustüre. Der Limmer öffnete und musste an sich halten, um keinen Schreikrampf zu bekommen. Da standen der Höck Lukas und der Grabner Karl, beide in Gummistiefeln und im kuhdreckverschmierten Stallgewand, und zwischen sich hielten sie eine riesige rote Schultüte, wie man sie Abc-Schützen mit auf den Weg gibt, um ihnen die Schrecken des ersten Schultages zu versüßen. Und als der Limmer so dastand und nicht genau wusste, ob er gerührt war oder nicht, sagten die beiden ihr Sprüchlein auf: »Wir wünschen unserem kleinen Girgl alles Gute zum ersten Schultag.« Dann überreichten sie ihm die Tüte, die randvoll gefüllt war mit Schokolade, Waffeln und Bonbons; mittendrin steckte eine Flasche Obstler.

»Ich dank euch«, stammelte der Limmer gerührt.

»Und in da Schul' schön brav bleib'n«, ermahnte ihn der Grabner. »Wenn'st den Lehrer Oberlechner siehgst, sag eahm an schönen Gruß vom Grabner. Dann hast bei eahm von Haus aus schon verschiss'n.« Der Höck und der Grabner lachten, klopften dem Limmer auf die Schulter und wünschten ihm viel Spaß.

Während der knapp zehnminütigen Fahrt nach Miesbach gingen dem Limmer Georg tausend Dinge durch den Kopf.

Ein bisschen hatte er schon die Hosen voll. Wie würden sich die anderen ihm gegenüber verhalten? Die meisten Schüler waren nicht älter als 18, hatten inzwischen eine landwirtschaftliche Lehre hinter sich und kannten sich aus. Im Vergleich zu ihnen war er ein alter Esel, der von der gemeinen Kuh nicht viel mehr wusste, als dass sie zum Milchgeben auf der Welt war. Vielleicht, so überlegte er, hatte er diesen rotzfrechen Brief an seine ehemaligen Brötchengeber doch etwas voreilig verschickt. Was, wenn er plötzlich feststellen würde, dass er für den Beruf des Bauern aus dem falschen Holz geschnitzt war?

Seine Kommilitonen hatten sich bereits vollzählig im Klassenzimmer versammelt. 25 waren es, und die meisten von ihnen hatten sturmlaufartig versucht, die hintersten Bänke in Beschlag zu nehmen. Denn nach der allmorgendlichen Stallarbeit, die in der Regel bereits um vier Uhr begann, war in den Vormittagsstunden mit aufkommender Müdigkeit zu rechnen. Und für ein Schläfchen eigneten sich die hintersten Reihen naturgemäß besser als die Linien in vorderster Front, wo man den Attacken des Lehrers weit mehr ausgesetzt war.

Als Georg Limmer das Klassenzimmer betrat, herrschte für einen Augenblick eisiges Schweigen. 25 Bauerngesichter waren neugierig auf seinen Auftritt gerichtet. Der Limmer grüßte mit einem flüchtigen Kopfnicken und setzte sich in eine der vordersten Reihen. Er fühlte, wie sich die Blicke der anderen förmlich in seinen Rücken bohrten. Die meisten der Burschen kannten sich untereinander, hatten schon in der Volksschule zusammen die Schulbank gedrückt. Dieser »Spätberufene« jedoch, dessen Aussehen ein Alter weit über 30 signalisierte, erregte ihre ganze Aufmerksamkeit. Der Limmer fühlte sich unwohl, zumal er von den hinteren Reihen nur ein undefinierbares Getuschel vernahm. Als das Murmeln wieder zu einem lautstarken Gespräch anschwoll, riskierte der Limmer vorsichtig einen prüfenden Rundblick. Und erst jetzt bemerkte er eine Mitschülerin, die Einzige übrigens, die drüben am Fenster saß und ihm freundlich zulächelte. Der Limmer gab sein Bestes und lächelte zurück. Auf den ersten Blick empfand Georg Limmer eine stille, fast aristokratische Überlegenheit, die von dieser jungen Dame ausging. Mitte zwanzig mochte sie sein. Und hübsch war sie. Ihr kastanienbraunes Haar war glatt nach hinten gekämmt und mündete in einen kinderarmdicken Zopf, der ihr bis zu den Hüften reichte. Ihr blasses Gesicht war dezent geschminkt und betonte ihre hellgrünen, gescheiten Augen noch mehr. Ihre Figur konnte der Limmer vorerst noch nicht beurteilen, weil das Mädchen ja saß. Der Limmer fand, dass sein erster Schultag gar nicht so schlecht begann.

Punkt acht trat Quirin Schmalzl, der Klassenlehrer, ins Zimmer. Der Mann war sehenswert. Er mochte um die vierzig Jahre alt sein, doch auf Grund seines Aussehens war das nicht sicher zu beurteilen. Auf schmalen Schultern, die von einer alten Trachtenjoppe zusammengehalten wurden, saß fast ansatzlos ein kleiner Kopf, dessen markantester Blickfang eine lange, an der Spitze leicht nach oben aufgerichtete Nase war. Dem sitzenden Limmer boten sich somit die zwei Nasenlöcher wie zwei finstere Höhlen. Den Eingang dieser beiden Höhlen umwucherte drahtiges Bartgestrüpp. Hinter dicken Brillengläsern vergrößerten sich die Augen um ein Mehrfaches. Die spindeldürren Beinchen steckten in speckigen Bundlederhosen, und die Waden, die eigentlich gar keine waren, schützten dicke, schafwollene Kniestrümpfe. Das war Quirin Schmalzl, ein unbeschriebenes Blatt, weil er erst mit Beginn dieses Trimesters von Landshut in Niederbayern nach Miesbach in Oberbayern versetzt worden war.

»Grüß Gott beinand«, sagte Herr Schmalzl, und sein Stimmchen war mindestens so dünn wie seine Waden.

»Grüß Gott«, brummelten die Bauernburschen im Chor. Quirin Schmalzl legte seine abgewetzte Aktentasche aufs Pult und musterte durch die dicken Brillengläser die ihm anvertrauten Schüler.

»Wir haben für die Dauer dieses Trimesters zwei Gastschüler in unseren Reihen. Da ist zum einen …«

Quirin Schmalzl blätterte in seinem Aktenordner.

»Aha, da haben wir ja schon alle beisammen. Da ist also zum einen Fräulein Anna Hugl. Sie hat bis letztes Jahr an der Universität in München studiert und will nun eine richtige Bäuerin werden.«

Der Limmer wurde hellhörig.

»Und dann haben wir noch den Herrn Georg Limmer, einen Werbemann, der dank guter Beziehungen zum Kultusministerium drei Trimester bei uns verbringen darf. Vielleicht möchte Herr Limmer auch Bauer werden. Aber das wird er uns vielleicht selbst noch einmal sagen. Ansonsten kann ich Ihnen nur Fleiß und guten Willen warm ans Herz legen. Dann werden wir das Kind schon schaukeln.«

Wie immer und überall am ersten Schultag, ging es

auch hier noch nicht richtig zur Sache. Dem Limmer und den anderen Schülern war natürlich die bissige Bemerkung des Klassenlehrers nicht entgangen: »… dank guter Beziehungen zum Kultusministerium«.

Aber Georg Limmer beschloss, sich nicht schon gleich am ersten Schultag zu ärgern.

Die nächsten zwei Stunden verplemperte Quirin Schmalzl mit allerlei Belanglosem. Er verlas die Lehrfächer, die im Stundenplan aufgeführt waren, und ohne von dem großen Bogen Papier aufzublicken, stellte er, routiniert wie ein Auktionator, die Frage, auf die er während seiner Schullehrerlaufbahn wohl noch nie eine abschlägige Antwort erhalten hatte.

»Möchte sich jemand vom Religionsunterricht freistellen lassen?«

Der Limmer sagte, ohne aufzustehen: »Ja, ich. Ich möchte da nicht unbedingt dabei sein.«

Quirin Schmalzl hielt für einen Moment wie vom Blitz gerührt inne, hob ganz langsam den Kopf und peilte Limmer Georg durch seine dicke Brille mit einem Gemisch aus Erstaunen und Empörung an. »So, so. Und warum nicht, Herr Limmer?«

»Weil ich schon lange nicht mehr zahlendes Mitglied einer christlichen Konfession bin. Deshalb.«

Im Rücken des Limmer Georg brummelten die Bauernburschen, die hundertzehnprozentig katholisch waren. Anna Hugl bekam plötzlich Farbe in ihr blasses Gesicht, weil sie sich ein Lachen nur schwer verkneifen konnte. Es gefiel ihr, wie der Limmer das sagte.

Quirin Schmalzl blickte den Gottlosen unverwandt an, und sein dünnes Stimmchen drohte jetzt, sich zu überschlagen.

»Auch das noch. Aber wir werden das Kind schon schaukeln.«

Mit dem Elfuhrläuten entließ Quirin Schmalzl seine Truppe, eine Stunde vor der Zeit, was ihm jedoch keiner krumm nahm. Während die Bauern ohne Umwege zum »Ochsenbräu« zogen, ging der Limmer Georg ohne Umschweife auf die Hugl Anna zu, die nicht nur einen guten Kopf, sondern auch ein imponierendes Untergestell hatte. Am Schultor hatte sie der Limmer eingeholt. Es schien ihm ratsam, sich von seiner noblen Seite zu zeigen, wie sich das bei einer »G'studiert'n« ziemte.

»Fräulein Hugl, darf ich Sie zu einem Kaffee einladen?«

Anna Hugl kniff ihre hellgrünen Augen zusammen, und ihr Gesicht bekam etwas Katzenhaftes.

»Zu mir derf'st scho du sag'n. I hoaß Anna. Mit dein'm Kaffee geh'st ma weida. Aba a Bier und an Schnaps mog i scho.«

Im ersten Moment klang das, was und wie sie es sagte, recht derb und krachledern. Und allein die Tatsache, dass Anna Hugl seiner Einladung wohlwollend gegenüberstand, wertete der Limmer Georg noch längst nicht als ein Zeichen von Zuneigung. Dass keiner der Bauernburschen auf die Idee gekommen war, Anna Hugl ins Wirtshaus einzuladen, verwunderte den Limmer nicht. Für seine Klassenkameraden war eine »G'studierte« wie ein Wesen von einem anderen Stern, das man erst einmal mit Scheu und Misstrauen prüfte – auch wenn Anna Hugl auf einem Bauernhof zu Hause war. Aber allein ihr Universitätsstudium machte sie schon verdächtig. In den Augen der Bauern war sie halt doch »was B'sonders«.

Der Limmer entschied sich für ein kleines Café gleich um die Ecke. Sicher wäre es taktisch klüger gewesen, gleichfalls zum »Ochsenbräu« zu gehen, um seine Mitschüler ein bisschen kennen zu lernen, um gleich am ersten Tag die Barriere aus Misstrauen und Argwohn, die zwischen ihm und den Bauern bestand, abzubauen. Aber so weit dachte der Limmer im Moment nicht. Ihn interessierte die Hugl Anna.

Kein Gast saß um diese Zeit in dem kleinen Café. Georg Limmer steuerte zielstrebig auf einen kleinen Ecktisch zu. Mit etwas hölzerner Galanterie schob er Anna Hugl einen Stuhl unters Sitzfleisch und bemerkte dabei, dass sie schon verflixt gut gewachsen war. Dann setzte er sich ihr gegenüber auf eine kleine Eckbank.

Der Limmer wusste, dass er reichlich unverschämt schauen konnte, wenn er wollte. Und jetzt wollte er. Er bestellte ein Bier und einen Schnaps und für sich einen Kaffee. Dann setzte er sein gewinnendstes Lächeln auf und sah der Anna ganz tief in die Augen, die so grün waren wie die Isar kurz vor Wolfratshausen. Anna Hugl lächelte zurück und wurde dabei kein bisschen rot.

»Was schaug'st denn so?«, fragte sie nach einer kleinen Weile.

»Du gefällst mir. Du gefällst mir sogar sehr«, säuselte der Limmer.

»So«, antwortete die Anna, als hätte sie gar nichts anderes erwartet. »Du g'fallst mia aba gar net. Du bist mia a bisse z' schnell mit deine Kompliment'.«

Für Georg Limmer war die Sache zu wichtig, als dass er es sich geleistet hätte, gekränkt zu sein. Er änderte seine Taktik.

»Was hast denn studiert?«

»Jura«, antwortete die Anna, und es klang, als sei es ihr äußerst lästig, darüber zu reden.

»Und warum hast damit aufg'hört?«, fragte der Limmer arglos.

Anna Hugl nahm einen kleinen Schluck aus ihrem Schnapsglas, senkte den Blick, und als sie den Limmer Georg wieder ansah, waren ihre Augen traurig und glänzten ganz feucht. Umständlich putzte sie sich ihre Nase.

»Weil, wia's so sche hoaßt, bei uns dahoam ›das Schicksal zugeschlagen‹ hat. Vorig's Jahr im Herbst is mei Bruada, da Hansi, mit 'm Motorradl tödlich vaunglückt. Und vor vier Monat hat's mein Vata dawischt. Herzschlag. Da Hansi hätt' an Hof g'erbt. Jetzt is bloß no d' Mama da. A bisse wenig für zwanz'g Stuckl Viech. Drum bin i jetzt dahoam und werd' halt a Bäurin. Jura ade.«

Der Limmer war kein besonders sentimentaler Mensch, aber das, was ihm die Anna da erzählte, packte ihn schon ein wenig. Am liebsten hätte er ihre Hände angefasst, sie gestreichelt, ihr sein Mitgefühl und seine Zuneigung gezeigt. Aber er beherrschte sich, zumal Anna Hugl jetzt auch etwas wissen wollte.

»Und du? Wie kommst du denn zur Landwirtschaftsschul'? Du bist doch im Leb'n koa Baur.«

Und dabei betrachtete sie interessiert seine schlanken Hände, die ohne Schwielen und Schrunden waren.

»Ich bin Werbemann. Aber ich hab's satt. Ich hab einen kleinen Hof gepachtet, möcht' mir gern ein paar Stück Vieh anschaffen und Bauer werden. Das ist alles.«

»Herrgott! Bist denn ganz narrisch? A Baur möcht' a werd'n. Mit nix. Moanst vielleicht, dös geht so hopplahopp? Bei uns dahoam ham drei Generation'n g'arbat, bis ma dös g'habt ham, was ma heut' ham. Bist wohl a hirnrissiga Fan vom alternativ'n Leb'n. Aba dös is dei Bier.«

Georg Limmer zuckte die Schultern; jetzt war er doch ein wenig gekränkt. Obwohl er dieses Mädchen, das er heute zum ersten Mal sah, auf Anhieb sympathisch fand, dachte er nicht im Traum daran, sich von seinem eingeschlagenen Weg abbringen zu lassen.

»Du könntest mir ja ein bisschen helfen, mir ein paar Dinge beibringen«, sagte der Limmer, und er meinte es ganz unzweideutig und sehr ernst.

Anna Hugl sah ihn verdutzt an.

»I dir was beibringa? Und was zum Beispiel?«

»Alltägliche Dinge, die in einer Landwirtschaft passieren. Das Melken mit der Maschine, das Füttern, zum Beispiel. Du könntest mir doch zeigen, wie man einem Kalb auf die Welt hilft. Ich wär dir sehr dankbar und könnte dir und deiner Mutter sicher auch ein bisschen helfen.«

Anna Hugl kaute auf ihrer Unterlippe herum. Sie dachte nach. Und während sie nachdachte, nestelte sie unentwegt an der Spange ihres dicken Zopfes herum. Mit einer heftigen Kopfbewegung, die den Zopf fast waagrecht nach hinten schleuderte, beendete sie ihre Denkpause.

»Vo mir aus gang's ja scho. Aba d' Mama hat ja da a no was z' red'n. D' Praxis kannt i dia scho beibringa.

Dia kenn i no vo meina Kindheit. Und d' Theorie lernst ja in da Schui. Vielleicht kannst ma da du sogar a bisse helf'n. Wer woaß. Vielleicht bist a ganz a G'scheita. Aba d' Mama muaß i scho frag'n. Dös g'hört si einfach.«

»Dann fragen wir's doch am besten gleich.« Der Limmer konnte seine Freude nicht verbergen.

»Guat, pack' ma's. Ob d' jemals a guata Baur wirst, woaß i net. Aba a ganz a schnella wirst g'wiß.«

Anna Hugl stand auf, der Limmer bezahlte, und im Hinausgehen musste er sich eingestehen, dass er an diesem hübschen und unkomplizierten Ding einen Narren gefressen hatte. Ein bisschen war er schon verliebt.

Anna Hugl war mit dem Bus nach Miesbach gefahren. Das traf sich gut, denn so fuhren sie jetzt mit Limmers Wagen zum Hugl-Hof. Nach einer knappen Viertelstunde waren sie da. Beide hatten sich während der Fahrt hartnäckig angeschwiegen, weil beide über verschiedene Dinge nachdachten. Der Bauernhof der Hugls war mit vom Feinsten, was der Limmer während der letzten Jahre in dieser Gegend gesehen hatte. Das Wohnhaus mochte gut 200 Jahre alt sein, mit einem ausladenden, flachen Dach und viel Holz außen herum, einem mächtigen, geschnitzten Balkon über drei Seiten und alles blitzsauber. Der riesige Misthaufen hinter dem neu gebauten Stall zeugte von einem beachtlichen Viehbestand, und in einer kleinen hölzernen Schupf standen zwei Traktoren, ein großer und ein kleiner. Enten und Hühner pickten, was gerade zu finden war. Der Limmer schaltete den Motor ab und wollte gerade aussteigen. Plötzlich wurde sein Körper ganz starr, seine Rechte packte schnell und ohne dass er es gewollt hätte, die Hand der Hugl Anna, und während er den Kopf ganz langsam und mit dem Ausdruck blanken Entsetzens nach links drehte, stammelte er: »Anna, steig du zuerst aus. Ich wart noch so lang'.«

An dem Fenster der Fahrertür drückte ein riesiger Bernhardiner seine mächtige Schnauze platt und schnaufte dabei wie ein gieriges Ungeheuer. Anna Hugl brach in schallendes Gelächter aus, und es störte sie keineswegs, dass Georg Limmer immer noch ihre Hand ganz fest umklammert hielt.

»Ja, du bist ma ja a saubera Held«, prustete sie vor Vergnügen. »Dös ist unsa ›Zwergerl‹. Vor zwoa oda drei Jahr' hat a an Postbot'n mitsamt de Briaf g'fress'n. Seitdem hot er zwar koan Appetit nimma, aba dafür kann a les'n. Der tuat da nix.«

Anna Hugl stieg aus, ging um das Auto herum und packte das »Zwergerl« an seinem breiten Halsband, um dem Limmer das Aussteigen zu erleichtern. Es war wirklich ein stattliches Vieh, groß wie ein Kalb, mit blutunterlaufenem Schlafzimmerblick und triefenden Lefzen. Georg Limmer ging auf das »Zwergerl« zu und kraulte ihm vorsichtig den eckigen Kinnladen. Und dabei sah er, dass dem Hund im Laufe der Jahre außer den vier Eckzähnen nicht viel im Maul geblieben war.

Franziska Hugl, die Mutter der Anna, war eine kleine, zierliche Frau. Kummer und Leid hatten tiefe Furchen in ihr Gesicht gegraben. Ihre Hände waren von der vielen Arbeit rissig geworden, und obwohl sie höchstens 50 Jahre alt sein mochte, ging sie schon etwas gebeugt. An der Haustüre kam sie den beiden entgegen, wischte ihre Hände an einer blauen Schürze ab und sah ihre Tochter fragend an.

»Grüß di, Mama. Dös ist da Limmer Georg, unsa neua Knecht«, lachte die Anna.

Georg Limmer streckte der Bäuerin seine Rechte entgegen. Er spürte eine kleine, knöcherne Hand, rau wie Sandpapier. Franziska Hugl nahm jetzt mit beiden Händen die Rechte des Limmer und drehte und wendete sie nach allen Seiten, und zwischendurch fuhr sie prüfend mit ihren rauen Fingern über die glatte Handfläche des Stadtflecks.

»So, so. Unsa neua Knecht bist«, grinste die Bäuerin verschmitzt. »Aba so wia deine Pratz'n ausschaug'n, hast in dein'm Leb'n no net b'sonders vui g'werkt. War'st bestimmt a bessera Knecht.«

Die Anna sah den Limmer ganz mitleidig an, weil der sich nicht so recht zu helfen wusste.

»Geh, Mama. Der Limmer is a Werbemann und möcht a Baur werd'n. Jetzt geht er in d' Landwirtschaftsschui und möcht bei uns a bisse arbeit'n. Zwengs da Praxis. Gratis.«

Endlich brachte auch der Limmer sein Maul auf.

»Und wenn Sie nix dagegen haben, mach ich Ihnen die schweren Arbeiten. Ausmisten, füttern oder so«, sagte er wichtig.

Franziska Hugl überlegte kurz, und das Misstrauen war ihr ganz deutlich anzusehen. Von Erbschleichern, die sich bloß in ein gemachtes Nest setzen wollten, mit der Arbeit indes nicht allzu viel im Sinn hatten, hatte sie in der Umgebung schon öfters läuten hören. Andererseits wäre es ja nicht schlecht, wenn wenigstens von Zeit zu Zeit ein kräftiges Mannsbild mit hinlangen würde.

»Mia soll's recht sein«, sagte Franziska Hugl nach einer Weile.

»Nacha mach ma jetzt a Brotzeit, und dann geht's in Stall. Is eh scho Zeit.«

Anna Hugl zwickte den Limmer in seinen Rippenspeck, was dem einen leisen Schauer über den Rücken jagte. Kein Zweifel – er mochte Anna Hugl sehr gern. Aber noch etwas war dem Limmer Georg sehr angenehm und zudem ein untrüglicher Beweis dafür, dass sein Charakter Risse zeigte. Schon am ersten Tag seiner Bekanntschaft mit Anna Hugl kalkulierte der Stadtfleck messerscharf: Anna würde zweifelsohne irgendwann einmal die stattliche Landwirtschaft ihrer Eltern erben, zu der neben einem gesunden Viehbestand und so um die 30 Hektar Wiesen auch noch etwa 40 Hektar schlagbarer Mischwald gehören mochten. Der Limmer überschlug das so kühl, dass er gar nicht auf die Idee kam, Anna Hugl könne einen Freund oder gar einen Verlobten haben. Und als er nach der Brotzeit mit dem Schubkarren den Mist ins Freie fuhr, vom Heustock das Futter in den Stall hinunterwarf und interessiert den beiden Frauen beim Melken zusah, dünkte es ihn nur noch eine Frage der Zeit, bis er sich auf dem Hugl-Hof einnisten würde.

Kurz nach sieben Uhr waren die drei mit der Stallarbeit fertig. Und während sich die Hugl Anna und ihre Mutter wuschen, ging der Limmer noch einmal in den Stall. Er schlenderte den langen Futtertisch hinunter bis zum Stallende, wo der »Sebastian«, ein 25-Zentner-Ungetüm von Stier, an seiner Kette zerrte. Mit seinem wuchtigen Schädel, auf dessen vierschrötiger Stirn sich blonde Löckchen kräuselten, mit seinen kurzen, waagrecht und gerade abstehenden Hörnern und den Muskelmassen, die bei jeder Bewegung unter dem braun-weißgefleckten Fell rollten, sah er böse und wahrhaft Furcht erregend aus. Dennoch war er ein braver Kerl und ein fleißiger »Springer«, dessen Söhne und Töchter mit Preisen geradezu überschüttet wurden. Der Limmer streichelte dem Koloss über die breite Schnauze, die rosig, warm und feucht war. Und der »Sebastian« verdrehte unter den langen, blonden Wimpern glückselig seine Augen, sodass nur noch das Weiße zu sehen war. Dabei schleckte er mit langer rauer Zunge dem Limmer am Handgelenk herum. Plötzlich wurden die Kühe unruhig. Wie auf Kommando stellten sie das Fressen ein und drehten ihre Köpfe alle in dieselbe Richtung. Es war, als witterten sie eine Gefahr, und auch der Stier wandte plötzlich seinen Schädel in jene Ecke des Stalls, wo drei hochtragende Kühe angekettet waren. Eine davon, so hatte die Hugl Anna gesagt, würde heute oder morgen kalben. Der Limmer wischte sich seine Hände an der Hose ab und ging langsam zu den drei Kühen hinüber. Eine lag am Boden und schnaufte und ächzte zum Gotterbarmen. Dem Limmer schlug das Herz bis zum Hals. Beim Höck und beim Grabner hatte er schon solche Situationen erlebt, aber da war er stets nur Zuschauer gewesen und hatte das Schauspiel einer Geburt immer nur aus der Distanz beobachtet. Jetzt blieb er wie angewurzelt hinter der Kuh stehen, die sich, am Boden liegend, abmühte. Der Kopf, die vorderen Beine des Kalbes sowie der größte Teil des Körpers lagen schon im Freien, aber so sehr die Kuh auch presste und sich quälte, die Hinterbeine des Kälbchens schienen wie in einem Schraubstock festzusitzen. Limmers Hände begannen zu zittern. Schweiß rann ihm über die Stirn. Es wäre nahe liegend gewesen, gleich die beiden Bäuerinnen zu holen, um gemeinsam mit ihnen das Kalb aus dem Leib der Mutter herauszuziehen. Aber zugleich dachte er an den Triumph, seinen Stolz und die Genugtuung, wenn er es alleine schaffen könnte. Der Limmer nahm ein Hanfseil, einen Kälberstrick, von einem Haken an der Wand, schlang das eine Ende um die beiden glitschigen Vorderbeine des Kalbes und begann zu ziehen, so wie er es beim Höck und beim Grabner gesehen hatte.

Und während ihm der Schweiß in kleinen Bächen über die Stirn, über Brust und Rücken rann, ächzte der Limmer: »Heiliger Leonhard, jetzt hilf mir.«

Und der heilige Leonhard, offenbar nicht wissend, dass er von einem Gottlosen angerufen wurde, half. Wie im Krampf zog sich der Körper der Kuh noch einmal zusammen, als ob sie genau wüsste, dass es jetzt drauf ankäme. Und ganz langsam, wie auf Schienen, glitt nun auch der hintere Teil des Kalbes aus dem Körper seiner Mutter. Der Limmer hätte vor lauter Glück schreien mögen. Jetzt würde er die Sache auch noch ganz zu Ende bringen. Er löste den Strick von den Vorderbeinen und wischte ganz vorsichtig mit den Händen Schleim und Blut vom Maul und den Nasenlöchern des Kalbes, um ihm Luft zu verschaffen. Früher hatte er dabei schon alleine vom Zuschauen einen ganz dummen Ekel empfunden. Doch jetzt war es ihm, als hätten seine Hände noch nie im Leben etwas Angenehmeres berührt. Als das Kalb gleichmäßig atmete, hob es der Limmer ganz behutsam auf und legte es ganz nah zu seiner Mutter, sodass die Kuh ihr Kalb mit dem Kopf erreichen konnte.

»Schleck schon, du Rabenmutter«, drängte der Limmer.

Normalerweise hätte jede Kuh, die auf ihr Kalb was gab, jetzt mit einer Generalreinigung begonnen und ihren Sprössling trockengelegt. Doch diese Mutter war in der Tat eine Rabenmutter. Gleichgültig wandte sie ihren Kopf von dem kleinen, feuchten Kalb, das sich vergeblich um Zuwendung bemühte. Der Limmer wurde zornig.

»Du Mistvieh, du verkommenes. Du hast so ein schönes Kind ja überhaupt nicht verdient.« Und damit nahm er ein paar Büschel sauberes Stroh und machte genau das, was der Grabner Karl tat, wenn einer Kuh ihr Kalb gleichgültig war: Er rieb es mit Stroh ab, so lange, bis es halbwegs trocken war.

Dann hob er den kleinen, zitternden Stier auf – dass es ein Stier war, konnte sogar der Stadtfleck erkennen – und trug ihn ganz vorsichtig hinüber zu den anderen Kälbern, in die Säuglingsstation quasi, wo noch eine kleine, mit frischem Stroh aufgeschüttete Box frei war. Behutsam legte er das Kalb in sein frisch gemachtes Bett und deckte es mit Wellpappe zu, um es vor Zugluft zu schützen.

Der Limmer stützte sich mit den Armen auf den Bretterverschlag und betrachtete nachdenklich das kleine Ding, das bereits erste, allerdings vergebliche Versuche unternahm, aufzustehen. Es überkam ihn das Gefühl, als ob er zum ersten Mal in seinem Leben etwas gemacht hätte, das einer tiefen Befriedigung wert war, das Hand und Fuß hatte, das einen Sinn ergab. Vielleicht hätte die Kuh ihr Kalb auch ohne seine Hilfe zur Welt gebracht. Vielleicht aber auch nicht. Jedenfalls war er da, hatte zugepackt, Initiative ergriffen und sich selbst damit vermutlich weit mehr geholfen als den beiden Rindviechern. Stundenlang hätte er so dastehen können, nur um zuzuschauen, Bewegungen zu registrieren. Unwillkürlich passte sich sein Atmen dem Rhythmus des Kalbes an. Für die Kühe und »Sebastian«, den Stier, war alles schon wieder Alltag. Sie hingen an ihren Ketten und fraßen sich den Wanst voll.

»Ja so was! Ja was is denn dös. Ja so a Matz, so a nixige. Ja, hat's es nimma dawart'n kenna. Und so a schön's Kaibi.«

Die Hugl Anna hatte sich leise bis zum Limmer geschlichen, ohne dass er sie bemerkt hätte.

»Mein Zögling«, sagte er voller Stolz und lachte dem Annerl, das noch ganz nasse Haare hatte und frisch gebadet roch, ins Gesicht.

»Respekt, Respekt, Herr Limmer. Wirst vielleicht doch no a richtiga Baur. Und? Hast ziag'n müss'n? Oda is von alloa herganga?«

»Gezogen hab ich, bis der Strick gerissen ist«, log der Limmer.

»Nacha schaug' ma amoi, ob's Kaibi no alle Hax'n hat«, lachte das Annerl.

Der Limmer lehnte am Bretterverschlag, während die Hugl Anna die Wellpappestücke zur Seite legte, mit der der Limmer das Kalb zugedeckt hatte. Und im selben Moment kam auch Leben in den kleinen gefleckten Stier. Er richtete zuerst die Hinterbeine auf, dann die vorderen, machte ein paar staksige Schritte und fiel der Länge nach wieder hin. Beim dritten Versuch klappte es schließlich. Das Kalb stand, zwar noch etwas unsicher und wackelig, aber es hielt sich in der Balance.

Zärtlich strich die Hugl Anna dem Kalb über das gelockte, feuchte Fell. Und das Kompliment, das sie dem Limmer machte, ging ihm wie ein Obstler runter.

»Dös is dös schönste Kaibi, dös mia jemals g'habt ham. Und bessa wia du hätt's koa Profi kenna.«

Der Limmer ging durch den Stall hinüber zum Wohnhaus. Im Gang, gleich neben der Kuchl, kam ihm Franziska Hugl, die Bäuerin, entgegen. Sie trug eine giftgrüne Kittelschürze, ihre nackten Füße steckten in karierten Filzpantoffeln, und auf dem Kopf leuchtete eine Unzahl bunter Lockenwickler.

»Machst Überstund'n«, neckte die Bäuerin, umweht von einer Wolke aus Badeöl und Haarschampon.

Doch der Limmer war mit seinen Gedanken ganz weit weg, irgendwo im siebten Bauern- und Rindviehhimmel, und er dachte an das kleine Kalb, das plötzlich ein Teil von ihm selbst geworden war und das in seinem späteren Leben noch einmal von einer großen, lebensverändernden Bedeutung werden sollte.

Der Limmer öffnete wortlos die Haustüre und wurde von einem schroffen Windstoß gepackt. Er tappte hinaus in die Nacht, die sehr kalt war. Er kniff die Augen zusammen und atmete tief durch. Der Sturm zerrte an den Fichten und Buchen, und es rauschte, als wäre nur einen Steinwurf weit weg das Meer.

Es wurde ein grober, sehr langer Winter. Nur selten stiegen die Temperaturen über den Gefrierpunkt, und im bayerischen Oberland türmten sich beiderseits der abgelegenen Straßen die Schneehaufen meterhoch. Vor allem die Einödbauern rund um Spechting hatten sorgenvolle Gesichter, weil ein verregneter und kalter

Sommer eine üppige Heuernte verhindert hatte. Noch dazu verhieß der »Hundertjährige Kalender«, dem viele Bauern langfristig mehr vertrauten als den Prognosen der Meteorologen, nichts Gutes. Der Limmer Georg begriff mehr und mehr, was es bedeutete, Bauer zu sein. Er kapierte schnell jene Dinge, die erlernbar waren, wie pflanzliche und tierische Erzeugung, Betriebslehre, landwirtschaftliche Buchführung, Fächer, die auf dem Lehrplan der Landwirtschaftsschule standen. Doch das Gespür fürs Wetter, wie es der Höck Luk hatte, der schon zwei Tage im Voraus den Schnee »riechen« konnte; oder den Instinkt des Grabner Karl, der fühlte, welche Kälber zu behalten sich lohnte, oder wann es an der Zeit zu verkaufen sei; auch die innige Beziehung, das nachgerade partnerschaftliche Verhältnis zum Vieh, wie es dem Haimerl Franz nachgesagt wurde – das musste in einem drin sein. Erlernbar war es nicht.

Je länger sich der Limmer mit der Landwirtschaft beschäftigte, desto mehr verdrängte er seine anfänglichen Befürchtungen, der Aufgabe nicht gewachsen zu sein.

Obwohl der Höck Lukas und der Grabner Karl absolutes Stillschweigen gelobt hatten, das Geheimnis des Limmer Georg sozusagen zu ihrem eigenen gemacht hatten, war es dem Grabner irgendwann im Wirtshaus halt doch herausgerutscht.

»Jetzt werd'n euch Spechtinger bald d' Wies'n z' knapp werd'n. Weil da Limmer a Baur werd'.«

Und noch ehe der Grabner Zeit hatte, den Schaden zu reparieren, waren die Bauern am Stammtisch hellhörig geworden. So musste der Grabner denn mit der Wahrheit heraus. Den meisten war die Nachricht nicht viel mehr wert gewesen als ein mitleidiges Lächeln.

Nur der Haimerl Franz hatte sich am Kopf gekratzt und gebrummelt: »Respekt, Respekt. An Schneid hat er ja scho. Respekt, Respekt.«

Auch den Haimerl Franz hatte der verregnete Sommer in arge Bedrängnis gebracht, und obwohl der Januar noch nicht einmal vorüber war, trug sich der Haimerl bereits mit dem Gedanken, Heu einzukaufen, um den Winter mit komplettem Viehbestand zu überstehen. Auch er war einer jener Einödbauern, die in ihrer Abgeschiedenheit manchmal etwas wunderlich werden. Eine seiner Eigenarten war es, sich mit seinem Vieh wie mit seinesgleichen zu unterhalten. Nicht nur, dass jede Kuh ihren Namen hatte und er die Kälber einheitlich mit »Junior« anzureden pflegte. Sein Stier hieß »Ludwig Ganghofer«, und wenn der Haimerl Franz einen ganz besonders guten Tag hatte, nannte er den 20-Zentner-Bullen auch »Herr Ganghofer«. Der Haimerl, seine Frau Katharina und die vier Buben, die er nur seine »Rocker« nannte, mochten den Limmer, und der Limmer liebte die Frische und die unkomplizierte Aufrichtigkeit der Haimerlschen Familie. Und oft, wenn ihm die Decke auf den Kopf zu fallen drohte, unternahm der Limmer einen Spaziergang querfeldein zum Haimerl-Hof.

Auch heute war wieder so ein Tag, wo dem Stadtfleck alles zu eng wurde. Es war Samstag, kein Schultag. Am Morgen hatte er dem Höck Lukas bei der Stallarbeit geholfen, vor dem Mittagessen den Grabner besucht, und jetzt gähnte ihn der Nachmittag an, mit dem er nichts Vernünftiges anzufangen wusste. Also stapfte er durch den riefen Schnee hinüber zum Wald, von wo aus sich eine Unzahl von Tierfährten kreuz und quer zu den Futterstellen zog. Er brauchte eine gute halbe Stunde, weil ihm der Schnee stellenweise bis zu den Hüften reichte.

Die vier »Rocker« des Haimerl Franz tollten im Schnee und sahen aus wie kleine Schneemänner. Als sie den Limmer sahen, krähte der Hansi, der Älteste: »Da Papa is im Stall.«

Der Limmer nickte und ging am Wohnhaus vorbei. Aus dem Kuchlfenster duftete es nach frischen Schmalznudeln; die würde er sich auf keinen Fall entgehen lassen. Der Haimerl Franz stand am anderen Ende des Futtertischs und wusch im Moment »Herrn Ganghofer« die mistverschmierte Schwanzquaste. Dabei redete er unentwegt auf den Stier ein, der es sichtlich genoss, mit warmem Wasser und Waschmittel gesäubert zu werden.

Der Limmer machte sich ganz klein und pirschte im Schutz der angeketteten Kühe bis auf wenige Meter an den Haimerl Franz heran, ohne dass der ihn sehen konnte.

»Ganghofer, du oida Dreckbär, wia schaug'st denn wieda aus. Vo ob'n bis unt'n verschiss'n. 's kimmt no so weit, dass i dir a eign's Scheißhäus'l installier'. Aba woher kriag i für dein fett'n Orsch so a große Kloschüss'l? Jetzt reiß di halt a bisse z'amm. I glaub' gar, du scheißt a no im Lieg'n. Nacha steh halt auf, du oide Wuidsau!«

»Herr Ganghofer« schleckte verschämt an seinem eisernen Nasenring.

Der Limmer verließ die Deckung und ging auf den Haimerl zu. »Ganghofer« brummte mürrisch, weil er durch den ungebetenen Besuch offensichtlich ein Ende der für ihn so angenehmen Wäsche befürchtete.

»Aha, da Großgrundbesitza Limmer«, lachte der Haimerl. »Geh nur her und schaug' zua, vielleicht brauchst es a no amoi. Wenn'st amoi selba an Stier hast.«

»Ganghofer« stand da wie frisch gebadet und roch für einen Stier über alle Maßen gut.

»Grüß dich, Franz«, sagte der Limmer, »bei dir geht's ja zu wie im Schönheitssalon.«

»A schön's Viech is scho wichtig. Aba no wichtiga is a g'scheits Viech. Dös wo denkt, bevor's frisst. So wia mei ›Reserl‹, die g'scheit'ste Rotbunte nördlich der Alp'n. Pass auf.«

Und damit zog er den Limmer am Ärmel durch den ganzen Stall bis zum anderen Ende des Futtertischs. »Ganghofer« brummte enttäuscht hinterdrein.

Das »Reserl« war eine alte, gefleckte Kuh mit einem langen Schädel, einem runzligen Euter und eckigen, weit hervorstehenden Hüftknochen. Der Haimerl gab ihr das Gnadenbrot, obwohl sie schon dreimal der Metzger abgeholt hatte. Aber jedes Mal war der Haimerl Franz hinterhergefahren und hatte so im letzten Moment verhindert, dass das »Reserl« im Schlachthof ein jähes Ende genommen hatte. Die knochige Kuh war dem Haimerl so sehr ans Herz gewachsen, dass er ihr einen stillen Tod gönnte, »im Kreise der Familie« – wie er sagte.

Jetzt kettete der Franz das »Reserl« los und führte es hinaus ins Freie. Der Limmer war sehr gespannt und trottete hinterher. Der Haimerl bog am Ende des langen Gebäudes, in dessen oberem Teil sich der Heustock befand, um die Ecke und führte die Kuh über die Tennenbrücke hinauf. Er schob das große Tor auf, und feiner, würziger Duft von Heu und Grummet schlug dem Limmer entgegen. Der Heustock war noch knapp bis zur Hälfte gefüllt. Gewöhnlich war er in fetten Jahren um diese Zeit noch fast randvoll. Der Haimerl Franz führte das »Reserl« bis zum Heustock und ließ die Kette einfach los, sodass sie klirrend auf den Boden fiel. Davonlaufen würde die alte Kuh ohnehin nicht. Sie war froh, wenn sie nicht laufen musste. Der Haimerl Franz setzte sich auf einen Strohballen und nahm die alte runzlige Schnauze des »Reserl« in beide Hände. Auch der Limmer setzte sich auf einen Strohballen, gleich daneben.

»Reserl, jetzt horch amoi guat zu. Du bist doch die g'scheitere und koa bläde Kuah wia die ander'n.«

Als hätte das »Reserl« jedes Wort verstanden, drehte sie mit einem Augenaufschlag den Kopf zur Seite, ganz so, als wollte sie sagen: »Aber geh, Baur, jetzt übertreibst aba scho a bisse.«

Auch der Franz schien diese Bewegung ganz richtig zu deuten und fuhr fort: »Nix da, Reserl, da brauchst di net schenier'n. Was wahr is, is wahr. Und wenn's net so schwierig wär', hätt i di aufs Gymnasium g'schickt und studier'n lass'n. Aba jetzt rentiert's si's eh nimma, weil'st ja eigentlich scho lang ins Seniorenheim g'hörst. Aba jetzt zur Sach'. Schaug di amoi genau um.«

Das »Reserl« riskierte tatsächlich, wenn auch zufällig, einen Rundumblick.

»So. Und was siag'st? An fast laar'n Heustock siag'st. Und was bedeut' dös? Sparen, langsam fress'n, guat beiß'n. Dös bedeut's. Du bist die G'scheitere. Und du bist in mein'm Stall da oanzige Mensch unter lauta Rindviecha. Also: Sag's de ander'n und sag's vor allem dem ›Herrn Ganghofer‹, dem Fresssack. Auf die hör'ns allsamt. Mi lach'ns bloß aus. Also Reserl: Sparsam fress'n, sonst gibt's im Frühjahr leere Mag'n und große Aug'n.«

Das »Reserl« schenkte dem Haimerl Franz einen verständnisvollen Blick, als habe sie wirklich alles begriffen und als erinnere sie sich just eben an die schweren Zeiten, als sie ihr Bauer buchstäblich im letzten Moment vor dem Bolzenschussapparat des Metzgers gerettet hatte. Noch nie hatte der Limmer eine Kuh, ein stinknormales Rindvieh, so menschlich dreinblicken sehen. Und es hätte ihn nicht gewundert, wenn das »Reserl« dem Haimerl Franz auf die Schulter geklopft hätte, um ihm Mut zu machen. Der Haimerl streichelte den knochigen Schädel und führte das »Reserl« wieder zurück in den Stall. Der Limmer blieb noch eine Weile auf dem Strohballen sitzen und verfolgte kopfschüttelnd den Abgang der beiden. Bei jedem Schritt hoben und senkten sich abwechselnd die spitzen Beckenknochen des Rindviehs, und von hinten sah das »Reserl« aus wie ein Fabelwesen, das einer Geisterbahn auf dem Münchner Oktoberfest entsprungen war.

Als das »Reserl« wieder an ihrer Kette hing und sich schwer atmend über ein Büschel Heu machte, fragte der Limmer den Haimerl Franz, und er bemühte sich dabei, ganz ernst zu bleiben:

»Du, Franz! Hast es ja schon g'hört, dass ich im nächsten Jahr ein paar Stück Vieh kaufen will. Vielleicht war's gut, wenn du mir dein Reserl für ein paar Wochen in meinen Stall stellst. Sozusagen als Klassenälteste, die mit gutem Beispiel vorangeht.«

Der Haimerl Franz ging einen Schritt auf den Limmer zu, sein Gesicht strahlte, und während er freudig erregt den Stadtfleck an beiden Schultern packte und ihn kräftig durchschüttelte, jauchzte er:

»Limmer, i hab's immer g'wusst. Du bist a feina Mensch, a gebildeta Mensch, a Bursch', den ma ernst nehma muaß. Du glaubst an mei Reserl, und dös g'freit mi. Abg'macht.« Und damit hielt er dem Limmer seine rechte Hand entgegen, an der der Mittelfinger fehlte. Der Limmer schlug ein.

»Du kriagst mei Reserl, bis d' Ordnung in dein'm Stall hast. Und dafür lad'st mi amoi zu am Bierle und am Schnapse ein.«

Um es gleich vorwegzunehmen: Die hochtrabenden Pläne der beiden zerbrachen bereits wenige Tage nach Limmers Besuch an einem schweren Schicksalsschlag, von dem sich der Haimerl Franz, seine Frau und die vier »Rocker« nur mühsam erholten. Eines Morgens hing das »Reserl« tot an der Kette. »Akutes Kreislaufversagen und Altersschwäche«, mutmaßte der Franz, was für den Abdecker, der das »Reserl« mit einem Lastwagen abholte, ohne Belang war.

An einem der folgenden Abende setzte sich der Haimerl Franz an den alten Tisch in der Kuchl, der mit einer pflegeleichten Resopalplatte modernisiert worden war, und schrieb mit schwarzem Filzstift auf ein Stück weißen Pappkarton:

Du warst a Leich', a tote, steife,
Jetzt bist Parfüm, vielleicht auch Seife.

7

Inzwischen war es März geworden, doch von Frühling nicht die leiseste Spur. Schnee bedeckte die Wiesen im ganzen bayerischen Oberland, und die meisten Bauern in und um Spechting gerieten in arge Bedrängnis. Sie mussten Heu und Kraftfutter für das Vieh kaufen. Die Stimmung im Wirtshaus hatte längst die unbekümmerte Ausgelassenheit verloren. Die Gesichter der Bauern waren freudlos und grau. Der Limmer Georg war während des Winters mindestens zweimal die Woche bei der Hugl Anna gewesen, um ihr und ihrer Mutter bei der Stallarbeit zu helfen. Aus der großen Liebe zwischen ihm und Anna Hugl und einer zumindest vom Limmer in Erwägung gezogenen Heirat auf den Hugl-Hof war aus zweierlei Gründen nichts geworden: Zum einen war die Anna seit Jahren mit einem Musiker liiert, den sie während ihrer Studienzeit in München kennen gelernt hatte. Zum andern war der Limmer mehr denn je entschlossen, seine eigene Landwirtschaft aufzubauen.

Alles andere wäre für ihn ohne Reiz gewesen. Er hatte sich etwas zu beweisen, er war *sich* gegenüber für seine Zukunft verantwortlich, weil es *sein* Leben war, das er in neue Bahnen lenken wollte. Und wenn sein Versuch tatsächlich scheitern sollte, dann wollte er mit fliegenden Fahnen untergehen. Aber sich in ein gemachtes Nest setzen, um nur Eier auszubrüten, die andere schon gelegt hatten – nein, ein solcher Vogel war der Limmer nicht.

Einmal noch fuhr der Limmer Georg hinauf zum Hugl-Hof, um mit Anna und ihrer Mutter das Ende des Trimesters zu feiern. Er hatte zwei Flaschen Sekt mitgebracht, und jetzt saßen die drei in der Stub'n, in der ein alter Kachelofen wohlige Wärme ausstrahlte. Franziska Hugl hatte eine Schweinshaxn mit Kraut und Knödeln gekocht und ein feines bayerisches Dirndl angezogen. Anna hatte sich ein bisschen geschminkt, wie damals, am ersten Schultag.

Es war alles sehr feierlich, und nur der Limmer fühlte sich lausig. Richtig flau war ihm zumute.

Franziska Hugl räusperte sich, weil sie etwas zu sagen hatte:

»Liaba Girgl! Jetzt hast uns so lang g'holf'n, und außa a Brotzeit hast nia nix kriagt. Jetzt sag' i halt einfach ›Vergelt's Gott‹. I mog di und d' Anna mog di a. Drum ham ma uns denkt: Schenk' ma dir halt was, dös wo für di von Nutz'n is, aba weil dös G'schenk zum Einpapierl'n a bisse z' groß is, muaßt jetzt schnell mitgeh'.«

Dem Limmer wurde siedend heiß. Ein Geschenk! Aber was? Franziska Hugl stand auf, und auch Anna, ihre Tochter, erhob sich und zwinkerte dem Limmer aufmunternd zu. Franziska Hugl öffnete die Türe, die von der Diele aus direkt in den Stall führte. Dem Limmer schlug jener scharfe, warme Duft entgegen, an den er sich längst gewöhnt hatte. Ein Geschenk! Wieso noch ein Geschenk? Die beiden Frauen hatten ihn doch während der letzten Monate schon reich beschenkt, indem sie ihm das Gefühl gaben, ein rechter Kerl am rechten

Platz zu sein, ihn respektierten und ihn zu einem Teil ihrer Familie, ihres Lebens machten. Dem Limmer war's wie Weihnachten. Franziska Hugl hatte das Stalllicht angeknipst und ging den Futtertisch entlang bis zum Stallende. Dem Limmer schlug das Herz bis zum Hals. Er ahnte etwas. Seine Hände wurden feucht. Er verlangsamte seine Schritte, aber Anna trieb ihn mit einem sanften Druck in den Rücken weiter. Franziska Hugl blieb stehen und erwartete den Limmer, dessen Gesicht im Schein der Neonröhren kalkweiß war. Franziska Hugl lächelte, Anna lächelte. Noch nie hatte er die Wärme, die von diesen beiden Frauen ausging, so deutlich gespürt wie in diesem Augenblick.

Der kleine Stier, ein Prachtstück von einem Stier, dem Georg Limmer damals auf die Welt geholfen hatte, lag in einem Strohhaufen und brummte vergnügt. Die kleinen Hornstummel waren mit zwei Rosen geschmückt.

Franziska Hugl kniete nieder und streichelte dem Stier über die krause Stirn.

»So, Limmer! Der g'hört jetzt dir. Di kennt er, und di mog er, weil d' schließlich sei Hebamm bist. A Temprament hat a wia sei Vata und an Charakta wia sei Muatta.«

Der Limmer stand da wie vom Blitz gestreift. Es war so unfassbar, dass ihm einfach nichts Passendes einfiel. Er fand, alles, was er jetzt sagen würde, wäre viel zu wenig, um seine Gefühle, sein Glück, seine unaussprechliche Freude auszudrücken. Als er die Fassung wiedererlangt hatte, stammelte er:

»Ich weiß nicht … ich kann doch nicht … aber warum denn …«

»Nix werd da g'red't«, unterbrach ihn die Anna. »Wann'st mit dein'm Stall fertig bist, nacha kimmst und nimmst 'n mit. Bis dahin bleibt er da. Basta.«

Den Limmer beutelte es gewaltig. Er schluckte und schluckte, und es war ihm auch völlig Wurscht, dass ihm in Gegenwart von zwei Weibsbildern jetzt die Tränen über die Backen rollten und in seinem Vollbart versiegten. Man konnte wirklich nicht sagen, dass er ein sentimentaler Hund war, aber dieses Geschenk war so einzigartig, dass seine Empfindungen mit ihm durchgingen. Die beiden Bäuerinnen hätten für den Stier beim Miesbacher Viehmarkt in guten Zeiten bestimmt 1000 Mark oder mehr bekommen. Ganz abgesehen von den vorzüglichen Erbanlagen, die auch im Stall der Hugls für strammen Nachwuchs gesorgt hätten.

Der Limmer wischte sich verstohlen die Tränen aus dem Gesicht, und die allerletzte wurde von einer Lachfalte zerdrückt.

»Ich dank' euch. Vielen Dank«, strahlte er und drückte zuerst der Franziska und dann der Anna die Hand. Danach aßen sie die Schweinshaxn mit Kraut und Knödl, tranken die zwei Flaschen Sekt, die der Limmer mitgebracht hatte, und als es bereits auf Mitternacht zuging, setzte sich der Limmer ins Auto und fuhr zurück nach Spechting. Zu Hause angekommen, ging er in den Stall und überlegte, wo er dem Stier seinen Stammplatz einrichten würde. Als Kind hatte er einmal erlebt, wie ein Stier den Knecht eines Bauern mit seinem mächtigen Schädel an die Boxenwand gedrückt und getötet hatte. Später sagten die Leute, dass der Stier den Knecht nicht habe leiden können; ein schwacher Trost für den Knecht und auch für den kleinen Limmer, der von Stund an um alle Rindviecher, die einen Nasenring hatten, einen großen Bogen machte. Aber jetzt war das alles ganz anders. Es war *sein* Stier, und der sollte es bei ihm gut haben.

In den kommenden Wochen gab es für den Limmer viel zu tun. Unter einer harschen, maroden Schneedecke quälte sich bereits das erste frische Grün, die Obstbäume bekamen Knospen, und die Vögel, die sich mühsam und stumm über den Winter gerettet hatten, fanden ihren Spaß am Leben wieder und pfiffen auf Teufel komm raus. Noch nie hatte der Limmer das Frühjahr so sehnsüchtig erwartet.

In diesen Wochen war er viel mit dem Höck Lukas und dem Grabner Karl unterwegs, die er beim Kauf von Maschinen und Werkzeug stets als seine technischen Berater dabei hatte. Der Grabner verkaufte ihm seinen alten Traktor, vom Wegscheider Martl erstand er einen kleinen Ladewagen und einen alten Kreiselmäher. Und als der Schnee endgültig weg war, umzäunte er seinen Pachtgrund, auf dem sein Vieh später weiden sollte. Wochenlang hämmerten, reparierten, bohrten und hobelten, schweißten und betonierten die drei Freunde, oft bis in die späte Nacht hinein. Limmers Traum nahm mehr und mehr Gestalt an. Oft wachte er frühmorgens auf, um vier oder fünf Uhr schon, zog sich an und ging hinunter in den Stall, in dem es noch nach frischer Farbe roch. Meistens setzte er sich dann auf einen kleinen Melkschemel, schloss die Augen und versuchte in seiner Fantasie das Rad der Zeit schneller zu drehen; er sehnte sich nach dem Duft von Mist und Heu, nach dem Klirren der Kuhketten und dem Schnauben des Viehs …

Eines Morgens, es war inzwischen Mai und das Gras stand hoch und war bald gut genug für den ersten saftigen Schnitt, da stürmte der Grabner Karl zum Limmer in die Stub'n. In der Rechten hielt er einen zerknitterten Zeitungsausschnitt und wedelte damit ganz aufgeregt dem Limmer vor der Nase herum.

»Girgl! Dös is es! Dös is dei Chance. Aber 's pressiert!« Der Limmer faltete das Stück Zeitung auseinander und las: »Betrifft: Zwangsversteigerung des Anwesens Horlacher Franz in Ratzrain, Haus Nr. 1 $^1/_4$. Zur Versteigerung kommen Oberbayerisches Fleckvieh, zwei Haflinger – Hengste –, eine Ziege, Schweine, Schafe, Hühner, ein Fasan, Hausrat und landwirtschaftliche Maschinen …«

Der Limmer sprang auf, packte den Grabner am Arm und sagte ganz aufgeregt: »Karl, da muss ich hin. Morgen also. Und du und der Höck, ihr müsst mit.«

Gleich anschließend telefonierte der Limmer mit seiner Münchner Bank, für alle Fälle. Denn möglicherweise müsste er einen Kredit in Anspruch nehmen. An wie viel er denn dächte, wollte der Filialleiter wissen. Das entscheide sich erst morgen, sagte der Limmer. Da müsse er auf alle Fälle mit der Zentrale Rücksprache nehmen, erwiderte der Filialleiter. Er scheiße auf die Zentrale, brüllte der Limmer zurück. Damit wäre das Problem wohl erledigt, sagte der Filialleiter und hängte ein. Der Limmer hatte den Filialleiter noch nie leiden mögen und benahm sich dementsprechend; auch wenn es taktisch unklug war. Aber er würde es schon irgendwie schaffen.

Während des ganzen Nachmittags fegte der Limmer wie ein Derwisch durchs Haus und suchte nach Wertgegenständen, die er zu Geld machen könnte. Immer enger zog er seine Kreise um eine Kommode, die in der Stub'n stand und in deren oberster Schublade er seinen wertvollsten Besitz aufbewahrte: eine Sammlung leuchtender, kostbarer Opale. Er hatte sie vor Jahren während einer Australienreise in der Nähe von Coober Pedy einem abgerissenen Halunken abgekauft und war bis heute davon überzeugt, dass die Edelsteine gestohlen waren. Für ein Butterbrot hatte er sie damals erworben. Zehn hochkarätige, geheimnisvoll schimmernde Edelsteine – »schwarze Opale«, das Feinste vom Feinen.

Nie im Leben, so hatte sich der Limmer geschworen, würde er die Opale verkaufen. Jetzt stand er vor der Kommode, zog ganz langsam die oberste Schublade heraus, nahm vorsichtig einen Pullover beiseite, unter dem eine kleine Pappschachtel zum Vorschein kam. Er nahm die Schachtel und legte sie auf den Tisch. Er setzte sich, stand wieder auf und ging in die Kuchl. Er goss sich einen doppelten Obstler ein und schüttete das Zeug auf einen Sitz hinunter. Er schwitzte, seine Finger klebten.

Er ging in die Stub'n zurück, setzte sich abermals und öffnete die Schachtel. Es musste sein! Der Limmer griff sich die fünf schönsten Steine, wickelte sie in ein Taschentuch und steckte sie in die Hosentasche. Die Schachtel legte er in die Kommode zurück.

Es war kurz nach ein Uhr. Um zwei Uhr würden in München die Geschäfte wieder öffnen. Der Limmer setzte sich ins Auto und fegte über die Autobahn; bis zur Innenstadt brauchte er eine knappe Stunde. Nach dem dritten Anlauf fand er einen Juwelier, der ganz wild auf schwarze Opale war. Der Meister bezahlte in bar und das recht ordentlich: 12 000 Mark bekam Georg Limmer für die fünf Steine. Fünf alte, tote Steine für ein neues Leben, kein schlechter Tausch.

Während Georg Limmer nach Spechting zurückfuhr, dieses Mal ohne Eile und sehr zufrieden, erinnerte er sich einer Begebenheit aus seiner Kindheit. Als kleiner Bub hatte er seiner Großmutter zwei Ohrringe aus der Schatulle geklaut, nichts Wertvolles, aber immerhin geklaut. Die Ohrringe gab er einem kleinen Mädchen aus der Nachbarschaft, als Tauschobjekt für einen grünen Wellensittich. Er war ganz versessen gewesen auf diesen kleinen, fröhlichen Vogel und nannte ihn natürlich »Hansi«. Der Vogel sei ihm zugeflogen, hatte er seiner Mutter erzählt. Den wahren Sachverhalt hatten seine Eltern nie aufklären können. Und – so fragte sich Georg Limmer – wo lag der Unterschied? Damals hatte er als Gegenleistung für zwei geklaute Ohrringe einen kleinen Vogel bekommen. Morgen würde er vielleicht eine Kuh oder auch zwei oder eine Ziege oder Schafe mit jenem Geld kaufen, das er für eine Hand voll Edelsteine bekommen hatte, die mit größter Wahrscheinlichkeit ebenfalls geklaut waren. Zwischen beiden Ereignissen lagen 30 Jahre. Und wenn er sich genau besann, war in diesen drei Jahrzehnten, die er gleichmütig, folgsam, halbwegs ehrlich und eintönig absolviert hatte, nichts passiert. Nichts, was gelohnt hätte, sich daran zu erinnern.

Es kam nicht oft vor, dass sich Georg Limmer derlei Gedanken hingab. In Augenblicken wie diesem bedauerte er das auch. Keine Frage, die Zeit im Dorf, die Welt der Bauern hatten ihn verändert. Für die Dörfler gab es nur Schwarz und Weiß, Falsch und Richtig, Gut und Böse, Sommer und Winter. Für alles, was dazwischen lag, waren sie taub – und zwar im selben Maß, wie sie blind waren für die schönen Farben von Frühling und Herbst. Oder täuschte er sich? Vielleicht war er derjenige, der schwer von Begriff war. Vielleicht rannte er blindlings in eine Falle, die er sich selbst gestellt hatte.

Er war zu aufgewühlt, um in dieser Nacht ruhig schlafen zu können. Fünfmal ging er aufs Klo, um dann jedes Mal festzustellen, dass er gar nicht pinkeln musste. Er trank Tee, Bier und Limonade, ohne dass er Durst gehabt hätte. Er kotzte, obwohl er sich körperlich nicht schlecht fühlte. Und als es hell wurde, hatte er nur noch Angst vor dem kommenden Tag.

Kurz nach acht standen der Grabner und der Höck vor der Türe. Die Versteigerung begann um zehn; bis nach Ratzrain waren es knapp 15 Minuten Fahrt. Das Anwesen des Franz Horlacher bot einen trostlosen Anblick: Das marode Dach der Scheune war aufgeplatzt wie ein Bratapfel, und zwischen den Dachsparren quoll vergammeltes Heu grau und stinkend hervor. Im Wohnhaus waren die meisten Fensterscheiben zertrümmert, die Vorhänge zugezogen. Das Haus war schon seit mehreren Tagen unbewohnt, da Franz Horlacher wegen Wilderei und Tierquälerei, Betrug und Steuerhinterziehung in Untersuchungshaft saß. Und dann der Stall!

Zehn Kühe standen dicht gedrängt bis zu den Knien im Mist. Aus ihren mageren, geschundenen Körpern sprangen die Rippen hervor wie die Klangklötzchen eines Xylophons. Daneben: Zwei Haflinger-Hengste, die nicht viel besser aussahen, mit ihren großen, verzweifelten Augen in den knochigen Schädeln. Schweine, Schafe, Ziegen und ein paar von der Räude zerrupfte, halb nackte Hühner.

»So a Saukerl«, knurrte der Luk.

»In sein'm eignen Saustall sollt' ma den Kerl ei'sparrn. Und net in am g'mütlich'n G'fängnis«, tobte der Grabner.

Der Limmer war sehr betroffen und sagte nichts.

Das Vieh, so meinte der Grabner, sei nur mit viel Liebe und gutem Futter wieder auf die Beine zu bringen. Der Gestank war unerträglich, und dem Limmer wurde ganz zweierlei. Auch der Höck und der Grabner hatten von dem Elend genug und folgten dem Girgl rasch ins Freie.

Eine halbe Stunde später hatten sich etwa 20 Interessenten auf dem verkommenen Hof eingefunden. Um zehn begann die Versteigerung, und da zeigte sich, dass die anderen Bauern lediglich Interesse an den zwar nicht mehr taufrischen, aber immer noch funktionierenden Maschinen hatten. Der Hof mit dem angrenzenden Grundstück ging für 120 000 Mark an einen Münchner Geschäftsmann; vier Kühe, die beiden Rösser, zwei Schweine, eine Ziege und zwei Schafe ersteigerte der Limmer auf Anraten seiner beiden Freunde.

»So, Girgl. Jetzt bist a Baur«, sagte der Höck Lukas, als die drei Freunde wieder ins Auto stiegen.

Der Limmer empfand nur eine grenzenlose Leere. Keine Spur von Freude, nur Zweifel.

»Ich – ein Bauer? Mir scheint's eher, als hätt ich gerade den Grundstock für ein Tierasyl gelegt«, antwortete der Limmer.

»Und wenn scho«, lachte der Luk, »nacha kimmst

wenigst'ns doch no in Himmi. Hast zwar a schwarze Seel, aba a guat's Herz.«

Der Grabner wieherte vergnügt und schlug dem Limmer auf die Schulter.

»Oida Depp! Mia schaff'ns scho. Da Höck und da Grabner mach'n aus dein'm Invalid'nverein an Mustabetrieb, oda net?«

Diese Frage richtete der Grabner an den Luk.

»Logo«, sagte der Luk, und da fühlte sich der Limmer gleich ein bisschen besser.

Am nächsten Tag brachte ein Viehtransporter mit Anhänger die wiehernde, grunzende, blökende und muhende Invalidentruppe nach Spechting. Das ganze Dorf hatte sich vor dem Hof des Limmer Georg versammelt, und es gab keinen, der angesichts der Prozession halb verhungerter, geschundener Tiere keinen Hass auf den Horlacher Franz bekam. Der Grabner, der Höck und der Limmer trieben das Vieh in den Stall, und obwohl die meisten den Limmer für ein bisschen verrückt hielten, konnten sie ihm eine heimliche Bewunderung doch nicht versagen. Der Wegscheider Martl sprach das aus, was viele dachten: »A Hundling is a scho, da Limmer. Da hot a so an schena Beruf. Kimmt in da Welt umanand, wenn a mog. Ko dahoam bleib'n, wenn a mog. Und jetzt? Jetzt muaß a dahoam bleib'n – ob a mog oda net.«

Und der Wurmdobler Xaver, der neben ihm stand, meinte nur: »Genau, so is es.«

Georg Limmer hatte seine »Krankenstation« bestmöglich in Schuss gebracht. Nach den harten Jahren beim Horlacher Franz mussten sich die Tiere wie im

Sanatorium fühlen. Vor dem Futtertisch hatte er frisches Stroh aufgeschüttet, die Schweine, Schafe und auch die Ziege, die er in dankbarer Erinnerung an Anna Hugl »Anna« nannte, bekamen Boxen, in denen sie genügend Platz fanden. Und auch die beiden Haflinger, »Max« und »Moritz«, hatten's gut erwischt. Der Lehmann kam mit einem Sack Hafer daher, den er den beiden Rössern zur Einstandsfeier vermachte.

Noch am selben Abend fuhren der Limmer und der Grabner mit dem Traktor und einem kleinen Viehanhänger zum Hugl-Hof. Für den jungen Stier war der Abschied von seiner gewohnten Umgebung doch nicht so leicht, wie sich die Hugls und der Limmer das vorgestellt hatten. Nur widerwillig und böse brummend ließ er sich vom Limmer und dem Grabner in den engen Hänger bugsieren, und als sie ihn angebunden und die Klappe geschlossen hatten, begann der kleine Teufel zu toben, dass die Fetzen flogen.

Der Grabner betrachtete sorgenvoll den Anhänger, der hin und her wackelte, als würde er von einer unsichtbaren Faust geschüttelt. »Da hast ja an richtig'n Rocker dawischt. Wart' nur, bis der amoi größa is. Der macht aus dein'm Stall a Sommerlaub'n.«

Einen »Rocker« hatte er sich also eingehandelt. Der Limmer grinste. Der Name passte in der Tat zu dem lebhaften Bullen. Also war er der »Rocker« – bis zu seinem schrecklichen Ende.

8

An einem dunstigen Herbstmorgen, nach der Stallarbeit, verstaute der Höck Lukas seine Motorsäge, Keile, eine Axt und einen mächtigen hölzernen Schlägel im Kofferraum seines Autos. Der Limmer sah vom Fenster aus zu, so wie ihm überhaupt kaum etwas entging, was in der unmittelbaren Nachbarschaft passierte. Eilig zog er ein paar feste Stiefel und seinen alten Anorak an und ging hinüber zur Wirtschaft – wie zufällig.

»Grüaß di, Girgl«, sagte der Lukas. In Eile schien er nicht zu sein.

»Servus, Luk«, grüßte der Girgl zurück. »Gehst zum Holzarbeiten?«

»Na wo! Zum Weibaaufreiß'n werd' i geh'n«, gab der Höck ein bisschen granteInd zurück. »Wieso fragst? Möchst mit?«

Dem Limmer war's recht, und insgeheim hatte er sogar gehofft, dass ihn der Höck Lukas fragen würde. Also nickte er.

»Bei der Sach' is bloß a kloans Problem«, sagte der Luk und kratzte sich verlegen am Kopf. »Da Grabner kimmt a no. Und 's kunnt scho g'rad sei, dass da Grabner grantig werd, wenn a di im Holz siagt. A sturer Hund is er halt, a ganz a sturer.«

»Lass nur. Mit dem Grabner komm ich schon klar«, beruhigte der Girgl.

Die beiden setzten sich ins Auto, und ab ging die Fahrt, über Feldwege und Schotterstraßen, und nach einer halben Stunde tauchte das Auto in einen finsteren Mischwald. Nach weiteren fünf Minuten stellte der Luk den Motor ab. Drei mächtige Buchen waren mit blauen Kreidekreuzen gekennzeichnet.

»Die drei san's. Die müss'n ma heut' no umschneid'n. Mi leckst am Orsch.« Der Lukas holte sein Werkzeug aus dem Kofferraum, Brot, ein Stück G'selchtes und ein Tragl Bier. Der Limmer setzte sich auf einen Baumstumpf und fing im allerletzten Moment eine Bierflasche auf, die ihm der Luk zuwarf.

»I muaß eh wart'n, bis da Grabner kimmt. Ohne 'n Grabner geht nix«, sagte der Luk, köpfte eine Bierflasche und ließ sich mit einem zufriedenen Grunzen auf einem Moospolster nieder. Der Limmer atmete tief durch.

»Hörst den Dompfaff?«, flüsterte der Luk.

Der Limmer lauschte. Natürlich hörte er ihn. Und jetzt wusste er auch, dass es ein Dompfaff war. Beide nahmen einen tiefen Schluck aus der Flasche.

Plötzlich war das Grummeln eines Autos zu hören. Der Luk stand auf und begann ganz aufgeregt, Geschäftigkeit vorzutäuschen.

»Da Grabner kimmt. Jetzt geht's auf. Jetzt is' 's vorbei mit da Ruah«, sagte der Luk und machte seine Motorsäge startklar.

Der Grabner Karl schälte sich aus seinem viel zu kleinen Fahrzeug, stützte die mächtigen Unterarme auf die geöffnete Wagentüre, und schon wurde klar, dass er heute »keinen Guten rauchte«.

»Aha, unsa Jungbaur. Möch'st am richtig'n Holzknecht zuaschaug'n? Möch'st arbeit'n oda möch'st bloß recht dappig im Weg rumsteh'n? Du hast mia g'rad no g'fehlt.«

»Geh, Grabner, sturer Büffe«, versuchte der Luk zu beschwichtigen.

»Is scho recht«, brummelte der Grabner vor sich hin und zog den Kälberstrick enger, den er sich in Ermangelung eines Gürtels um die gewaltigen Hüften geschlungen hatte.

»Aba dös sag' i dir, mei liaba Limmer. A Werkzeug nimmst ma du koans in deine dappig'n Pratz'n.«

Damit war die Sache vorerst erledigt, und mit zwei, drei kräftigen Zügen an dem Starterseil warf der Grabner seine Motorsäge an. Wie der Schrei eines Urwelttiers schnitt das Kreischen des Motors durch die Stille. Doch dann stellte der Grabner den Motor wieder ab und legte die Säge ins Moos, als hätte er etwas sehr Wichtiges zu erledigen. Er nahm eine Bierflasche aus dem Tragl, schlug den Kronenkorken mit der blanken Faust vom Hals, indem er den Verschluss auf die Kante einer Stoßstange auflegte, und nahm einen tiefen Schluck. Noch zwei weitere, und die Flasche war leer.

»So, jetzt geht's«, sagte er und wischte sich ein paar Biertropfen vom Kinn.

Die erste Buche mit gut zehn Kubikmetern fiel nach 20 Minuten krachend ins Holz. Der Limmer stand dabei und kam sich ziemlich blöd vor. Der Höck und der Grabner waren gerade dabei, mit ihren flinken Motorsägen den Baum auszuasten, als der Grabner plötzlich einen unterdrückten Schrei ausstieß.

»Kruzefix! Scheißdreck verreckta!« Er würgte den

Motor seiner Säge ab und fasste sich mit beiden Händen an sein rechtes Knie. Binnen Sekunden färbte sich der graue Stoff blutrot. Der Luk stürzte auf den Grabner zu, gefolgt vom Limmer Georg. Beide wurden blass. Die rasiermesserscharfen Zähne der Sägekette waren ihm unterhalb des Knies, dicht über dem Wadenansatz, gut einen Zentimeter tief ins Fleisch gedrungen und hatten eine böse, etwa zehn Zentimeter lange Wunde gerissen.

»Um Gott's will'n! Karl! Du muaßt zum Dokta!«, schrie der Luk, während dem Grabner das Blut in den Stiefel floss.

»Nix da! I war in mei'm Leb'n no nia beim Dokta. Und so bleibt's.«

Der Grabner humpelte zum Auto und zerrte vom Rücksitz ein verschlissenes, dreckiges, verschwitztes Hemd. Dem Limmer Georg wurde schlecht, als er sah, mit welcher Sorglosigkeit dieser Bär von einem Mannsbild den dreckigen Fetzen um sein verletztes Knie schlang. Als er es mit einem doppelten Knoten befestigt hatte, nahm er seine Motorsäge. Der verrückte Kerl wollte tatsächlich weiterarbeiten.

Jetzt wurde es dem Limmer zu viel.

»Grabner, du sturer Hund. Du musst zum Doktor. Du kannst dir noch alles Mögliche holen. Eine Blutvergiftung, Wundstarrkrampf ...«

»... Masern, Keuchhusten, Cholera«, spottete der Grabner. »Dös is mei Hax'n, und der geht koan was an. Jetzt wird g'arbeit und net zum Dokta g'anga.«

Vom Knie abwärts hatte sich inzwischen das ganze Hosenbein rot gefärbt.

Und jetzt schien es auch dem Grabner nicht mehr

ganz wohl zu sein. Der Schock war vorbei, jetzt spürte er doch ganz erhebliche Schmerzen.

»Also guat«, sagte er wesentlich leiser als zuvor, und dabei atmete er schwer.

»Da Luk bleibt da und du« – und dabei deutete er zum Limmer –, »und du fahrst mi schnell zum Dokta auf Miesbach. In a Stund' bin i wieda z'ruck.«

Doch da irrte der Grabner Karl. Der Doktor Schneidwimmer in Miesbach sah sich die Wunde nur kurz an, schüttelte den Kopf und verpasste dem Grabner einen Notverband. Dann schob er ihn mit sanfter Gewalt zur Türe hinaus und sagte: »Grabner, du musst ganz schnell ins Krankenhaus, 's schaut nicht gut aus. Da muss genäht werden.«

Und dem Limmer Georg gab er den Rat: »Fahren S' den Grabner schnell ins Krankenhaus. Ich ruf gleich an, dass er kommt.«

Jetzt war der Grabner auch blass geworden. Kalter Schweiß stand ihm auf der Stirn, und der Limmer jagte wie ein Verrückter zum Krankenhaus.

»Wenn'st so weiter fahrst, brauch'n mia alle zwoa koan Dokta mehr. Nacha brauch'n mia bloß no a schön's Platzl aufm Friedhof«, klagte der Grabner, und der Limmer war froh, dass der Kerl überhaupt noch das Maul aufbrachte.

Im Krankenhaus wusste man schon Bescheid. Der Grabner humpelte in die Notaufnahme, und der Limmer setzte sich in den kleinen Warteraum, der leer war. Er blätterte gerade in einer speckigen Illustrierten, als im Behandlungsraum plötzlich die Hölle losbrach.

Es war der Grabner, und er schien gut bei Kräften zu sein.

»Was! A Spritz'n! Ich brauch koa Spritz'n. Kruzefix! Kruzefix! Du damische Schwester! Hau bloß ab mit deine Spritz'n! Oda i bring di um!«

Fast im selben Moment flog die Türe auf, und im Wartezimmer stand zitternd eine junge, hübsche Krankenschwester. Ihre Augen waren starr auf den Limmer gerichtet, und die Rechte, die eine großkalibrige Spritze umklammert hielt, zitterte.

»Ist der da drin Ihr Freund?«, stammelte sie, und es klang wie ein bitterer Vorwurf.

Unterdessen drangen Wortfetzen aus dem Behandlungszimmer zum Limmer herüber: »Her mit dem Fad'n und da Nad'l. Dös mach i selba ... Saubande ... Hoam mog i ... Au! Limmer! Abfahrt!«

Dem Limmer Georg, dem immer noch die völlig verstörte Krankenschwester gegenüberstand, war das alles sehr peinlich. Und als jetzt auch noch der behandelnde Arzt, ein junges, schmales, beklagenswertes Männlein, ins Wartezimmer trat, wurde der Limmer richtig wütend. Er schob die beiden Weißkittel zur Seite, stürmte ins Behandlungszimmer, wo der Grabner in Unterhosen auf einem schmalen Operationstisch saß, und herrschte den Holzknecht an:

»Grabner! Du wehleidiger Hund. Ja schämst dich denn überhaupt nicht. Ein Mannsbild mit zwei Zentner und zimperlicher als ein kleines Kind! Du bist ein kleiner, windiger Waschlappen!«

Der Grabner sperrte Maul und Augen auf, und es war ihm, als träume er. Er schluckte ein paar Mal, kratzte sich am Kopf, blickte traurig auf den blutdurchtränkten Verband an seinem Knie. Dann bedeutete er mit einer geradezu gönnerhaften Handbewegung, dass es ihm nun recht sei, operiert zu werden.

»Sag dene zwoa, dass s' mi oparier'n derf'n. Und sag eahna, dass i eahna nix tua. Aba koa Spritz'n! Sonst werd' i wuid.«

Der Dr. med. Josef Blumberger flickte widerwillig mit zehn wohl gesetzten Stichen das Bein des Karl Grabner wieder zusammen. Ohne Spritze, ohne Narkose, so wie es sich der Grabner gewünscht hatte. An eine gemeinsame Heimfahrt indes war nicht zu denken. Eine Woche, so die Diagnose des Arztes, würde der Patient wohl noch im Krankenhaus bleiben müssen. Der Grabner war zu erschöpft, um gegen diesen Bescheid einen nennenswerten Widerstand zu entwickeln. *Noch* war er zu erschöpft. Denn das sollte sich schon bald ändern.

Der Limmer fuhr nach Spechting zurück, machte einen Umweg über Bergham, um das Ehepaar Grabner vom Missgeschick seines Sohnes in Kenntnis zu setzen. Und fast schien es, als seien die beiden Bauersleute nachgerade zufrieden, ihren schwierigen Sohn für ein paar Tage »guat weiter« zu wissen.

Der Limmer ging an diesem Abend früh ins Bett, nachdem er noch kurz zuvor den Höck Lukas über die zu erwartende Zwangspause seines Freundes informiert hatte. Der Luk hatte nur »Scheiße« gesagt.

Das Einschlafen fiel dem Limmer in dieser Nacht recht schwer. Er musste unablässig an diesen ungehobelten Klotz denken, der so viel Kraft und eine unbeugsame Stärke bis hin zur Sturheit ausstrahlte. Aber irgendwo hatte der Limmer in ihm seit langem die bärenhafte Sanftheit entdeckt, diese verstecke Hilfsbereitschaft. Er hatte diesen Kraftprotz einen Waschlappen genannt, und das hatte er klaglos geschluckt.

Die Verlegung des Karl Grabner am Nachmittag desselben Tages war nicht ohne Schwierigkeiten über die Bühne gegangen. Zum ersten hatte er ein Mordsspektakel veranstaltet, weil Zimmer 13 zur Straßenseite lag, ein Umstand, der seinem leisen Schlaf abträglich gewesen wäre. Also durfte er auf Nummer 14 mit einem weitläufigen, stillen Park hinter den Fenstern. Doch selbst da waren für seinen Geschmack noch nicht alle Voraussetzungen für eine baldige Genesung geschaffen. Er wollte einen Platz in unmittelbarer Nähe des Fensters, weil er es gewöhnt war, bei viel frischer Luft zu schlafen. Da sich aber jener Patient, der den Fensterplatz bereits seit Wochen innehatte, weigerte, mit dem Neuankömmling zu tauschen, karrte der Grabner den Widerspenstigen und Zeternden kurzerhand in die entgegengesetzte Ecke des Krankenzimmers. Und als der so seines angestammten Platzes jäh Beraubte damit drohte, den diensthabenden Arzt zu rufen, drohte der Grabner seinerseits, dem Schwerkranken einfach den Infusionsschlauch abzuschneiden. Das half. Natürlich wäre der Grabner nie so weit gegangen, aber so wie er das sagte, duldete seine Anordnung einfach keinen Widerspruch. Zwar wunderte sich das Ärzteteam während der Visite am nächsten Morgen über die veränderte Platzordnung, doch war es letztlich egal, wo wer lag, und der zwangsweise verlegte Patient war zu verängstigt, um sich über den neuen Zimmergenossen zu beklagen.

Am nächsten Tag, gleich nach der Stallarbeit, machte sich der Höck Lukas auf den Weg nach Miesbach, um seinen Freund zu besuchen. Und um nicht mit leeren Händen zu kommen, packte er zehn Flaschen Bier ein; außerdem fuhr er, um dem Patienten eine ganz besondere Freude zu machen, bei dessen elterlichem Hof in Bergham vorbei und holte die Zither, auf der es der Grabner Karl zu mäßiger Meisterschaft gebracht hatte. Der Limmer Georg hatte an diesem Tag Wichtigeres auf seinem Hof zu tun, obwohl er gerne mitgefahren wäre; aber er könnte den Grabner ja auch noch morgen oder übermorgen besuchen.

Als der Luk ins Zimmer kam, saß der Grabner aufrecht im Bett und beschimpfte eine Krankenschwester, die hartherzig genug war, ihm, entgegen seiner Aufforderung, kein Bier am krankenhauseigenen Kiosk zu kaufen.

Der Höck legte den Finger auf den Mund und deutete verstohlen auf seine Plastiktasche, in der es ganz zart, wie Weihnachtsglöckchen, klingelte. Der Grabner, mit derlei Geräuschen seit frühester Jugend vertraut, ließ sich zufrieden in die blitzsauberen Kissen sinken und klagte: »Mei, Schwester! Wenn i koa Bier net krieg, nacha werd' i nia g'sund.«

Die Schwester, die eine spitze Nase und wasserblaue Augen hatte, sah den Grabner angewidert an und fauchte: »Alkoholiker!«

Dann verließ sie das Zimmer. Ihr Name war Genoveva, und sie gehörte zum Orden der Barmherzigen Schwestern.

Der Luk setzte sich zum Grabner aufs Bett, weil kein Stuhl im Zimmer war, und öffnete zwei Bierflaschen nach bewährter Holzknecht-Methode, indem er die Kronenkorken auf die eiserne Kante der Bettstatt legte und mit der Faust einmal kräftig draufhämmerte. Der Grabner nahm einen tiefen Schluck und machte ein Gesicht, als sei er der Genesung bereits einen deutlichen Schritt näher gekommen.

»Wo is denn da Limmer?«, wollte er wissen.

»Dahoam is er. Wieso? Hast vielleicht Sehnsucht nach eahm?«, frotzelte der Höck.

Der Grabner tat, als hätte er die Frage nicht gehört.

»An Schneid hat er scho, der Limmer. Woaßt, was er g'sagt hat? Waschlappen hat er g'sagt. Zu mir! Aber ...« – der Grabner nahm einen kräftigen Schluck –, »aber verkehrt is er net. Er werd zwar koana vo uns, aba dafür, dass er koana vo uns werd, is er net z'wider. Direkt schad', dass er koana vo uns werd'n ko.«

Der Luk sah den Grabner verwundert an. »Bist am End' verliabt in den Limmer«, mutmaßte er.

»Depp, damischer. Du magst eahm doch a recht gern. Und bist genauso wenig schwul wia i«, tadelte der Grabner.

Der Höck schwieg. Nach einer Pause fasste er sich an die Nasenspitze und sagte:

»I find's ganz guat, dass amoi so oana im Dorf is. So a Mensch, der wo scho in Australien und Afrika war. Dös is doch ganz interessant, wenn ma so oan a kenna lernt.«

»So, so. Bei de Neger war da Stadtfleck a scho. Sauba ...«

Der Höck Lukas verstaute die restlichen acht Bierflaschen im Nachtkastl, legte dem Grabner ans Herz, »brav« zu bleiben, und verabschiedete sich. Er hasste Krankenbesuche.

Zwei Tage später fand es der Limmer an der Zeit,

sich nach dem Befinden des Grabner Karl zu erkundigen, zunächst einmal telefonisch.

Am anderen Ende der Leitung meldete sich eine schnarrende weibliche Stimme, ohne Charme, ohne Wärme. »Kreiskrankenhaus, Grüß Gott.«

»Ich möchte mich nur nach dem Befinden eines gewissen Karl Grabner erkundigen.«

»Dem geht es blendend. Er hat – Gott sei Dank – heut' Vormittag das Krankenhaus auf eigenen Wunsch vorzeitig verlassen.«

»Aber wieso denn? Er wurde doch erst vor drei Tagen eingeliefert?« Limmers Stimme klang besorgt.

»Dieser Herr Grabner«, schnarrte die Stimme, wobei sie den »Herrn« eigentümlich betonte, »dieser Herr Grabner hat das weibliche Krankenhauspersonal in skandalöser Weise belästigt. Außerdem hat Herr Grabner seine eher bescheidene Virtuosität auf der Zither seinem schwer kranken Zimmernachbarn vorzugsweise um Mitternacht zu Gehör gebracht. Trotz mehrmaliger Verwarnung des Oberarztes. Aber warum erzähle ich Ihnen das überhaupt? Wer sind Sie denn?« Die Stimme wurde ungehalten.

»Ich bin sein Bruder«, log der Limmer.

»So, so, sein Bruder. Da haben Sie ja ein feines Früchtchen in der Familie. Einen Trinker, jawohl! Und einen Sittenstrolch!«

Der Limmer legte grußlos den Telefonhörer auf. Dann lehnte er sich in seinem Stuhl zurück und brach in schallendes Gelächter aus.

Später erfuhr er vom Grabner, auf welche Weise er sich jener »skandalösen Belästigung des weiblichen Krankenhauspersonals« schuldig gemacht hatte: Beim täglichen Bettenmachen hatte er die bigotte Schwester Genoveva in einem günstigen Augenblick in den Hintern gezwickt, der, so Grabner, »hart und brett'leben« gewesen war.

Nach einer Woche war der Grabner so weit hergestellt, dass er bereits wieder ans Holzarbeiten dachte. Noch eine Woche und der Doktor Schneidwimmer in Miesbach könnte ihm die Fäden aus der inzwischen verheilten Wunde ziehen. Wie pflegte der Grabner zu sagen? »An richtig'n Holzknecht bringt nix um.«

Dabei hatte er eine kindische Angst vor medizinischem Gerät, vor Ärzten und Krankenhäusern. Und schon im zarten Alter von sechs Jahren, als ihm ein Freund aus der Nachbarschaft mit dem Luftgewehr eine Kugel in den Oberschenkel verpasst hatte, war es dem Grabner nicht in den Sinn gekommen, die Hilfe eines Arztes zu erbitten. Vielmehr hatte er sich im Heustock versteckt und mit einem Küchenmesser das Geschoss selbst herausoperiert. Erst als auf dem Fuße eine Blutvergiftung folgte, ließ er sich ins Krankenhaus bringen.

In den Tagen nach seinem letzten Krankenhausaufenthalt hatten der Grabner und der Höck häufig den Limmer in seinem Haus besucht. Dem Limmer war das angenehm, entdeckte er doch zusehends neue Eigentümlichkeiten und Charaktereigenschaften der scheinbar hölzernen Bauernburschen. Der Grabner war intelligent, schlau, und hinter der rauen Schale versteckte sich ein sensibler, leicht verletzbarer Kern. Seine Grobheit baute er wie einen schützenden Panzer um sich herum auf. Es schien, als sei es dem Limmer gelungen, diesen Panzer zu knacken.

Als die zwei beim Limmer in der Stub'n hockten, übers Wetter und die Weiber redeten, Bier und Obstler tranken, zog der Grabner Karl plötzlich seinen Hirschfänger aus der Messertasche seiner Bundlederhose, öffnete die Lederbänder unterm rechten Knie und stülpte das ausgebeulte, speckige Hirschleder nach oben, sodass die etwa zehn Zentimeter lange, rote Narbe sichtbar wurde, über die sich hauchdünne, schwarze Fäden wie Filigran spannten. Der Grabner nahm seinen Hirschfänger und begann, wortlos die Fäden – einen nach dem anderen – zu kappen. Dann zog er die losen Enden mit einem Ruck aus dem Fleisch und ordnete sie fein säuberlich auf einer Zeitung. Dem Limmer wurde abwechselnd heiß und kalt. Der Luk stützte seinen Kopf in die Hände und sah dem Grabner interessiert zu. Als er fertig war, betupfte der Grabner die Nahtstelle mit etwas Obstschnaps, band die Hose unterm Knie wieder zusammen und murmelte zufrieden:

»So. Desinfiziert, sauba, und a Geld für'n Dokta hab' i a no g'spart. A Hax'n wia neu.«

9

Vieles, was in der Stadt längst in Vergessenheit geraten war, wurde auf dem Land noch sorgsam gepflegt. Dass Tradition und Brauchtum allemal mit dem Genuss von reichlich Alkohol verbunden waren, lag wohl an der bayerischen Mentalität. Ein ordentlicher Rausch gehörte nun mal dazu, wenn man sich nicht dem Verdacht aussetzen wollte, ein Spielverderber zu sein. Einer jener schönen Bräuche, deren Ursprungs-Bestimmung weniger wichtig war als die Tatsache, dass es ihn noch gab, war das so genannte »Aufwecken«. Dabei ging es um das Aufwecken junger Brautpaare am Hochzeitstag, in der Regel um vier Uhr früh, also vor der Stallarbeit.

Im Herbstlicht glühte das Laub der Buchen, die Kühe knabberten an den letzten Grashalmen, Heu und Grummet waren längst eingebracht. Die »stade«, die stille Zeit begann. Dass es gerade während der »stad'n Zeit« besonders hoch herging, war schon seit Urzeiten so. Die Bauern hatten ihre Arbeit getan, jetzt blieb Zeit zum Feiern. Und zum Heiraten.

Dieses Mal hatte es den Eibl Schorsch, einen blonden, drahtigen Bauernburschen aus Narling, erwischt. Zwar hätte er die Ehe ganz gerne noch ein paar Jährchen vor sich hergeschoben. Aber sein zukünftiger Schwiegervater, der Eder-Bauer aus Schnapfing, einer der größten im Landkreis, hatte dem Schorsch eine allerletzte Frist gesetzt. Andernfalls würde er sich um einen anderen Schwiegersohn umschauen. Bei diesem Gedanken war's dem Schorsch himmelangst geworden. Auf das Lieserl, seine Braut, hätte er ja verzichten können, aber – Gott bewahre – nie und nimmer auf die zu erwartende stattliche Mitgift.

Also wurde das Aufgebot bestellt und die Hochzeit für einen Samstag anberaumt. Wie es der Brauch war, versammelten sich morgens um vier die besten Freunde des Eibl Schorsch vor dessen Anwesen. Lautlos huschten zwei Dutzend Gestalten in den Garten. Jeder hatte zwei Luftballons mitgebracht, die nun fein säuberlich unterm Fenster des schlafenden Bräutigams aufgereiht wurden. Einige der Burschen hatten Ohrenschützer auf, andere hatten sich Watte in die Gehörgänge gestopft. Auf ein Zeichen stieß jeder von ihnen gleichzeitig je eine Nadel in seine beiden Luftballons. Im Umkreis von drei Kilometern war der Knall zu hören, und wohl noch nie in seinem Leben war der Eibl Schorsch derart behände aus dem Bett gekommen. Ganz klar, dass auch der Höck Lukas und der Grabner Karl dabei waren.

Unmittelbar nach dem Aufwecken wurde gefrühstückt. Und auch hier verlangte der Brauch strenge Regeln. Es gab Bier, Schnaps, Würste, Kuchen und Kaffee, ein wildes Durcheinander an Ess- und Trinkbarem, das nur die wenigsten schadlos überstanden. Obwohl er noch einen anstrengenden Tag mit Trauung, Mittagessen, Kaffeekränzchen und abendlichem Tanz vor sich hatte, benahm sich der Schorsch ganz so, als sollte dies alles andere als *seine* Hochzeit werden. Er soff, was das

Zeug hielt, schob wechselweise Torten und Würste in sich hinein, ging auch mit Kaffee nicht sparsam um und scherte sich einen Dreck um die sorgenvollen Blicke seiner Mutter. Mit fortschreitender Zeit mehrten sich die Anzeichen für einen zu erwartenden Skandal.

Die kirchliche Trauung war für zehn Uhr angesetzt. In der Schnapfinger Kirche war alles für den großen Festtag vorbereitet. Etwa 250 geladene Gäste hatten sich in Tracht auf dem Kirchplatz versammelt, die Braut und deren Eltern waren auch schon da, und alles wartete auf das Eintreffen des Bräutigams. Um viertel vor zehn fuhr eine mit Blumen geschmückte Limousine vor. Im Fond saßen der alte Eibl und seine Frau Martha, und dazwischen kauerte ein Häufchen Elend, mit wirrem Haar und ganz grün im Gesicht: der Bräutigam.

Nun war der Skandal schon zum Greifen nahe. Denn was die beiden Eibls jetzt aus dem Wagen zerrten, hatte nicht die entfernteste Ähnlichkeit mit einem kernigen, glücklichen, strahlenden, oberbayerischen Bauernburschen, der dem bedeutendsten Tag in seinem Leben entgegenfiebert. Mit eingeknickten Beinen hing er zwischen seinen Eltern und guckte starr und blöd in die Runde. Seine Mutter weinte und hätte vor Scham in den Boden versinken mögen. Sein Vater zerrte mit hochrotem Kopf an seinem Sohn herum und stammelte: »Der Hundskrüppel, der varreckte. Ja so a Blamasch!«

Das Lieserl warf sich ihrer Mutter, der alten Ederin, an die Brust und schluchzte, als befände sie sich auf dem Weg zur Beerdigung ihres Schorsch. Der alte Eder malte mit seinem Spazierstock Ornamente in den Kies und fauchte wie ein wild gewordener Truthahn:

»Den bring' i um. Den dastich i. Den daschiaß i. Den watsch' i bis hoam auf Narling. I hab's ja g'wusst, dass der Kerl koan Wert net hat!«

Beim Anblick der vielen, teils feixenden, teils entsetzten Gäste gab sich der Eibl Schorsch einen Ruck und stand, ohne die Hilfe seiner Eltern, wieder auf eigenen Beinen. Mit einer langsamen Kopfdrehung musterte er die Hochzeitsgäste, streifte mit einem verächtlichen Blick seine weinende Braut und sagte mit lauter Stimme, indem er die Zischlaute besonders behutsam behandelte:

»Liabe Leut'! I hob an Rausch. Also mach ma schnell, bevor a no größer werd. Lieserl, geh her, pack ma's.«

Und damit steuerte der Schorsch breitbeinig auf sein Lieserl zu, das immer noch bitterlich weinte.

»Saukerl!«, zischte der alte Eder seinem künftigen Schwiegersohn ins Ohr, und die alte Ederin pflichtete ihrem Mann bei, indem sie nur sagte: »Pfui Deifi!«

Der Schorsch, in einem Stadium, in dem er nicht mehr verletzbar war, legte seinen Arm um Lieserls Schultern, weniger ein Ausdruck von Zuneigung als vielmehr die einzige Möglichkeit, halbwegs aufrecht das Kirchenportal zu erreichen. Es war Punkt zehn. Zum ersten Mal in ihrem Leben hatte das Lieserl etwas Rouge aufgelegt und ihre schönen, dunklen Augen mit einem zarten Lidstrich betont. Vom Weinen war die ganze Pracht beim Teufel, und über beide Wangen bahnten sich zwei dunkle Rinnsale ihren Weg durch zart schimmerndes Rouge. Als das Brautpaar die Kirche betrat, setzte mit wuchtigem Dröhnen die Orgel ein. Und als verleihe die feierliche Weihe dieses Augenblicks dem Eibl Schorsch geheimnisvolle Kräfte, schritt er aufrecht und sicher mit seinem Lieserl im Arm dem Altar entgegen. Die Kirche füllte sich mit Hochzeitsgästen, und als letzte Gruppe zwängte sich ein Dutzend Bauernburschen in die allerletzte Bank. Es waren jene, die beim Aufwecken dabei gewesen waren, und ihr derzeitiger Zustand unterschied sich nicht wesentlich von dem des Bräutigams. Der Höck Lukas schlief gleich ein, zwei andere etwas später. Es sah fast so aus, als sollte sich doch noch alles zum Guten wenden.

Der Pfarrer Adolf Obinger, der die Gemeinden Spechting, Wolfsau und Narling versorgte, hatte von dem skandalösen Vorfall auf dem Kirchplatz nichts bemerkt, weil er zu diesem Zeitpunkt seine Predigt in der Sakristei repetierte. Und die Tränen, die das Make-up der jungen Braut in eine graue Soße verwandelt hatten, wertete Hochwürden als untrügliches Zeichen für den seligen Zustand, in dem sich das Lieserl befand. Er hatte ja schon so viele junge Bräute vor dem Traualtar weinen sehen. Und jedes Mal wieder war er sehr gerührt.

Als sich das Brautpaar vor der mit rotem Samt überzogenen Kniebank aufgestellt hatte, kamen in Hochwürden allerdings leise Zweifel auf, ob dieses junge Glück so vollkommen war, wie es auf den ersten Blick den Anschein gehabt hatte.

»Der Eibl ist ja völlig verstört«, arbeitete es im Hirn des Pfarrers. »Und wie der schaut. Als ob ihn das alles gar nichts angeht. Wie ein Stier glotzt er. Vielleicht ist ihm schlecht. Vor Aufregung. Armer Kerl.«

Endlich durfte sich der Schorsch auf die Bank knien. Es war auch allerhöchste Zeit, denn er war dem nächsten Schwächeanfall schon bedenklich nahe. Aber seine Leiden waren erst am Anfang. Wie es die katholische Liturgie vorschreibt, musste anlässlich einer Hochzeit wie auch beim Requiem mit Weihrauch gearbeitet werden. Und soeben legte der kleine Rixner Karli, der mit Leib und Seele Ministrant war, noch einen gehäuften Löffel Weihrauch auf die glühende Kohle. Eine blaugraue Weihrauchwolke umhüllte das Brautpaar, stieg himmelan und verlor sich im barocken Stuck der Kirchenkuppel.

»Hau ab mit deim damischen Weihrauch«, fuhr der Eibl Schorsch den Rixner Karli an, der völlig verstört zwei Schritte zurückwich, während Pfarrer Obinger oben am Altar stand und dem Tabernakel einen goldenen Kelch entnahm.

»Herrgott, is mia schlecht«, klagte der Schorsch.

Das Lieserl versetzte ihm mit dem Ellenbogen einen Stoß in die Rippen, der den Schorsch um ein Haar aus dem mühselig wiedererlangten Gleichgewicht gebracht hätte.

»Reiß di z'amm, oida Depp. Und untasteh di bloß net zum Speib'n. Sonst san ma g'schied'ne Leut', bevor ma verheirat' san.«

Der Schorsch seufzte. Wenn ihn der Schlag getroffen hätte, wenn ihn der Herrgott jetzt, in diesem Augenblick zu sich gerufen hätte – ihm wär's recht gewesen. Er war übel dran, aber wenigstens hatte sich der kleine Rixner mit dem Weihrauchfass inzwischen verdrückt. Doch auch das ständige Aufstehen und Hinknien machte ihm arg zu schaffen.

Jetzt schritt Hochwürden die Altarstufen herunter und näherte sich wie ein böser Schatten dem Brautpaar; so empfand es wenigstens der Schorsch. Ganz dicht stand der Pfarrer nun vor den beiden. Und wie er da so stand, richteten sich seine hellbraunen Augen plötzlich starr und groß auf den Eibl Schorsch, und durch die dicken Brillengläser schimmerten sie wie zwei bunte Glühbirnen.

Der Pfarrer rümpfte zwei-, dreimal die Nase wie ein Hase, der im Kleefeld Gefahr wittert. Dann empörte er sich und zischte durch die Zähne: »Aha, Schnaps. Also doch!«

Der Eibl Schorsch blickte beschämt zu Boden. Ein weiterer Umstand, der ihm schon beim Betreten der Kirche Sorgen gemacht hatte, beschäftigte ihn weit mehr als der Tadel des Pfarrherrn. Vom Magen her kam Unbill auf. Er spürte förmlich, wie sich Kuchen, Würste, Schnaps und Kaffee um die besten Plätze zankten. Und plötzlich war er da, unvermittelt, wie ein Gewitter aus heiterem Himmel: ein Schluckauf, so gewaltig, dass er sich vielfach an den Wänden des Gotteshauses brach. Der nächste folgte Sekunden später, genauso heftig, ohne dass ihn der Schorsch hätte verhindern können. Oh, wie war dem Eibl Schorsch das peinlich! Eine ganze Salve folgte, ein Schluckauf nach dem andern. Pfarrer Adolf Obinger tobte innerlich. In der hintersten Bank kicherten die gleichfalls angeschlagenen Bauernburschen. Die Würde des Ortes und der Stunde war dahin. Das Murmeln der Hochzeitsgäste schwoll an zu einem empörten Raunen, verebbte wieder. Das Lieserl weinte aufs Neue, leise, resignierend, verzweifelt. Der Schorsch hielt sich ein Taschentuch vor den Mund. Zu hören war jetzt nichts mehr, nur sein Körper schüttelte sich wie von Krämpfen gebeutelt, wenn es ihn wieder überkam. Nach fünf Minuten ging es ihm wieder besser. Frei von Störungen hauchten die beiden jungen Brautleute ihr »Ja«. Dann spielte der Organist das »Te Deum Laudamus«, und alle waren froh, dass die Trauung vorbei war.

Die frische Luft tat dem Eibl Schorsch gut. Mit noch schlaffem Händedruck, aber zusehends an Wohlsein gewinnend, dankte er für die Gratulationen der Hochzeitsgäste. Dann bewegte sich der Zug in feierlicher Prozession, angeführt von der Trachtenkapelle »Almrausch«, der der Schorsch als Trommler angehörte, hinüber zum Gasthaus »Grüner Baum«. Es folgten die »Schalk-Weiber«, Bäuerinnen in bodenlanger, schwarzer Tracht, die Fahnenabordnungen der Vereine, der Pfarrer mit dem Brautpaar und die Bauern. Am Eingang zum Festsaal saß an einem kleinen Tisch der »Hochzeitslader« und kassierte das Mahl-Geld, 40 Mark pro Mann und Nase. Auch das war der Brauch, obwohl es dem Brautvater unbenommen gewesen wäre, die ganze Gesellschaft einzuladen und sich einmal im Leben von seiner angenehmen Seite zu zeigen. Aber der alte Eder war hinreichend als Geizkragen bekannt, und diesem Ruf musste er wohl auch am Hochzeitstag seiner Tochter gerecht werden. Vier Bedienungen trugen dampfende Schüsseln mit Suppen, Schweinsbraten und Knödeln auf; dann gab es Kaffee und Kuchen und natürlich Bier und Schnaps. Und dazu spielte das »Edelweiß-Trio« ländliche Weisen.

Der Bräutigam saß, eingezwängt zwischen seiner Braut und dem Pfarrer Obinger, zuoberst der hufeisenförmig zusammengestellten Tische. Er stocherte lustlos in seiner Leberknödelsuppe herum, und seine Gedanken waren weit weg: bei einem neuen Traktor mit 115 PS, Klimaanlage und Stereo, und bei einem neuen Mistbreiter. Dank der Mitgift des Schwiegervaters würde er den anderen endlich einmal zeigen, was mit eigener Kraft und fremdem Geld auf die Beine zu stellen war.

Aus den Augenwinkeln heraus betrachtete der Eibl Schorsch seine Angetraute und fand, was die Wahl seiner jungen Bäuerin betraf, dass er keine allzu glückliche Hand bewiesen hatte. Das Lieserl war zwar eine gute Haut, aber hübsch, nein hübsch war sie wirklich nicht. Selbst unter ihrem eng geschnürten Trachten-Mieder war ein pummeliger Unterbau nicht zu verbergen. Ihre lange, spitze Nase passte nicht so recht zu dem pausbackigen, runden Gesicht, und die Weisheit hatte sie auch nicht mit Löffeln gefressen. Es war eine reine Vernunftehe, von ökonomischer Zweckmäßigkeit, weil sie schließlich die Eder-Tochter war. Das Lieserl hingegen liebte ihren Schorsch mit der ganzen Ahnungslosigkeit eines bislang wohl behüteten, keuschen Landkindes; 20 Jahre alt war das Lieserl erst und Jungfrau, da waren sich im Saal alle ganz sicher.

Während der Bräutigam sich immer noch mit der Vorspeise abmühte, hatten die zügigen Esser bereits das Dessert, Vanilleeis mit heißen Himbeeren, hinter sich gebracht. Auch die zwölf Bauernburschen, die in der Früh beim Aufwecken dabei gewesen waren, planten bereits die nächste Einlage, die wie das Aufwecken auch zu bayerischem Brauchtum gehörte: das »Braut-Stehlen«. Drei Mann hatten sich bereits im Hausgang postiert, um bei passender Gelegenheit das Lieserl in ihre Gewalt zu bringen und in eines der umliegenden Wirtshäuser zu entführen. Der Brauch verlangte außerdem, dass der Bräutigam seine Angetraute mit Hilfe eines Suchtrupps ausfindig zu machen hatte und der Brautvater den Entführern quasi als »Lösegeld« die Zeche bezahlen musste.

Endlich war es so weit. Das Lieserl musste aufs Klo. Sie ließ sich dort viel Zeit, legte noch etwas Rouge auf, puderte die spitze Nase und gab ihren Augen noch etwas Lidstrich. Rotbackig wie ein halb fertiger Bratapfel überquerte sie den Gang zum Festsaal, als sie plötzlich von vier kräftigen Männerarmen gepackt und ins Freie gezerrt wurde. Vor der Eingangstüre wartete bereits der Schuster Sepp mit seinem Kleinbus. Der Motor lief, die Schiebetüre stand weit offen. Das Lieserl entwickelte auch kaum Gegenwehr, wusste es doch, worum es ging und dass sich ihr Schorsch bestimmt spornstreichs auf die Suche machen würde. Dachte sie.

Der Schorsch indes hatte von seinem Platz aus durchs Fenster alles genau beobachtet. Aber anstatt flugs die Verfolgung der Entführer aufzunehmen, lehnte er sich mit einem tiefen Seufzer der Erleichterung in seinem Stuhl zurück und brummte: »Na endlich.«

»Was hast g'sagt?«, fragte die alte Ederin und beugte sich zu ihrem Schwiegersohn hinüber.

»Endlich, hab i g'sagt. Weil endlich da Kaffee kimmt.«

»So, so.« Mehr hatte die Ederin dazu nicht zu sagen.

Tatsächlich kamen gerade drei Bedienungen mit großen Kaffeekannen, aber das war's natürlich nicht, was den Schorsch so zufrieden machte. Er war ganz einfach froh, dass er das Lieserl eine Zeit lang los hatte.

Das war zwar keine besonders feine Einstellung, aber der Schorsch war ja auch kein feiner Mensch.

Nach einer halben Stunde machte sich beiderseits des Bräutigams Unruhe breit. Und der Pfarrer Obinger, dessen großporige Nase von Alkohol und Hitze wie eine Vierländer Tomate leuchtete, klagte ratlos und unentwegt: »Ja, wo is denn bloß dös Lieserl? Ja, wo is's denn bloß?«

Jetzt ging auch dem alten Eder ein Licht auf, zumal die unteren Stuhlreihen am Tafelende seit dem Verschwinden der Braut leer waren.

»G'stohln hams dös Lieserl. Entführt hams es. Kimm, Schorsch, auf geht's!« Der Eder-Bauer gab seinem Schwiegersohn einen kräftigen Stoß in die Rippen, und der Schorsch machte ein Gesicht, als wolle man ihn in strömenden Regen schicken. Schnell wurde ein Suchtrupp zusammengestellt, und mit vier Autos begann die Fahndung nach dem entführten Lieserl.

Unterdessen hatten die zwölf Burschen und das Lieserl Unterschlupf beim »Brücken-Wirt« in Wallgau gefunden. Aber nicht etwa in der Wirtsstube, wie es üblich gewesen wäre, sondern in einem kleinen Nebenzimmer, von wo aus die »Entführer« die Straße überblicken konnten, ohne dabei selbst entdeckt zu werden. Die Vorhänge hatten sie vorsichtshalber auch noch zugezogen, der Kleinbus war beim Brücken-Wirt, der auch noch Bauer war, im Stadel versteckt. Was die Burschen machten, war ganz und gar unüblich und widersprach krass den Spielregeln. Denn nach dem Brauch sollte zumindest eine, wenn auch kleine Spur der Suchmannschaft bei ihrer Arbeit hilfreich sein. Doch der Schuster Sepp, der das Lieserl auch ganz gern geheiratet hätte, hatte mit dem Eibl Schorsch eben deshalb eine offen stehende Rechnung zu begleichen. Und die anderen machten mit, weil der Alkohol bereits das seine getan hatte und alle Regeln von Fairness und Mannesehre vergessen ließ.

Seit zwei Stunden saßen die Entführer bereits hinter zugezogenen Gardinen, tranken auf Teufel komm raus, ohne dass von den Verfolgern auch nur eine Spur zu entdecken gewesen wäre. Das Lieserl saß mittendrin und merkte vor lauter Kummer und Gram nicht, wie sie der Schuster Sepp ungezogen-begehrlich anstarrte. Dabei funkelten seine Augen tückisch, und der Hohn, der ihm ins Gesicht geschrieben stand, entstellte sein Gesicht zu einer unfreundlichen Grimasse.

»Ja, wo bleibt a denn, unsa feina Bräutigam?«, spottete der Sepp. »Er werd di doch net scho am Hochzeitstag vagess'n ham. I hab's doch imma g'sagt, dass da Eibl koan Wert net hat. A rechta Windhund is da Schorsch. Aba du hast's ja nia g'laubt.«

Dem Lieserl ging das böse, gehässige Gerede des Schuster Sepp durch und durch. Und je näher sie dem Weinen war, desto übermütiger und lauter wurden die Bauernburschen.

Plötzlich verstummte die lärmende Gesellschaft wie auf Kommando. Draußen waren Autos vorgefahren. Aus dem ersten sprang der Eibl Schorsch, schaute durch ein Fenster in die Gaststube und ging enttäuscht zu seinem Auto zurück. Das Lieserl hörte gerade noch, wie der Schorsch böse Verwünschungen ausstieß:

»Jetzt leckt's mi alle am Orsch. Wenn's Lieserl liaba mit dene Saukerl beinand ist, nacha soll's mia a recht sein. I find' scho a andere, wenn's unbedingt sei muaß.«

Dann hörte man das Schlagen einer Autotüre, und mit quietschenden Reifen fuhr der Suchtrupp wieder davon.

Dem Lieserl war's abwechselnd heiß und kalt geworden. Sie strampelte, kratzte und biss und wollte schreien. Aber drei Burschen hatten sie fest im Griff, und der Schuster Sepp hielt ihr mit seinen schrundigen Pratz'n, die immer ein bisschen nach Mist rochen, den Mund zu. Als es draußen wieder ruhig war, ließen sie das Lieserl los. Und jetzt weinte die junge Braut, was das Zeug hielt.

»Bauernfünfer, elende! Verbrecher, Gangster, Lump'n! Und du, Sepp, bist da Schlimmste. Da Schorsch bringt di um, wenn a di dawischt!« Wie eine Furie fegte das Lieserl durch den kleinen Raum und versuchte, ihren Peinigern zu entkommen. Doch die Tür war verschlossen. Für das Lieserl hatte der Spaß schon längst aufgehört. Doch jetzt war sie einem Zusammenbruch nahe. Sie drehte sich ganz langsam um, schnappte nach Luft und starrte fassungslos auf einen Schlüssel, den der Schuster Sepp zwischen Daumen und Zeigefinger wippen ließ. Dabei grinste er schadenfroh, und seine Stimme bekam etwas Dämonisches, Böses:

»Lieserl, Lieserl. Tu di net täusch'n. Erst'ns glaub i net, dass mi da Eibl umbringt. Dafür is er um a paar Nummern z' kloa. Und zwoatn's bringt er wahrscheinlich di um, weil du ja freiwillig bei uns blieb'n bist. Dafür hab' i Zeug'n.« Und damit blickte er triumphierend in die Runde. Der Meckler Hans, ein vierschrötiger Bauer aus Wolfsau, ein gefürchteter Raufbold, verzog seinen Mund, dass eine schwarze Lücke in der oberen Zahnpartie sichtbar wurde.

»Klar, Sepp. D'rauf schwör' i jed'n Eid«, grinste er und patschte sich auf die Schenkel.

Den andern jedoch kam die Entwicklung nicht mehr ganz geheuer vor. Sie hatten zwar nichts gegen derbe Späße, und die Tollheiten, die sie vollführten, waren meistens nicht von Pappe. Aber nun schien der Spaß doch ganz deutlich aus den Fugen zu geraten. Und um einer Privatfehde willen, die der Schuster Sepp mit dem Eibl auf diese unsportliche Art auszufechten gedachte, war kaum einer bereit, sich die Finger zu verbrennen.

Das Lieserl saß gebrochen am Tischende, hielt die Hände vors Gesicht und wurde von heftigen Weinkrämpfen geschüttelt. Da wurde es dem Höck Lukas zu dumm.

»Schluss! Schluss, sag' i! Jetzt hört si' da Spaß aba auf. Und du, Schuster, gibst jetz' a Ruah, sonst werd' i zünti!«

Der Schuster Sepp stand ganz langsam auf, stützte sich auf die Tischplatte, kniff die Augen zusammen, was bei ihm nie etwas Gutes bedeutete, und sagte mit scharfer, schneidender Stimme:

»Da Herr Höck möcht' aufmuck'n. Da schaug her. Du hast mitg'macht, also bist stad. Außerdem is dös Lieserl doch vui liaba bei uns als wia beim Eibl und seiner damisch'n Verwandtschaft. Gell, Lieserl ...?« Um das arme Ding noch mehr zu reizen, fuhr ihr der Schuster Sepp mit seiner Riesenpratz'n über das zerzauste Haar, in dem noch ein paar grüne Zweige des Brautkränzchens steckten. Dann ließ er seine Hand über das in allen Farben der Kosmetik-Palette schimmernde pausbäckige Gesicht gleiten, und es wurde offensichtlich, dass der angesoffene Schuster Sepp es auf ihr von welken Nelken umrahmtes Dekolletee abgesehen hatte. Die Spannung knisterte, der mächtige Busen der gedemütigten Braut wogte auf und ab. Einer rülpste. Sonst war nur Stille.

Plötzlich, schnell wie eine Klapperschlange, schnappte das Lieserl nach dem kleinen Finger des Schuster Sepp, den er doch recht arglos in unmittelbarer Nähe ihres kräftigen Gebisses hatte verweilen lassen. Der Schuster Sepp brüllte wie ein Stier, Biergläser und Aschenbecher zersplitterten klirrend auf dem Fußboden. Mit einem mächtigen Ruck riss der Schuster seine rechte Hand an sich und starrte fassungslos auf den kleinen Finger seiner rechten Hand. Das Lieserl hatte bis auf den Knochen durchgebissen, und jetzt tropfte das Blut gleichmäßig auf die weiße Tischdecke. Der Schuster Sepp wurde blass, das Lieserl starrte ungläubig auf die klaffende Wunde, der Platzer Franz rannte zum Fenster, weil ihm schlecht wurde. Jetzt hatte der Schuster Sepp seine Fassung wiedererlangt. Wie ein Tiger stürzte er sich auf die zitternde Braut, die vor Schreck und Entsetzen sogar das Weinen vergaß.

»Ja, du Drecksmatz, du mistige!«, brüllte der Schuster Sepp und schickte sich gerade an, dem Lieserl eine Rückhand zu verpassen, was das Lieserl sicher nicht schadlos überstanden hätte. Da war der Höck Lukas zur Stelle. Er packte den Arm des Schuster Sepp und riss ihn mit einem gewaltigen Ruck nach hinten, dass die Gelenke krachten. Der Sepp schrie abermals, Blut spritzte über weiße Hemden und Festtagsgewänder, und im selben Augenblick verpasste ihm der Höck Lukas einen Tritt in den Hintern, dass der Sepp quer durch die Stube flog und mit dem Schädel gegen ein Tischbein krachte. Da blieb er dann auch liegen.

Dem Meckler Hans, dem Raufbold, kam das alles sehr zupass. Sein Gesicht verzog sich zu einer hässlichen Grimasse, seine Zahnlücke lag dunkel und drohend inmitten der oberen Zahnreihe, aber gerade als er sich von hinten auf den Höck Lukas stürzen wollte, stand der Grabner Karl bei ihm. Wie ein Schraubstock packte der Grabner den Meckler am Genick, sodass ihm die Luft zusehends knapp wurde. Sosehr der Meckler auch versuchte, seinen Gegner in den Griff zu kriegen, der Druck auf die Halsschlagader wurde immer stärker. Und mit ganz ruhiger Stimme, als wolle er ihn lediglich mit gütiger Strenge zur Ordnung rufen, sagte der Grabner:

»Meckler! Jetzt is Schluss. Sonst brech' i dir's G'nack. Bei dir kost' mi dös sowieso koa Übawindung.«

Und damit gab er den Hals des Meckler Hans wieder frei. Dessen Gesicht war schon ganz blau angelaufen; er pfiff und hustete, und während sein Atem rasselte, keuchte er: »Grabner. I bring' di um. I schwör's.«

Trotz der wilden Drohung blieb der Grabner ganz ruhig und legte dem Meckler eine Hand auf die Schulter:

»So wia du beinand bist, bringst du heut' koan mehr um. Vielleicht morg'n. Aba dös hat ja no Zeit.«

Es sah wüst aus in dem kleinen Nebenzimmer, und als jetzt die Huber Mathilde, die Wirtin, ganz aufgebracht gegen die verschlossene Türe trommelte, sperrte der Schuster Sepp auf. Er hatte sich wieder einigermaßen erholt, obwohl er sich beim Sturz gegen das Tischbein auch eine Platzwunde zugezogen hatte.

»Saubande, nixnutzige! Bauernrüp'l, vermaledeite. Lokalverbot! Alle habt's Lokalverbot! Und jetzt wird kassiert. Aba schnell!«

Die Rechnung, die die Wirtin aufmachte, konnte sich sehen lassen: Drei Aschenbecher, acht Biergläser, fünf Schnapsgläser und auch Lieserls Weinglas waren zu Bruch gegangen. Dazu 36 Halbe Bier, eine Flasche Wein, 20 Obstler und zwölfmal Regensburger mit Kraut. Machte zusammen 146,50 Mark. Viel Geld, wenn man bedachte, dass ja eigentlich der Eder-Bauer die Zeche hätte bezahlen müssen. Aber das konnte man ihm jetzt wohl nicht mehr zumuten.

Die »Entführer« legten zusammen, und »natürlich« war das Lieserl ihr Gast. Der Schuster Sepp holte den Kleinbus aus dem Stadel, und gut und gerne 25 Promille machten sich schweigend auf den Rückweg nach Schnapfing. Etwa hundert Meter vor dem Gasthaus »Grüner Baum« ließ der Schuster Sepp das Lieserl aussteigen.

»Nix für unguat, Lieserl. I woaß a net, welcha Deifi mi heut' g'ritt'n hat. Sag dem Schorsch, 's tuat mia Leid.«

Das Lieserl kletterte vom Beifahrersitz, begleitet vom Höck Lukas und dem Grabner Karl, die den Kragen nicht voll kriegen konnten und noch dringend etwas Alkoholisches brauchten. Die anderen hatten Hals und Hosen gestrichen voll und zogen es vor, sich im Wirtshaus nicht mehr sehen zu lassen.

Vier Stunden hatte das Versteckspiel gedauert, und als die drei jetzt den Saal betraten, entlud sich der geballte Zorn der Hochzeitsgesellschaft über dem Höck und dem Grabner. Und keiner glaubte dem Lieserl jene abenteuerliche Geschichte, die sich angeblich beim »Brücken-Wirt« zugetragen hatte. Bis auf den Eibl Schorsch, der mit finsterem Gesicht und dem pausbackigen Lieserl im Arm den Ehrentanz lustlos absolvierte. Und dabei grummelte er grimmig: »Den Schuster wenn i dawisch, aba dann …«

Das Lieserl begann wieder zu weinen. Dieses Mal ganz leise, und ihr Gesicht strahlte. Denn jetzt war sie sehr glücklich.

10

Die Hochzeit des Eibl Schorsch lag inzwischen mehrere Wochen zurück. Der Schorsch hatte einen Traktor mit 115 PS, Klimaanlage und Stereo und einen neuen Mistbreiter gekauft, weil die Mitgift des alten Eder die erwartete Höhe bei weitem überstieg.

Es war Ende November, und der Winter kündigte sich mit giftigen Winden und Schneeschauern an. Seit der Limmer im Dorf wohnte, erwartete er jedes Mal gespannt und auch voller Ungeduld den Wechsel der Jahreszeiten. Der Wegscheider Martl hatte ihm für ein Butterbrot zehn Kubikmeter buchenes Holz verkauft; der Limmer hatte es selbst gearbeitet, geschnitten und zerhackt. Er war für den Winter gewappnet, und zum ersten Mal in seinem Leben freute er sich auf die zu erwartende klirrende Kälte.

Der Höck Lukas und der Grabner Karl aus Bergham hatten sich in den vergangenen zwei Wochen rar gemacht. Dem Limmer war das nicht unrecht, weil es ihm an Arbeit nicht mangelte und die beiden gewöhnlich immer dann bei ihm »vorbeischauten«, wenn er gerade alle Hände voll zu tun hatte.

Die freundschaftliche Beziehung zu den beiden Bauernburschen, die im Lauf der Zeit immer enger geworden war, war nicht nur für seine eigene Entwicklung von Bedeutung, sondern hatte auch Auswirkungen auf das Leben des Höck Lukas und des Grabner Karl. Einerseits waren sie Bauern mit Leib und Seele, andererseits weckte das unorthodoxe Leben, das der Limmer früher geführt und von dem er ihnen erzählt hatte, eine bislang noch sehr heimliche Sehnsucht, aus ihrer fest gefügten Ordnung auszubrechen. Und sei's nur für ein paar Wochen.

Für die beiden war es insgeheim beschlossene Sache abzuhauen. Urlaub, weg von daheim, keinen Stallmief, ein paar Wochen Abenteuer.

In ihren Köpfen reifte ein gewaltiger Plan.

Eines Abends standen sie beim Limmer vor der Haustür, nach mehr als zwei Wochen zum ersten Mal. Der Stadtfleck freute sich über den Besuch, hatte jedoch das untrügliche Gefühl, dass sich hinter der Visite eine ganz bestimmte Absicht verbarg. Die beiden setzten sich auf die kleine Bank am Kachelofen, der Limmer holte drei Flaschen Weißbier aus dem Kühlschrank und setzte sich dazu.

»Prost«, sagte der Höck, und wie in besten Zeiten stießen die drei die Gläser an.

Der Grabner wischte sich den Schaum vom Mund, während der Limmer die beiden erwartungsvoll ansah.

»Und? Was gibt's?«, fragte er, um das Gespräch in Gang zu bringen.

Der Höck stieß den Grabner mit dem Ellenbogen in die Seite.

»Geh, Grabner, sag's du eahm halt.«

»Wieso i denn?«, schnaubte der Grabner entrüstet. »Dös war doch a Idee vo dir.« Und dabei schob er seinen massigen Körper ein Stück weiter um den Kachelofen herum, als ginge ihn das Folgende nichts mehr an.

»Also guat«, sagte der Höck und rutschte ganz unruhig auf seinem Hosenboden herum. »I und da Grabner woll'n auf Kanada. Für drei Wocha.«

Der Limmer Georg stellte sein Glas auf den Tisch, und der Sicherheit halber wiederholte er: »Du und der Grabner … nach Kanada …? Aha.«

»Genau«, schaltete sich jetzt auch der Grabner ein.

Der Limmer stand auf und setzte sich an den Tisch.

Dass es den beiden ernst war, daran bestand kein Zweifel. Der Limmer kannte die zwei lange genug, um jene Zwischentöne ausfindig zu machen, mit denen sie ihn gelegentlich zum Besten hielten. Davon war in diesem Fall nichts zu hören.

»Erstens: Wie wollt ihr das euren Eltern erklären? Zweitens: Wer macht während dieser Zeit die Stallarbeit? Drittens: Wie wollt ihr euch denn in Kanada verständigen? Und viertens: Wohin wollt ihr denn in Kanada?« Der Limmer wartete gespannt auf die Antworten.

Jetzt war der Grabner Karl dran:

»Erstens: Unsere Eltern schreib'n mia an Brief, in dem all's drinsteht. Außerdem san mia erwachs'n und kenna mach'n, was mia wolln. Zwoat'ns: Is doch nix dabei, wenn da Bauer und d' Bäurin drei Wocha lang alloa in Stall gehn. Dritt'ns: Wenn dia Kanadier mit uns red'n woll'n, nacha müss'ns halt Boarisch red'n. Und viert'ns: Im Reisebüro ham's g'sagt, dass dös für uns genau 's Richtige is, und dass 's da rundum riesige Wälda mit riesige Bam gibt.« Der Grabner zwickte ein Auge zu: »Mia woll'n nämlich an Aktiv-Urlaub. Und Bam umschneid'n. Und unsere Motorsag'n nehma mia mit.«

Während der Limmer damit beschäftigt war, das alles erst einmal unter einen Hut zu kriegen, zog der Grabner aus der Innentasche seiner Joppe eine Landkarte, faltete sie auseinander und legte sie auf den Boden. Es war eine USA-Karte nebst Kanada. Der Grabner stieß mit seinem klobigen Mittelfinger auf eine Stelle, die rot umrandet war. Im Moment war nur noch »… ver« zu lesen. Den Rest verdeckte die Fingerkuppe. Gleich links davon breitete sich der Pazifische Ozean aus, und als der Grabner seinen Finger wegnahm, hieß die Stadt, die rot umrandet war, »Vancouver«. Der Limmer setzte sich zu den beiden auf den Fußboden und wusste nicht, ob er dem Lachen oder dem Weinen näher war. Vorsichtshalber fragte er: »Und wann soll's losgehen?«

»Am nächst'n Montag. Is scho organisiert«, antwortete der Lukas stolz und sah den Limmer erwartungsvoll von der Seite an.

Der Limmer Georg stand auf und setzte sich wieder auf die Ofenbank, nahm einen kräftigen Schluck aus dem Weißbierglas und sagte: »Dann wünsch' ich euch eine gute Reise.«

»Schad', dass du koa Zeit net hast und net mit kannst«, sagte der Grabner, faltete die Landkarte zusammen und setzte sich zusammen mit dem Lukas gleichfalls wieder auf die Ofenbank. »Wirklich schad'«, wiederholte er.

»Ewig schad'«, bekräftigte der Luk. Damit war die Sache für die beiden erledigt. Die Bauernburschen tranken ihre Gläser leer und verließen das Haus. Bevor sie um die Ecke bogen, drehte sich der Grabner noch einmal um und warnte den Limmer:

»Und koan Ton zu unsere Oid'n. Dös is unsa Geheimnis. Kapiert?«

Der Limmer hatte kapiert, schloss die Türe und schob den Riegel vor. Dann ging er hinauf in sein Arbeitszimmer und setzte sich an seine Schreibmaschine. Vor Jahren war einer seiner Freunde, ein Journalist aus Hamburg, nach Kanada ausgewandert. Der lebte in Vancouver. Und der würde den beiden sicher weiterhelfen, sollten sie in Not geraten. Und so, wie er die beiden kannte, würde dieser Notfall sicher schon am Flughafen eintreten. Diesem Journalisten schrieb er ein paar erklärende Zeilen, die er den beiden mit auf den Weg geben wollte.

Am nächsten Tag, dem Freitag vor der Abreise, trafen sich die drei nochmals auf »neutralem Boden« in Miesbach. Der Grabner und der Höck holten Geld von der Bank, bezahlten in ihrem Reisebüro die zwei Flüge, der Limmer legte ihnen jenen Journalisten und den kurzen Begleitbrief warm ans Herz, und dann tranken sie im »Bräustüberl« noch etliche Biere. Es war wie ein Abschied für länger.

Am Montagmorgen stand der Limmer noch zeitiger auf. Es fiel ihm nicht schwer, da er ohnehin schlecht geschlafen hatte. Den Großteil der Nacht hatte er an die beiden denken müssen. Und ihm war dabei nicht wohl gewesen. Vielleicht, so überlegte er, hätte er doch versuchen sollen, sie von ihrem Plan abzubringen. Andererseits, so beschwichtigte er sich, wäre es für die beiden ein Riesenerlebnis, vielleicht das größte in ihrem Leben überhaupt.

Nach der Stallarbeit frühstückte der Limmer Georg.

Immer wieder spähte er zum Wirtshaus hinüber, und kurz vor acht sah er ihn: Wie von Hunden gehetzt, jagte der Luk querfeldein, hinüber zum Holz, wo die Bushaltestelle lag. In der einen Hand hielt er eine braune Reisetasche, in der anderen einen grauen Leinensack. Der Limmer stand am Fenster und drückte sich die Nase platt. Also doch! Die beiden wollten ihr Abenteuer! Irgendwie bewunderte er die zwei.

Der Bus nach Holzkirchen ging kurz nach acht. Von dort aus würden sie die S-Bahn nach München nehmen, dann mit dem Taxi zum Flughafen Riem, per Lufthansa nach Frankfurt und gegen Mittag mit einem »Jumbo« der Air Canada nach Vancouver. Und zehn Stunden später würden die Bauern Lukas Höck und Karl Grabner, die noch nie viel weiter als bis an die Grenzen Oberbayerns gekommen waren und weder der englischen noch der französischen Sprache auch nur andeutungsweise mächtig waren, kanadischen Boden betreten.

Während der Limmer am Fenster stand und Trübsal blies, weil jetzt ganz sicher war, dass er sich ein großes Erlebnis hatte entgehen lassen, trommelten plötzlich Fäuste an die Eingangstüre. Der Limmer öffnete und sah sich der Höck Maria gegenüber, der Mutter des Lukas. Ihre feste Figur steckte noch in der kuhmistverschmierten Latzhose, die weiten Drillichbeine verschwanden im Schaft kniehoher, mistbehangener Gummistiefel, und unter einem roten Kopftuch lugten graue Haarsträhnen wirr hervor. Ihr Gesicht war kreidebleich, und ihre Augen versprühten unendlichen Zorn.

Der Limmer wich erschrocken einen Schritt zurück, als ihm die Wirtin mit zitternden Händen ein Blatt Papier vor die Nase hielt und bebend sagte: »Is dös a Witz oda is dös Ernst?«

Der Limmer las laut:

»Liebe Eltern. Indem dass ich mir gedacht habe, dass ihr sowieso bloß einen rechten Krach macht, wenn ich euch sage, was ich vorhabe, darum habe ich euch lieber nichts gesagt und nur ein paar Zeilen geschrieben. Ich möchte einmal in meinem Leben Urlaub machen, wofür ihr sicher kein Verständnis nicht haben werdet. Ich bin gern Bauer und möchte auch nichts anderes machen. Aber einmal in meinem Leben möchte ich kein Bauer sein und wie ein normaler Mensch in der Weltgeschichte herumfahren. Ich habe mein Erspartes dafür hergenommen. Euch kostet das alles nichts. Ich bin mit dem Grabner Karl auf Kanada geflogen und komme in drei Wochen wieder zurück. Die schwere Arbeit könnt ihr ja bis dann liegen lassen. Ich mache sie, wenn ich wieder daheim bin. Vielleicht bringe ich euch einen Grisslie-Bären oder etwas anderes mit.

Gruß Lukas.«

Als er geendet hatte, riss die Höck Maria dem Limmer den Brief aus der Hand und schnaufte böse: »Hast du dös g'wusst?«

Dem Limmer wurde flau im Magen. Mit den Höcks wollte er zuallerletzt Ärger. Also log er, und er schämte sich.

»Ich schwör's, ich hab' keine Ahnung.«

Die Maria drehte sich ohne ein weiteres Wort um und walzte zur Wirtschaft hinüber. Kaum hatte sich der Limmer in der Stub'n an den Tisch gesetzt, um die ganze leidige Geschichte zu überdenken, klingelte das Telefon. Es war der Vater des Grabner Karl.

»Ja so was! Der Herr Limmer is dahoam und seine Freund' fahr'n auf Kanada. Hams di dag'lass'n, damit'st uns im Stall hilfst. An Brief auf 'n Tisch leg'n und für drei Woch'n abhau'n. Red! Hast du vo der G'schicht g'wusst?«

Der Limmer log abermals, weil die Wahrheit ohnehin nichts mehr geändert hätte.

»Ich hab's gerade von der Wirtin erfahren.«

»So, so, vo da Wirtin hast es g'hört. Is aba scho a bisse komisch, dass da Bua bloß no vo Amerika und vom Urlaub red't, seit er di kennt. Er erzählt ja bloß no vom Limmer und wo der in sein'm Leb'n scho überall war. Fünfazwanz'g Jahr lang hat's mit dem Buam nia nix braucht! Und seit oam Jahr spinnt er bloß no. So schaugt's aus.«

Der Limmer war empört. So viel hatte er von den Bauern gelernt: Auf einen groben Klotz gehörte ein grober Keil.

»Jetzt hör mal genau zu, Grabner«, sagte der Limmer. »Der Karl ist dein Sohn und nicht der meine. Wenn er das Bedürfnis hat abzuhauen, dann hat das sicher gute Gründe. Ich hab' ihn nicht überredet, nach Kanada zu fahren. Aber ich bin froh, dass er's macht. Euer Horizont reicht doch nicht viel weiter als von einem Kuhstallende zum anderen.«

Der Limmer machte eine Pause. Am anderen Ende der Leitung schnaufte der alte Grabner wie ein wild gewordener Stier, sagte aber keinen Ton. Also fuhr der Limmer fort, weil er gerade so schön in Fahrt war:

»Vielleicht solltest mit deiner Bäuerin auch mal verreisen. Wirst schon sehen – das hilft.«

Ein Knacken in der Leitung beendete den Diskurs. Der Grabner-Bauer hatte aufgelegt.

Zur selben Zeit saßen der Grabner Karl und der Höck Lukas in der S-Bahn nach München. Wie bei Bauern zu besonderen Anlässen üblich, hatten sich die beiden in ihre Tracht geschmissen, mit Bundlederhosen, weißen Kniestrümpfen, Haferlschuhen und der grauen Lodenjoppe. Sie saßen sich gegenüber, starrten zum Fenster hinaus, hinter dem kahle Eschen zu beiden Seiten des Bahndamms vorbeiflogen. Im Gepäcknetz über ihnen wippten zwei Reisetaschen, und auf dem Boden lagen zwei graue, längliche Leinensäcke. Sie hatten tatsächlich ihre Motorsägen mitgenommen, um den Holzfällern in Kanada zu zeigen, was ein bayerischer Holzknecht zu leisten vermag. Der Grabner rauchte zur Feier des Tages eine Zigarre, der Höck kaute an einem Stück Hartwurst herum, das er vor seiner »Flucht« in die Tasche gesteckt hatte.

Nach einer Dreiviertelstunde erreichte die S-Bahn den Münchner Hauptbahnhof. Die beiden nahmen ein Taxi, und 40 Minuten später standen sie in der Abflughalle des Flughafens Riem.

»Und jetzt?«, fragte der Grabner.

»Was woaß i«, gab der Luk barsch zurück.

Gebannt starrten die beiden auf eine riesige Anzeigetafel, auf der Flugnummern, Bestimmungsorte, Ankunfts- und Abflugzeiten rasselten.

»Mei, da Limmer wenn jetzt da wär', der wüsst scho', was ma tua müasst'n«, jammerte der Höck.

Da stöckelte eine Stewardess der Lufthansa auf die beiden zu, weil allzu offensichtlich war, dass sie Probleme hatten.

»Kann ich Ihnen helfen?«, fragte die junge Dame so freundlich, dass der Grabner einen roten Kopf bekam.

»Vielleicht, vielleicht net«, gab der Luk schnippisch zurück.

Im Kontaktieren weiblicher, noch dazu junger Personen war er dem Grabner schon seit je um Lichtjahre voraus.

»Wir möcht'n nach Kanada, nach ...« Der Höck kramte sein Ticket aus der Innentasche seiner Lodenjoppe und blätterte die Flugscheine durch. »... nach Vancouver möcht' ma«, vervollständigte er.

»Da müssen Sie sich zuerst einchecken.«

»Was?«, fragten die beiden fast einstimmig.

»Ja, sind Sie denn noch nie geflogen?« Die Stewardess machte ihre blauen Augen ganz weit auf.

»I no nia. Und du?« Diese Frage richtete der Grabner an den Höck Lukas.

»I scho. Vor fünf Jahr. Vo da Landwirtschaftsschul' in Miesbach.«

Der Höck plusterte sich auf wie ein Pfau, weil er diesen humorigen Einfall als besonders geglückt betrachtete. Die Blauäugige lächelte gequält.

»Kommen Sie mit. Ich helfe Ihnen«, sagte die Stewardess und ging auf einen Schalter der Lufthansa zu. Die beiden Bauernburschen gaben ihr Gepäck auf, zuerst die beiden Reisetaschen, die auf einem Förderband alsbald in einem schwarzen Loch verschwunden waren. Dann die beiden Säcke mit den Motorsägen.

»Und schön vorsichtig sein mit dene zwoa Säck. Da san unsere Motorsag'n drin«, warnte der Grabner.

Die Dame am Schalter blickte ungläubig über die Ränder ihrer feinen Brille. »Was sagten Sie?«

Jetzt mischte sich der Höck ein, und er sprach Hochdeutsch, so gut es eben ging:

»Da sind Motorkettensägen darinnen. Und wenn sie kaputtgehen, nacha schneid' i dir dein Schädl oba. Vastehst?«

Die mit der feinen Brille machte sich angewidert über die Tickets her und versah die beiden Leinensäcke mit zwei knalligen Aufklebern: »Nicht werfen« und »Fragile« stand drauf.

Die Stewardess mit den großen blauen Augen begleitete die beiden noch bis zur Sperre, wünschte einen »guten Flug« und war recht froh, dass sie die beiden rauen Burschen los war. Widerwillig ließen die zwei die Leibesvisitation der Polizisten über sich ergehen, und um ein Haar wäre es noch zu einem Skandal gekommen, weil ein junger Polizeibeamter, der ja nur seine Pflicht tat, dem Grabner sehr nahe an dessen ledernem Hosenladen herumfingerte.

»Manndei, i schwör's da: Mein Zipfe wenn'st ma o'glangst, nacha kriagst a bärige Watsch'n. Host mi?«

Der Polizist war noch sehr jung und deshalb von der schroffen Art des Grabner sehr beeindruckt.

LH 611 nach Frankfurt stand zum Einsteigen bereit an Flugsteig B 16. Vor der schlauchartigen Ziehharmonika, die vom Flughafengebäude direkt zum Eingang der Boeing 727 hinüberführte, drängelten sich die Passagiere, zumeist Geschäftsleute in grauen Flanellanzügen, dunkelblauen Ulstern und mit braunen oder schwarzen

Lederköfferchen. Selbst für Münchner Verhältnisse nahmen sich da die beiden Bauernburschen mit ihren Bundlederhosen und weißen Wadlstrümpfen wie Mitglieder einer altbayerischen Theatergruppe aus. Dabei war es für die beiden das Normalste von der Welt, an einem Festtag wie diesem sich in Tracht zu kleiden.

Der Höck Lukas und der Grabner Karl betraten als Letzte die Maschine. Gleich hinter dem Eingang begann die Erste Klasse, feine, breite, bequeme Sessel mit genügend Fußraum und einem Vorhang, den der Grabner gleich zuzog. Er wollte seine Ruhe haben und empfand es als sehr angenehm, dass sich alle anderen Passagiere in den hinteren Raum drängelten.

Der Grabner ließ sich schwer in einen der breiten Plüschsessel fallen, und der Luk tat es ihm gleich.

»Verzeihung, meine Herren. Sie befinden sich in der Ersten Klasse.« Eine Stewardess mit Sommersprossen und einem milden Lächeln machte die beiden auf ihren Irrtum aufmerksam.

»Na und?«, begehrte der Grabner auf, »dahint'« – und damit deutete er mit dem Daumen in die Economy –, »dahint' is mia z' eng. Und außerdem hat mei Freund a schwere Verletzung am Buck'l. Der braucht's ganz bequem.«

Inzwischen hatte sich der Chef-Steward dazugesellt und kam seiner Kollegin zu Hilfe.

»Aber meine Herrn. Da draußen sitzen Sie doch auch sehr bequem.«

»Aba da sitz' ma bequema«, sagte jetzt der Höck Lukas trotzig, und im selben Moment begann er gottsjämmerlich zu klagen: »Au, aua! Mei Kreuz! Grabner! Schnell! Meine Tablett'n!«

Der Grabner kramte in seiner Joppentasche, und als er nicht fündig wurde, stammelte er ratlos: »I hab's verlor'n. Weg san's. Verschwund'n.«

Der Höck wimmerte noch mehr. Der Chef-Steward und die Sommersprossige sahen sich ratlos an. Dann zuckte der Steward die Schultern und flüsterte seiner Kollegin ins Ohr:

»Lassen Sie die beiden da sitzen. Vielleicht hat der da tatsächlich eine Rückenverletzung, und wenn nicht – es ist ja genügend Platz.« Und mit flinker Fürsorge schob die Stewardess dem Höck Lukas nun auch noch ein blütenweißes Kissen ganz behutsam hinter den »lädierten« Rücken. Dann mussten sich die beiden anschnallen, während die Maschine bereits über den Asphalt hinüber zur Startbahn holperte.

Die Triebwerke heulten auf, und mit vollem Schub stob die Boeing über die Piste, hob ab und jagte den Wolken entgegen. Der Höck und der Grabner klebten in ihren Plüschlehnen, bewegungslos, wie zu Salzsäulen erstarrt; ihr Blick war geradeaus gerichtet. Dem Höck trat kalter Schweiß auf die Stirn, und der Grabner schraubte seine Riesenpratz'n angstvoll um die Armlehnen. Erst als die Maschine allmählich in den Horizontalflug überging, riskierte der Höck Lukas einen diskreten Blick nach draußen. Über ihnen wölbte sich ein strahlend blauer Himmel, und unter ihnen türmten sich die Wolken wie ein unübersehbarer Teppich. Dem Höck schlug das Herz bis zum Hals.

»Grabner! He, Grabner! Schaug! Herrgott, schaug doch aussa! Glei san ma im Himmi!«

Der Grabner Karl, der unmittelbar neben dem Mittelgang saß, drehte ganz langsam seinen Kopf, ohne jedoch seine Hände zu lockern, die immer noch krampfhaft die Armlehnen umklammert hielten. Dann beugte er sich ganz langsam, als könne er jeden Moment das Gleichgewicht verlieren, zu dem kleinen Fenster hinüber, schloss die Augen, um sie kurz darauf ganz langsam zu öffnen. Zuerst das linke, dann auch das rechte. Sein Mund klappte auf, seine Augen wurden immer größer, und er flüsterte fasziniert, überwältigt: »Mi leckst am Orsch.«

Gar nicht mehr satt sehen konnte er sich, und als die Stewardess kam, um ihm ein Getränk anzubieten, winkte er schweigend ab, ohne seinen Blick auch nur einen Moment von Himmel und Wolken abzuwenden.

Während des fünfzigminütigen Fluges von München nach Frankfurt hatten die beiden kein weiteres Wort miteinander geredet. Die Faszination des Fliegens hatte ihnen die Sprache verschlagen. Und als sich nun die Maschine wieder erdwärts durch die Wolken bohrte und die Boeing von einem leisen Schütteln erfasst wurde, spürten die beiden wieder jene Beklommenheit, die sie kurz nach dem Start verspürt hatten. Fast gleichzeitig wandten sie ihre Köpfe wieder geradeaus; der Grabner umklammerte wie zuvor die Armlehnen, und dem Höck Lukas trat abermals kalter Schweiß auf die Stirn. Wenig später erschütterte die Maschine ein sanfter Stoß, dem ein gleichmäßiges Holpern folgte. Die beiden schauten vorsichtig aus dem Fenster, sahen Gras und die mächtigen grauen Gebäude des Rhein-Main-Flughafens. Sie waren wieder unten.

Der Limmer Georg sah auf die Uhr. Es war kurz nach zwölf. Den ganzen Vormittag hatte er Holz gehackt und im Stall den Futtertisch repariert. Doch die Arbeit machte ihm wenig Spaß. Er war unkonzentriert und auch ein wenig traurig. Seine Gedanken kreisten um seine beiden Freunde, die inzwischen im Air-Canada-Jumbo sitzen mussten. AC 849 nach Vancouver würde laut Flugplan um 12.20 Uhr starten. Also noch eine knappe Viertelstunde. Vielleicht hätte er doch einfach »in den Sack hauen«, Arbeit Arbeit sein lassen und mitfliegen sollen. Aber wer hätte sich um seinen kleinen Hof kümmern sollen? Er würde den Höck und den Grabner während der nächsten drei Wochen sicher vermissen. Und wie er die beiden kannte, würden sie bestimmt reichlich Schwierigkeiten bekommen. Einen Dolmetscher könnten sie da dringend brauchen. Der Limmer ärgerte sich. Er ging in die Küche, goss sich ein Bier ein, dazu einen Schnaps, setzte sich an den Kachelofen und drehte das Radio an.

Es war 12.20 Uhr. In diesem Moment startete der Air-Canada-Jumbo nach Vancouver.

Der Höck und der Grabner waren nach ihrer Landung auf dem Rhein-Main-Flughafen, noch ganz benommen von dem Erlebten, zuerst ins Flughafenrestaurant gegangen und hatten sich je zwei doppelte Zwetschgenwasser und zwei Biere eingeworfen. Bis zum Abflug des Jumbos blieb noch eine Stunde Zeit. Sie waren auf einmal in einer völlig anderen Welt. Auf endlosen Förderbändern schienen die Menschen zu schweben, kleine Elektrokarren huschten die grauen Betonmauern entlang und verschwanden, ganz weit weg, in den dunklen Schlünden automatischer Türen. In den Abfertigungshallen zwängten sich Afrikaner, Chinesen, Inder durch ein Gewirr von Europäern und nicht Identifizierbaren. Aus den Lautsprechern quakten unablässig weibliche Stimmen mit der Präzision und der Kälte von Robotern: »Erster Aufruf … zur Maschine … nach Bangkok, Johannesburg, Buenos Aires, Osnabrück, New York …« Der Luk dachte an Spechting, an seine Mutter, die seinen Brief inzwischen sicher gelesen hatte und zurzeit wohl sehr mürrisch war. Bestimmt legte sie gerade Schnitzel in die Pfanne; montags gab es immer Schnitzel. Und sein Vater? Der war sicher noch droben am Langenacker, um den Zaun zu reparieren. Das kleine graue Kalb, ein halber »Allgäuer«, hatte ihn vor zwei Tagen im Übermut umgeschmissen. Dieser kleine Teufel, mit dem sie nichts als Ärger hatten! Wenn es nach ihm gegangen wäre, hätte man den kleinen Grauen schon längst verkauft. Aber sein Vater hing an diesem übermütigen Satan. Weiß der Himmel, warum. Den Traktor hätte er noch abschmieren sollen. Glatt vergessen! Morgen oder übermorgen müsste eigentlich die schwere »Rotbunte« kalben. »Erna« oder »Liesa« sollte das Kälbchen heißen, wenn's kein kleiner Stier wurde. War auch egal. Er war schon immer dagegen gewesen, Kühen Namen zu geben. Er fand das reichlich kindisch. Aber seine Mutter bestand darauf. Ja, und da war natürlich noch Hilde, seine Freundin. Die würde Augen machen! Ob sie es schon wusste? Sei's drum.

»He! Luk!«

Der Höck Lukas wurde vom Grabner jäh aus seinen Träumen gerissen.

»Hast vielleicht scho Hoamweh?«

»A bisse scho. Und du?« Der Höck sah seinen Freund genau an.

»I woaß net. Aba so recht wohl is mia net«, gab der Grabner zu.

»Wenn da Limmer dabei wär', nacha gang's ja no. Aba mia zwoa Bauerndepp'n, ohne Englisch und ohne Französisch. I woaß net.« Der Grabner klang besorgt.

Der Lukas schwieg. Nach einer kleinen Weile sagte er:

»I moan halt, Bam könnt' ma bei uns dahoam a umschneid'n, und mit de Leut' könnt' ma wenigst'ns red'n.« Mit einem Ruck leerte er sein Schnapsglas.

»Und wi möcht'st überhaupts wiss'n, drüb'n in Kanada, welche Bam umschneid'n darfst und welche net? Wenn'st koan Mensch'n vastehst.«

Der Grabner Karl kratzte sich am Kopf.

»Dös merkst nacha scho. Wenns di einsperr'n, nacha hast an falsch'n Bam umg'schnitt'n.«

Normalerweise hätten jetzt beide gelacht. Aber danach war ihnen im Moment nicht zumute. Vielmehr überlegten sie, wie sie ihre Entscheidung, nach Kanada zu fliegen, rückgängig machen könnten, ohne dass einer von beiden sein Gesicht verlieren würde.

Die Roboter-Stimme im Lautsprecher quakte: »Letzter Aufruf zum Air-Canada-Flug nach Vancouver, Flugsteig B 2.«

Der Grabner sprang auf.

»He! Luk! Hast es g'hört. Dös is für uns!«

Der Luk blieb ganz ruhig sitzen.

»I hab' nix g'hört.«

Der Grabner setzte sich wieder hin.

Dann schnarrte die Lautsprecherstimme abermals:

»Die Passagiere Höck und Grabner, gebucht nach Vancouver, werden dringend gebeten, sich umgehend am Flugsteig B 2 einzufinden. Passagiere Höck und Grabner!«

Der Höck zündete sich eine Zigarette an, obwohl er sonst so gut wie nie rauchte.

»Höck! Hast es g'hört!«

Der Grabner war wie gelähmt.

Der Höck zog genüsslich an seiner Zigarette, ohne den Rauch jedoch zu inhalieren. »I hab' nix g'hört«, sagte er.

Der Grabner ließ sich schwer auf seinen Stuhl fallen, und das, was er nun sagte und wie er es sagte, klang erleichtert, endgültig, wie das »Amen« in der Kirche.

»Hast Recht, Luk. G'wiss gibt's no zwoa andere, die wo Höck und Grabner hoaß'n.«

Die beiden gaben beim Kellner eine neue Bestellung auf, und während sie mit zwei doppelten Zwetschgenwasser auf ihr Wohl anstießen, erhob sich ein Jumbo in den unfreundlichen, wolkenverhangenen Himmel. Er flog direkt nach Kanada.

Da saßen sie nun, inmitten Europas größtem Flughafen, in Bundhosen, die Hemdsärmel aufgekrempelt, und über den breiten Schultern spannten sich lederne Hosenträger. Je fröhlicher die Gesichter der beiden wurden, desto sorgenvoller blickte der Kellner drein. Und jedes Mal, wenn er eine neue Runde brachte, starrte er gebannt auf die Waden des Grabner Karl, die nackt und kantig unter dem Sessel gekreuzt waren. Die Kniestrümpfe hatte der Grabner mangels Kühlung bis zu den Knöcheln hinabgeschoben.

Plötzlich erstarrte der Luk.

»Grabner! Unsa Sach! Unsere Tasch'n und unsere Motorsag'n!«

Auch der Grabner wurde ganz steif.

»Kruzefix! Kruzefix! Schnell. Vielleicht lieg'ns no am Gepäck-Schalter. Oder ...«

»... oder sie san aufm Weg nach Kanada«, vervollständigte der Luk.

Im Reiseflugverkehr unkundig und von mählicher Trunkenheit gebeutelt, hatten die beiden glatt vergessen, sich um ihr Gepäck zu kümmern. Sie bezahlten und stürmten, die Lodenjoppen geschultert, wie zwei Derwische zur Gepäckannahme. Sie hätten sich den Weg sparen können, denn automatisch waren die Habseligkeiten der beiden in den Jumbo verladen worden, was sie noch nicht wussten. Im Labyrinth des Frankfurter Flughafens jagten sie durch Tiefgaragen, über Feuertreppen, landeten in einem Lagerraum der Zollbehörde, fegten keuchend durch lange Gänge, stolperten über Gepäckwagen und waren nach zwanzig Minuten wieder da, wo sie ihre Suche begonnen hatten: vor dem Flughafenrestaurant. Eine finstere Wut bemächtigte sich der beiden. Es war ihnen, als versuchten sie, im Tegernsee ein Fünfmarkstück wieder zu finden. Ihr Atem pfiff durch die Lungen, ihre Hemden klebten.

Ratlos standen sie da, Passagiere blieben stehen und beäugten die beiden, als wären sie der Steinzeit entsprungen. Die Wegweiser, Pfeile und Piktogramme vermengten sich vor den Augen der beiden zu einem unlösbaren Rätsel. Doch jählings waren sie wieder mittendrin. Eine zehnköpfige Gruppe kleiner Japaner näherte sich mit flinkem Getrippel den beiden Bauern. Fast alle hatten schwarze Brillen mit getönten Gläsern auf kleinen, stumpfen Nasen, und um jeden Hals hing eine Kamera. Im Nu waren der Höck und der Grabner von den Japanern umringt. Der am lautesten geplappert hatte, löste sich aus der Gruppe, zwängte sich zwischen den Höck und den Grabner; sein Scheitel reichte den beiden gerade bis zu den Schultern. Wie ein Filmregisseur bugsierte er die beiden Burschen, die nicht wussten, wie ihnen geschah, vor die anderen Japaner, die sich inzwischen zu einer symmetrischen Formation aufgebaut hatten. Dabei jubelte der Ober-Japaner mit hoher Stimme:

»Oh, thank you! Thank you! Please! Only one picture, please. Oh! Oh! Munich! Oktoberfest! Oh! Thank you very much!«

Der Höck starrte abwechselnd den Grabner, dann wieder die kleinen Japaner an, die sich schwatzend und kichernd um die beiden gruppiert hatten.

Der Ober-Japaner hatte sich inzwischen in Position gebracht, und gerade als er zum großen Schuss ansetzte, streckte der Grabner seine Zunge, die ein bisschen belegt war, ganz weit heraus. Als wolle er im Butterfly-Stil davonschwimmen, warf er seine beiden seitwärts gestreckten Arme nach hinten, um dem Treiben ein Ende zu machen. Neun Japaner spritzten wie ein Haufen Mikadostäbchen auseinander. Es wurde sicher ein schönes Foto, aber die Japaner waren dennoch sehr enttäuscht.

Während sich die kleinen Asiaten laut schimpfend zu einer neuen Gruppe formierten, drehte sich der Grabner um und gab ihnen noch dieses mit auf den Weg:

»Saupreiß'n, japanische!«

Eine bis an die Grenzen des Erträglichen aufgehübschte und geblondete Dame der Lufthansa-Information nahm dem Höck und dem Grabner die letzte Hoffnung, ihres Gepäcks vielleicht doch wieder habhaft zu werden. Als ihr der Grabner Karl seine Geschichte von dem freiwilligen Verzicht auf einen Start nach Kanada erzählt hatte, sagte die Blondine nur: »Oh.«

Tiefe Niedergeschlagenheit bemächtigte sich der beiden. Die Vorstellung, dass ihre beiden Motorsägen auf Nimmerwiedersehen in einer kanadischen Gepäckaufbewahrung verschwinden könnten, machte die beiden sehr traurig. Das Einzige, was sie noch halbwegs versöhnlich stimmte, war die Zusage, dass sie ihr Geld für die nicht benützten Tickets anstandslos zurückerhalten würden. Noch ehe das Lufthansa-Blondchen Gelegenheit fand, den beiden eine Möglichkeit aufzuzeigen, wie sie wieder in den Besitz ihres Gepäcks gelangen konnten, fasste der Luk seinen Freund am Ärmel und zerrte ihn hinüber zum Haupteingang des Flughafens, wo etwa 20 Telefonzellen aufgereiht waren. Der Höck Lukas hatte nämlich eine Idee …

Es war später Nachmittag. In Spechting schneite es ein bisschen, und der Limmer Georg hatte sich soeben entschlossen, seiner Arbeitsunlust ein Ende zu machen. Er wollte die nächsten drei Wochen optimal nützen. Wenn die beiden Bauernburschen erst einmal wieder daheim wären, würden sie ihn ohnehin wieder mehr von der Arbeit abhalten, als ihm lieb sein konnte. Er goss Kaffee in eine Tasse und zündete sich eine Zigarette an, was ihn ärgerte, weil er vor zwei Tagen das Rauchen »endgültig« aufgegeben hatte. In diesem Augenblick klingelte das Telefon.

»Limmer«, meldete er sich.

»Da is da Höck«, tönte laut und deutlich die Stimme des Lukas, und im Hintergrund war der Aufruf einer EL-AL-Maschine nach Tel Aviv zu hören.

»Du? Von wo … warum …?«, stammelte der Limmer.

»Mia san in Frankfurt. Da Grabner hat Heimweh kriagt und hat g'sagt: Scheiß auf Kanada, hot a g'sagt, bei uns dahoam is schöna«, log der Höck und nicht ungestraft. Der Limmer hörte einen unterdrückten Schmerzensschrei, weil der Grabner dem Höck mit aller Wucht gegen das Schienbein getreten hatte.

»Und jetzt?«, wollte der Limmer wissen.

»Jetzt san mia in Frankfurt, und unsa Gepäck und unsre Motorsag'n san aufm Weg nach Kanada. Und jetzt möcht'ma wieda hoam.« Der Grabner hatte sich jetzt in das Gespräch eingeschaltet, um weiteren Verleumdungen seines Freundes zuvorzukommen.

Der Limmer überlegte. In drei Stunden wäre er in Frankfurt. Klar, dass der ganze Aufwand für die Katz war, denn die beiden konnten ja problemlos per Lufthansa nach München zurückfliegen. Oder den Zug nehmen. Oder übernachten, um vielleicht am nächsten Tag doch noch nach Vancouver zu fliegen. Doch allein die Vorstellung, den beiden ungehobelten Klötzen auf dem Frankfurter Rhein-Main-Flughafen zu begegnen und gemeinsam mit ihnen nach Hause zu fahren, machte dem Limmer die Entscheidung leicht.

»Wartet an der Lufthansa-Information auf mich. Ich hol' euch ab. In ungefähr vier Stunden bin ich da. Und rührt euch nicht von der Stelle!«

Der Limmer wusste nur zu gut, wie mühsam es war,

im teuflischen Wirrwarr dieses Monsters von einem Flughafen getroffene Verabredungen einzuhalten. Selbst ein Fährtenhund wäre in diesem Chaos an seiner Ratlosigkeit zerbrochen.

Der Höck hängte den Hörer in die Gabel und war's zufrieden. Mit Limmers Gesellschaft, so mutmaßte er, würde der versaute Tag vielleicht doch noch ganz lustig werden.

Nach alldem hätte der Eindruck entstehen können, dass Georg Limmer ein selbstloser und stets zu uneigennütziger Hilfsbereitschaft entschlossener Mensch war. Nichts dergleichen. Seine scheinbare Uneigennützigkeit fußte auf schierem Egoismus, der für Außenstehende natürlich nicht sofort erkennbar war. Wie in diesem Fall. Zum einen hatte er, seit er im Dorf lebte, Gefallen daran gefunden, sich kopfheister in Abenteuer mit ungewissem Ausgang zu stürzen, was ihm während seiner geordneten und von Verträgen und Arbeitsbestimmungen geprägten Stadt-Zeit nie in den Sinn gekommen wäre. Zum anderen hing er weit stärker an den beiden Bauernburschen als sie an ihm. Er nützte jede Gelegenheit, um die Freundschaft zum Höck und zum Grabner noch fester zu knüpfen. Ohne die beiden fühlte er sich hilflos, allein gelassen und leer. Er brauchte ihre Fantasie, ihre unkalkulierbaren Tollheiten, um seiner eigenen Fantasie auf die Sprünge zu helfen. Wieso jagte er also jetzt nach Frankfurt, fast 400 Kilometer hinauf und fast 400 Kilometer zurück? Im Schneetreiben und ohne dass eine zwingende Notwendigkeit bestanden hätte? Für den Limmer war dies keine Frage, die einer Antwort bedurft hätte. Er machte es einfach – Punktum.

Der Limmer fuhr mit »Bleifuß«. Frankfurter Kreuz, Ausfahrt Flughafen. Fahrzeit: drei Stunden, vierzig Minuten.

Es war jetzt kurz vor acht Uhr, und natürlich waren der Höck und der Grabner nicht tatenlos an dem vereinbarten Treffpunkt geklebt. Sie hatten sich mehr und mehr für das Zwetschgenwasser im Flughafenrestaurant begeistert und waren natürlich auch nicht da, wo sie der Limmer zu finden gehofft hatte. Doch während der Limmer Ausschau hielt und überlegte, ob er die beiden über Lautsprecher ausrufen lassen sollte, schwankte ihm der Höck Lukas breitbeinig entgegen. Die Kniestrümpfe waren ihm nach unten gerutscht und schlabberten wie eine Ziehharmonika um seine festen Waden. Die Arme angewinkelt, als rechne er jeden Augenblick mit dem Angriff eines imaginären Gegners, den Blick gesenkt und stier vor sich auf den Boden gerichtet, erkannte er den Limmer erst, als er unmittelbar vor ihm stand.

»Aha, da Herr Limmer. Respekt«, nuschelte der Höck, umweht von einer beträchtlichen Schnapsfahne. Frauen, Männer und Kinder aus gutem Hause blickten ihm kopfschüttelnd nach, und den angewiderten Gesichtern nach zu schließen, fand ihn niemand komisch.

»An Grabner ham's verhaft'. Bei da Polizei hockt er. Wahrscheinlich muaß a ins G'fängnis.«

Im Stillen verfluchte der Limmer seinen Tick, immer und überall helfen zu wollen. Wäre er bloß daheim geblieben!

»Was ist passiert?«, fragte er. Und es klang eher kühl, ohne Gefühlsregung.

Der Höck packte den Limmer wortlos am Arm, durchquerte mit ihm die riesige Flughafenhalle und öffnete, ohne anzuklopfen, eine Türe. In einem kleinen Raum hockte der Grabner, gleichfalls schwer angetrunken, die Beine weit von sich gestreckt, die Daumen in den ledernen Hosenträgern eingehakt. Er hielt die Augen geschlossen und sah aus, als ob er schliefe. Vor ihm standen breitbeinig drei Polizeibeamte, davon einer in Zivil. Die Polizisten hatten grimmige Gesichter. Der Limmer grüßte, während sich der Höck auf einen Schreibtisch setzte, als sei er hier bereits zu Hause. Der Grabner riskierte nur ein Auge, als er die Stimme des Limmer erkannte, und brummte: »Je später der Abend, desto schöner die Gäste.« Damit klappte er sein Auge wieder zu.

»Mein Name ist Georg Limmer. Ich bin ein Freund der beiden Herren.«

»Herren ist gut. Benommen haben sie sich – jedenfalls der eine – wie, ja, wie ein Ferkel. Mücke. Kriminalhauptmeister Mücke!«

»Angenehm«, sagte der Limmer, und es war ihm deutlich anzuhören, dass er das nicht so ernst meinte. Erst jetzt bemerkte er eine Frau, die hinter einem Aktenregal saß und sichtlich Mühe hatte, unter der herabhängenden Krempe eines senfgelben Hutes das Geschehen mitzuverfolgen. Sie hatte einen grell geschminkten, schmallippigen Mund, ein aufkommender Faltenwurf um Wangen und Augen blieb zumindest teilweise unter einer kalkweißen Puderschicht verborgen. Ihre Augen lagen weit auseinander, waren schräg und mandelförmig. Der Limmer schätzte sie auf Mitte sechzig.

Endlich erfuhr der Limmer, worum es eigentlich ging. Kriminalhauptmeister Mücke berichtete in sachlich-strengem, hessisch gefärbtem, dienstbeflissenen Ton über den skandalösen Fehltritt des Bauernburschen aus Bergham in Oberbayern. Dieser gewisse Karl Grabner hatte sich demnach einer groben sittlichen Verfehlung schuldig gemacht, indem er, von Blähungen geplagt, eine der zahllosen Toiletten innerhalb des Flughafens benutzen wollte. Aber nicht, wie ihm zuzumuten gewesen wäre, etwa eine Herrentoilette. O nein! Angeblich ahnungslos habe dieser Herr Grabner die Damentoilette benützt und ausgerechnet jene Kabine, die Frau Veronika Schnabel, die Dame mit dem gelben Hut, in höchster Eile abzuschließen vergessen hatte. Herr Grabner habe sich bereits beim Öffnen der Kabinentüre seiner Hosenträger entledigt gehabt und auch seine »Hosenklappe« in schamverletzender Weise aufgeknöpft. Als er der Frau ansichtig wurde, habe er sie auf unglaubliche, beleidigende Art und Weise beschimpft. Obwohl Frau Schnabel der bayerischen Sprache als Holsteinerin nicht mächtig sei, habe sie aus Tonfall und Art der Beschimpfung entnommen, dass Herr Grabner ausschließlich Beleidigendes über sie ausgeschüttet habe. Nur eine Passage aus diesem bayerischen Fäkalien-Allerlei sei ihr in etwa im Gedächtnis haften geblieben. Es habe geklungen wie: »Hau ab, alte …« Das letzte Wort sei für sie nicht identifizierbar gewesen, habe jedoch sicher nichts Gutes bedeutet.

Jetzt kam wieder Leben in den Grabner Karl, der mit geschlossenen Augen der bitteren Anklage des Kriminalhauptmeisters Mücke zugehört hatte.

»I hab g'sagt: Hau ab, oide Schoaßtromme', was auf

guat Deutsch hoaßt: Schleichen Sie sich, Sie alte Scheißtrommel.« Furchtlos und mit vom Alkohol blanken Augen sagte der Grabner das. Die Hutkrempe hinter dem Aktenregal senkte sich ruckartig nach vorn und begann leicht zu zittern. Frau Schnabel weinte. Herr Mücke hatte Mühe, sich unter Kontrolle zu halten. Der Höck, der immer noch auf der Schreibtischplatte saß, begann vergnügt zu wiehern, und der Limmer musste sich schwer zusammenreißen, um nicht in schallendes Gelächter auszubrechen. Die beiden Polizisten in Uniform, die sicher auch gerne gelacht hätten, standen stumm und steif und mit starren Gesichtern da, weil Herr Mücke auch nicht lachte.

Dass der Grabner Polizisten nicht leiden konnte, war nichts Neues. Dass er der Obrigkeit jedoch mit Ignoranz, ja mit Verachtung zu begegnen wusste, zeigte sich anschließend. Der Grabner baute sich breitbeinig vor Kriminalhauptmeister Mücke auf, und der Limmer bemerkte, dass seine Augen erheblich an Glanz verloren hatten. Der Grabner war wieder voll da.

»Jetzt is aba Schluss mit dem Schmarr'n«, donnerte er Herrn Mücke an, der sichtlich beeindruckt war. »Wenn i zum Scheiß'n muaß, nacha muaß i. I woaß natürli' net, wia dös bei dir is.«

Herr Mücke wollte aufbegehren, aber der Grabner fuhr unbeirrt fort.

»I bin a Baur, und bei uns dahoam schaug'n d Weiba anders aus wia eure auf de Scheißhäus'l-Tür'n. Die ham ja koan Orsch und dia ham koan Bus'n, dös san bloß a paar Strich'. Also! Drum bin i aufs Weiba-Klo. A reina Irrtum. Und wenn dia Schnabel oda wia 's hoaßt, vergisst zum Zuasparr'n, nacha muaß i doch grantig werd'n, weil alle andern b'setzt san. Oda soll i in d' Hos'n scheiß'n? So, und jetzt mag i hoam.«

Da schaltete sich der Limmer ein, und um größeres Unheil zu verhüten, versuchte er, Herrn Mücke zu beschwichtigen.

»Herr Kriminalrat«, schmeichelte der Limmer, »Herr Kriminalrat, der Herr Grabner hat das alles nicht so gemeint. Er ist ein Bayer und kann halt aus seiner Haut nicht raus. Die Bräuche auf dem bayerischen Land sind nun mal nicht dieselben wie in der Weltstadt Frankfurt. Und bayerische Polizeibeamte würden in einem solchen Fall bestimmt kein Aufhebens machen. Der Herr Grabner ist auch sicher bereit, sich bei Frau Schnabel, oder wie die Dame heißt, zu entschuldigen. Stimmt's, Karl?« Und damit wandte er sich an den Grabner. »Vo mir aus«, brummte der, und man sah ihm an, dass es ihm schwer fiel.

Frau Schnabel hatte inzwischen ihre Deckung verlassen und kam zu den palavernden Mannsbildern. Der Grabner sah nur einen großen, gelben Hut, und riechen konnte er die Dame auch. Der Limmer fand, dass sie furchtbar roch, obwohl das Parfüm gewiss nicht vom Billigsten war.

»Tuat mia Leid! Bist koa Schoaßtromme', weil's dia bloß im Boarisch'n gibt. Und dia san mia a vui liaba. Und no a ganz a hoaßa Tipp vom Grabner aus Bergham: Wenn'st wieda aufs Häusl gehst, dann sperr halt zua.«

Frau Schnabel hatte das wenigste verstanden, aber als ihr nun Herr Mücke besänftigend zunickte, verließ sie grußlos die Polizeiwache. Auch der Grabner durfte gehen, gefolgt vom Höck und dem Limmer. Und dass alles kein Nachspiel hatte, lag sicher auch daran, dass die Frankfurter Polizisten nicht wussten, wie man mit einem Exoten vom Schlag des Grabner Karl umzugehen hatte. Die Gefahr, sich unsterblich zu blamieren, war um ein Vieles größer als die Chance, dem Bauern aus Bergham eine mutwillige Entgleisung nachweisen zu können.

Der Limmer fand es nun an der Zeit, Genaueres über den plötzlichen Sinneswandel der beiden zu erfahren.

»Und? Nix mehr Kanada?«, fing er an zu bohren.

»Mia ham's uns anders überlegt«, sagte der Höck. »Mia ham uns denkt, dass doch an Hauf'n Arbeit dahoam rumliegt. Und wenn ma net jed'n Dreck selba macht, nacha geht halt nix.«

»Genau so is es«, pflichtete der Grabner seinem Freund bei.

»Herrgottsakra! Unsa Gepäck«, schoss es da dem Höck wieder durch den Sinn.

»Was ist mit eurem Gepäck?«, wollte der Limmer wissen.

»Ja, was werd' scho sein? Auf 'm Weg nach Kanada is.«

Der Höck wurde ungehalten. Der Limmer musste sich gehörig zusammenreißen, um nicht in schallendes Gelächter auszubrechen.

Dass die Aussichten, das Gepäck in zwei, drei Wochen wieder zurückzubekommen, nicht schlecht standen, erfuhren die drei wenig später im Lufthansa-Büro. Bis dahin müssten sie eben ohne ihre Motorsägen auskommen. Kleidung hätten sie ja noch reichlich zu Hause, und die Zahnbürsten wären wohl zu ersetzen.

Die Heimfahrt glich einem Trauerkorso. Der Höck

Lukas hatte sich auf dem Rücksitz zusammengerollt und schlief. Der Grabner hockte brettlbreit und gewichtig neben dem Limmer, und ab und zu, wenn ihm Alkohol und Müdigkeit zu schaffen machten, kippte sein Kinnladen auf die mächtige Brust. Nur der Sicherheitsgurt verhinderte, dass er dem Limmer ins Steuer fiel. Hinten träumte der Höck laut vor sich hin: »Grabner! Pass auf! Da Bam kimmt! Auf 'd Seit'n sag' i! Deckung!«

Vermutlich befand er sich just in Kanada und schnitt seinen ersten Hickory. Der Limmer schob einen Beethoven in den Rekorder. Den üblichen Widerstand der beiden, den sie gewöhnlich gegen klassische Musik hegten, hatte er derzeit nicht zu befürchten. Der Höck hatte seinen ersten Baum gefällt und ging nun über zu einem gleichmäßigen, zufriedenen Schnarchen. Der Grabner auch.

Die Autobahn führte pfeilgerad nach Süden. Schneeflocken tanzten im Lichtkegel der Scheinwerfer. Der Höck und der Grabner schnarchten, als gelte es, Kanadas gesamten Holzbestand an einem Abend umzuschneiden. Georg Limmer bemerkte voller Unbehagen, wie ihm die Augenlider schwer wurden. Er zündete sich eine Zigarette an. Ab und zu erschrak er, wenn er sich den Rücklichtern eines vorausfahrenden Lastzuges näherte. Er fand, dass sie ihn wie gefährliche, rote Augen anglotzten. Wieso eigentlich, so fragte er sich, hatte er diese Tortur auf sich genommen? Warum hatte er sich wie ein folgsames Kind auf den Weg gemacht? Nicht einmal gedankt hatten sie ihm. Für den Höck und den Grabner war es das Selbstverständlichste von der Welt, dass der »Stadtfleck« half, wenn sie in Not waren. In Not? Der Limmer blies den Rauch gegen die Windschutzscheibe. Der letzte Zug hatte bitter geschmeckt. Er drückte die Kippe im Aschenbecher aus. Pforzheim lag hinter ihnen.

Aus den Augenwinkeln beobachtete er den Grabner Karl. Sein Kopf lehnte an der Nackenstütze, der Kinnladen war nach unten geklappt. Die zwei Saufsäcke schliefen, während er auf der matschigen Piste Kopf und Kragen riskierte.

»Scheiße«, knirschte der Limmer. Wieder huschten auf der linken Seite zwei rote Augen vorbei. Die Schneeflocken klebten auf der Windschutzscheibe, kurz nur, dann zerschmolzen sie und flossen als kleine Rinnsale irgendwohin. Die Nadel der Benzinuhr pendelte im roten Reservebereich. Milchiges Neonlicht kündigte die Raststätte Ulm an. Der Limmer fuhr rechts aus. Der Motor vergluckerte an einer Zapfsäule.

Der Grabner wachte auf und glotzte unter ruckhaften Seitwärtsdrehungen seines Schädels mal nach links, mal nach rechts. Der Limmer fand, dass der Bauernbursch aus Bergham reichlich blöde aussah. Im Rückspiegel entdeckte er die glasigen Augen des Höck Lukas.

»Wo san ma denn?« Der Grabner schien noch nicht allzu viel zu begreifen.

»Kurz vor Vancouver«, gab der Limmer zur Antwort, und es klang alles andere als freundlich. Der Höck sagte nichts, rollte sich wieder auf dem Rücksitz zusammen und schlief weiter. Der Limmer ließ voll tanken und trank währenddessen schnell einen Automaten-Kaffee, den man ohne weiteres auch als Rindsbouillon hätte verkaufen können. Dem Grabner war es zu mühsam gewesen auszusteigen, und aus Kaffee machte er sich ohnehin nichts. Zehn Minuten später waren die drei bereits wieder auf der Autobahn. Und weil der Limmer fand, dass er zumindest ein Wort des Zuspruchs oder etwas Unterhaltung verdient hätte, bemühte er sich – unfroh und mürrisch –, ein Gespräch in Gang zu bringen.

»He, Grabner! Fauler Hund! Jetzt erzähl doch endlich mal, was bei euch den ganzen Tag so los war.«

Der Grabner schielte den Limmer ein paar Wimpernschläge lang von der Seite an und wälzte seinen Körper – so gut es der schmale Beifahrersitz eben zuließ – auf die rechte Seite. »I mog aba net.« Mehr hatte er dazu nicht zu sagen.

Den Höck zum Plaudern zu bewegen, schien dem Limmer ein noch aussichtsloseres Unterfangen zu sein. Der schlief wie ein Stein. Um sich wach zu halten, begann der Limmer zu singen. Auch aus schierer Gehässigkeit machte er das, weil sein Rochus auf die beiden immer noch wuchs. Und weil er früher einmal ein großer Opernfreund gewesen war, stimmte er die ihm immer noch geläufige Sarastro-Arie aus Mozarts Zauberflöte an.

»In diesen heil'gen Hallen kennt man die Rache nicht …« sang er, doch sein einstmals makelloser Bass zeigte erste Spuren von Brüchigkeit. Den eigentlichen Zweck indes erreichte er mühelos. Der Höck schnellte vom Rücksitz hoch und brüllte, als gelte es, den Hohepriester Sarastro um ein Vielfaches zu übertönen:

»Limmer! Aufhör'n! I möcht' schlaf'n. Hast denn gar koa Herz für an erschöpft'n Weltreisend'n?«

Der Limmer sang unbeirrt weiter, und er war sehr

gespannt, wie ihm wohl der bis zum tiefen C reichende Schluss dieser schönen Arie gelingen würde. Der Grabner sagte nichts. Er zerriss ein Tempo-Taschentuch in zwei Schnipsel, drehte sie zu Stöpseln und steckte sie sich in die Ohren. Mit einem befriedigten Grunzen drehte er den Kopf zur Seite und schlief weiter. Auch der Höck dachte nicht im Traum daran, sich ein Gespräch aufzwingen zu lassen. Er hüllte seinen Kopf in die Lodenjoppe und genoss schnarchend die so erzielte Ruhe.

Obwohl er mit dem tiefen C zufrieden sein konnte, war der Limmer nun doch sehr wütend.

»Ihr Bauernfünfer! Ihr verdammten, sturen Bauernschädel!«, brüllte er.

Der Grabner drehte für einen Moment seinen Kopf herüber und brummte mit unendlich müder Stimme:

»Schön brav bleib'n, Girgl. Sonst muaßt z' Fuaß hoamgeh'. Und i fahr. Red'n kenna ma a morg'n no. Jetzt mag i mei Ruah.«

Kein Zweifel: Die ganze Sache war den beiden doch recht peinlich. Und wenn erst einmal in den Dörfern und Wirtshäusern um Spechting ruchbar würde, dass sie so kurz vor dem Start ins große Abenteuer der Schneid verlassen hatte, brauchten sie für den Spott wohl nicht mehr zu sorgen. Und morgen Früh, da würde derselbe Trott wieder beginnen. Gespannt waren der Höck und der Grabner eigentlich nur auf die Reaktion ihrer Eltern. Es gab zwei Möglichkeiten: Entweder waren sie heilfroh, ihre beiden Söhne nach so kurzer Zeit wieder wohlbehalten zu Hause zu wissen, oder es wäre wieder einmal die Rede von »Enterben«, verbunden mit hartnäckigem Schmollen der beiden Bäuerinnen, die, was Pflichtbewusstsein und Arbeitssinn betraf, keinen Spaß verstanden. Der Karl und der Luk fanden es angebracht, sich auf die letztere Möglichkeit vorzubereiten. Dass sie während der gut dreistündigen Fahrt nicht einmal dem Limmer gegenüber ihr Innerstes nach außen kehrten, lag in der Mentalität der beiden: Über persönliche Erfolge oder große Erlebnisse hätten sie den Limmer keine Sekunde lang im Unklaren gelassen. Misserfolge, die ihnen peinlich waren, vergruben sie ganz tief in ihren Herzen. Es war wie immer im Leben: Wenn etwas schief ging, zogen es die beiden vor zu schweigen. Es war ihr ganz persönlicher Verdruss, und den wollten sie auch für sich behalten.

Bis Spechting waren es nur noch ein paar Kilometer. Der Limmer sah auf die Uhr. Es war kurz nach Mitternacht. Zu beiden Seiten der kleinen Straße, die nach Spechting führte, dehnten sich verschneite Wiesen, die im diffusen Licht des von Wolken verschleierten Mondes dampften. Der Schnee war bräunlich-gelb. Es stank nach Mist und Odel.

Der Höck und der Grabner wachten fast gleichzeitig auf. Der Grabner drückte sich an der angelaufenen Scheibe die Nase platt, um besser sehen zu können.

»Aha, da Inglfinger Korbinian hat a bisse Scheiße g'fahr'n. Ma rieacht's doch glei', dass ma wieda dahoam is.« Dabei kriegte der Grabner Karl ein ganz breites Gesicht, und er schien glücklich zu sein. Der Höck Lukas ließ nur einen abgrundtiefen Seufzer vernehmen. Auch er war zufrieden.

Vor dem Spechtinger Wirtshaus ließ der Limmer den Höck aussteigen. In der Kuchl brannte noch Licht, und das behagte dem Luk gar nicht.

»Kruzefix, Kruzefix! Dös a no. Anstatt dass s' ins Bett geh'n, damits in da Früh' wieda zur Stallarbeit guat beinand san, hock'ns no in da Kuchl. Als ob s' es rieach'n, dass i no hoamkimm.«

Zur gleichen Zeit, als sich der Lukas vom Hintersitz ins Freie quetschte, zog die Höck Maria den Vorhang etwas zur Seite. Das machte sie grundsätzlich, wenn ein Auto vor der Wirtschaft hielt oder nur vorbeifuhr; deshalb war sie auch immer besonders gut informiert. Jetzt hatte sie ihren Sohn erkannt. Sie riss beide Vorhänge zur Seite, die Fenster flogen auf, und als ihm jetzt die keifende Stimme seiner Mutter schmerzvoll ins Ohr drang, wusste er, dass er wieder daheim war. Ohne erkennbar Atem zu schöpfen, goss die Wirtin ihr reichhaltiges Füllhorn mit Beschimpfungen, Beleidigungen und Verwünschungen über dem verlorenen Sohn aus.

»Ja du Saukerl, du miserabler! Du nixnutziger Deifi! Sei Lebtag lang hat der Hur'n'bua no nia koan Brieaf net g'schrieb'n. Komme in drei Wochen wieder, schreibt er. San aba schnell verganga, dia drei Wocha. Ja du, … du … du. Ach was! Geh eina und iss was G'scheits.«

Der Lukas hatte mit gesenktem Blick die Standpauke seiner Mutter über sich ergehen lassen. Dem Grabner Karl war gar nicht mehr recht wohl in seiner Haut. Er setzte sich wieder zum Limmer ins Auto, knallte die Türe zu und drängte zur Eile.

»Geh, Girgl, hau ma ab, bevor uns d' Wirtin no a Trumm an Schäd'l schmeißt.«

Der Limmer nickte, gab Gas und brachte den Grabner Karl nach Hause.

Der Luk schlich wie ein geprügelter Hund durch den langen Gang bis hinter zur Kuchl. Sein Vater, der

Hiasl, nahm die Brille ab, als sein Sohn wie auf Katzenpfoten in die Kuchl pirschte. Der Luk setzte sich wortlos auf die Bank am Küchentisch, und plötzlich spürte er die schwere Hand seines Vaters auf der Schulter. Der Luk schreckte zusammen, und es war ihm, als habe jemand ein Zentnergewicht auf ihm abgeladen. Doch dann dünkte es ihm, als würde das Gewicht zusehends leichter, immer leichter, bis hin zu einer unaussprechlichen Geste der Zärtlichkeit. Mit leisem Druck pressten sich die fünf Finger in seine Schultermuskeln, und der Lukas konnte sich nicht erinnern, dass ihn sein Vater jemals so berührt hatte.

»Bua, i bin froh, dass d' wieda da bist. Hast ja Recht g'habt, dass d' davo bist. I bi als Bua a davo. Bloß a bisse länga scho wia du.« Der Hiasl nahm seine Hand wieder von der Schulter seines Sohnes. Er brauchte sie jetzt nämlich, um sich und dem Luk einen Schnaps einzuschenken.

»Prost«, sagte der Hiasl.

»Prost«, sagte der Luk. Und beim Anstoßen mit den kleinen Schnapsgläsern sahen sich die beiden an, als hätten sie sich soeben ewige Freundschaft geschworen.

Jetzt setzte sich auch die Maria mit an den Tisch und strich ihrem Buben übers zerzauste Haar.

»A bisse a Frisur hätt'st da ja scho hinricht'n kenna, du Saubua.« Aber jetzt klang der »Saubua« schon ganz anders. Die ganzen Sorgen und die Freude darüber, dass ihr Sohn wieder wohlbehalten zurück war, klangen in diesem »Saubua« mit. Der Luk goss sich noch einen Schnaps ein und hatte auch gleich wieder einen »Aufgewärmten«. Jetzt trug er sein Herz auf der Zunge, was selbst für seine Eltern neu war.

»I bin scho recht froh, dass i net auf Kanada bin. I bin halt a Baur, und a Baur g'hört auf sein Hof und zu sein'm Viech. In Frankfurt war i scho ganz damisch. In Kanada hätt' i wahrscheinlich durchdraht. Und da Grabner, der hätt' um a Haar im Flughaf'n a paar Japana g'fress'n.«

In dieser Nacht kalbte Erna oder Liesa. Auf jeden Fall die schwere Rotbunte, deren Namen sich der Luk nun mal nicht merken wollte. Es wurde ein festes, prächtiges Stierkalb, das auf dem Miesbacher Viehmarkt gut und gerne 1200 Mark bringen müsste. Dieses freudige Ereignis, das ohne Komplikationen über die Bühne gegangen war, tilgte in der Höck Maria auch die letzten Reste von Ärger oder gar Zorn. Gleichwohl hatte die knapp vierzehnstündige Abwesenheit des Lukas auch ihr Gutes, was natürlich keiner der drei den anderen gegenüber zuzugeben bereit war. Dem Luk war deutlich geworden, dass er in einer fremden Umgebung zu viel an Gewohntem vermisste, um sich wohl fühlen zu können. Er brauchte Leute um sich, die seine Sprache redeten, die aus ähnlichem Holz geschnitzt waren wie er. Er konnte sein Leben nur genießen, wenn es überschaubar, kalkulierbar war. Und dazu brauchte er den Lebensraum, in dem er geboren und aufgewachsen war. Auch seine Eltern waren durch die zu befürchtende dreiwöchige Abwesenheit des Luk um eine Erfahrung reicher geworden: Ein 25-jähriges Mannsbild brauchte seine Freiheiten, über die in ihrer eigenen Jugendzeit nicht einmal andeutungsweise gesprochen worden war. Als sie jung waren, zählte nur die Autorität des Bauern, so wie der es von seinem Vater übernommen hatte. Und es zählte die Arbeit.

»Die Zeit is a nimma dös, was s' scho amoi war«, pflegte die Maria zu klagen, wenn ihr etwas nicht in den Sinn wollte, was alte Familientradition strikt verbot. Der Luk hatte schon mehrmals seine Eltern in unmissverständlicher Weise wissen lassen, dass sich die Zeiten auch in der Landwirtschaft geändert hatten.

»Wia du so oid warst wia i, bist no mit de Ross und de Ochs'n ins Holz. Heut' ham ma an Traktor mit Allrad und Hydraulik. Und ohne dös gang's nimma um.« Das hatte er seinem Vater gesagt, worauf der ganz unwirsch geworden war, weil er wusste, dass der Luk Recht hatte.

11

Am nächsten Tag, gleich nach der Stallarbeit, hatte die Familie Höck einen Besuch zu absolvieren, der schon seit Wochen versprochen war. Die Gröbmaier Tatjana, eine Kusine des Lukas, hatte vor vier Wochen einem Buben das Leben geschenkt, und den mussten sich die Höcks nun endlich anschauen. Der Luk hatte sich vorgenommen, zumindest während der nächsten Tage ein untadeliger Sohn zu sein, galt es doch, nach seiner unerlaubten Entfernung vom heimischen Herd eine Scharte auszuwetzen. Dass er seine Eltern jedoch ausgerechnet zu der ihm aus tiefstem Herzen verhassten Kusine Tatjana in Großwengharting begleiten sollte, akzeptierte er nur zähneknirschend. Der Luk und die Tatjana waren fast gleich alt, und obwohl auch Tatjana auf einem Bauernhof geboren worden war, hatte sie mit der Landwirtschaft nie etwas im Sinn gehabt. Schon als Kind hatte das Mädchen mit dem Namen, der so überhaupt nicht bayerisch war, immer eine Extrawurst gebraucht. Der Luk und die Kinder der Nachbarn waren im Sommer barfuß gegangen. Tatjana brauchte zur Schonung ihrer zarten Füßchen Sandaletten aus weichem Leder. Tatjana bekam mageres Fleisch, während die anderen Kinder essen mussten, was auf den Tisch kam. Am schlimmsten war es während der Ferien. Die verbrachte Tatjana fast jedes Jahr auf dem Hof der Höcks. Und während der Luk bei der Feldarbeit helfen musste, saß Tatjana, der verzogene Fratz, auf der Hausbank und spielte mit ihren Puppen, die schon damals echte Haare haben mussten. Tatjana hier – Tatjana da. Alles rannte, wenn das Mädchen mit den blonden Zöpfen und den blauen Kulleraugen pfiff. Dem Lukas hatte die beherrschende Rolle seiner Kusine derart gestunken, dass er ihr eines Tages, von maßlosem Zorn erfüllt, mit der Schere einen der beiden dicken, blonden Zöpfe auf halber Länge abgeschnitten hatte. Dem Luk war es damals sehr übel ergangen; seine Mutter prügelte ihn mit dem Besen durch den Stall.

Und obwohl das alles schon fast zwanzig Jahre zurücklag, waren dem Lukas die seelischen Wunden nie restlos verheilt. Der Luk wollte nie etwas anderes werden als ein Bauer. Kusine Tatjana hingegen wollte und durfte aufs Gymnasium und machte sogar Abitur. Sie wurde Lehrerin und wäre es wahrscheinlich auch geblieben, wenn sie sich nicht mit dem Finanzinspektor Sebastian Kreindl auf ein verhängnisvolles »Tächtlmächtl« eingelassen hätte. Sie wurde schwanger, und was dabei herausgekommen war, wollten die Höcks heute begutachten.

Die Fahrt von Spechting nach Großwengharting dauerte eine knappe Viertelstunde. Der Luk chauffierte seine Eltern, und mit Hängen und Würgen schaffte er es über die verschneite Zufahrt bis zum Hof der Gröbmaiers. Die drei klopften den Schnee von den Schuhen und betraten den Gang, der mit hochflorigem Teppichboden ausgelegt war; der Teppichboden war Tatjanas Idee gewesen. Die alte Gröbmaierin, inzwischen hoch in den Sechzigern, und ihr Mann, der Karl, traten fast gleichzeitig aus der Kuchl, um die Verwandten aus Spechting zu begrüßen.

»Sauwetter, mistig's. Aba schön, dass ihr da seid's«, brummte der Karl.

Jetzt schwebte wie auf Wolken die Tatjana über den hochflorigen Teppichboden. Sie hatte ein bodenlanges, wehendes Hauskleid angelegt, ihre Füße steckten in zierlichen, rosaroten Hausschuhen mit türkisgrünen Bommeln vorne drauf. Und obwohl sie ja nicht mehr schwanger war, hatte sie immer noch entfernte Ähnlichkeit mit einem Fesselballon. Ihr volles, rotbackiges Gesicht glänzte unter einer millimeterdicken Schicht aus schützender Hautcreme, und ihre immer noch blonden Haare hatte sie zu einem bizarren, turmartigen Gebilde hochgesteckt.

Der Luk flüsterte seinem Vater ins Ohr: »Mi leckst am Orsch. Is dia greislich.«

Der Hiasl warf seinem Sohn einen giftigen Blick zu und streckte seiner Nichte seine schrundige Rechte entgegen.

»Grüß Gott, Onkel Hiasl. Grüß dich, Tante Maria. Servus, Luk«, zwitscherte die Tatjana, und der Lukas musste schon alle Beherrschung aufbieten, um nicht fluchtartig das Haus zu verlassen. Man fragte sich nach dem gegenseitigen Wohlbefinden, was das Vieh denn so macht und natürlich, wie's dem Kind geht. In dieser Reihenfolge.

Man betrat gemeinsam das Allerheiligste, das Kinderzimmer. Auf dem Fensterbrett hockten Arm in Arm ein Dutzend Puppen. Die meisten von ihnen sahen nicht mehr besonders frisch aus, einer fehlte das rechte Auge, eine andere hatte nur noch ein Bein, und die dritte schielte glatzköpfig in eine Wiege, die unter dem Fenster stand. Der Lukas kannte die Puppen noch recht gut, und in seiner Erinnerung sah er Kusine Tatjana, wie sie auf der Hausbank saß und spielte, während er auf dem Feld arbeiten musste. Und schon war der Hass wieder da. Der Luk ballte seine Fäuste. Am liebsten hätte er die ganze Puppen-Bande zertrümmert.

Tatjana hatte sich inzwischen neben die Wiege gestellt, und wie eine Zirkusdirektorin, die ihre Glanznummer ankündigt, zog sie einen spitzenbesetzten Baldachin zur Seite.

»Bitte sehr. Das ist mein Maurice.«

»Wie hoaßt der? Moris? Wie schreibt ma denn dös?«

Tatjana sah ihren Vetter Lukas voller Mitleid an.

»Ach so. Du hast ja nie Französisch gelernt. Na ja. Das schreibt man Mau – ri – ce.«

»Aha«, sagte der Luk.

Das passt zu der, sagte sich der Luk. Einen französischen Namen für ein bayerisches Kind. Typisch.

Die Höck Maria hatte sich inzwischen ganz tief über das Kind gebeugt und kitzelte den kleinen Wurm mit ihrem Zeigefinger an dem winzigen Kinn. Dabei fiepte sie unentwegt:

»Zizizizi! Ja, bist du a schön's Kind. Zizizizi! Ja und scho so groß. *Zizizizi*! Ja, du bist ja so a schön's Kind. Zizizizi.«

Der Lukas stellte sich auf die Zehenspitzen und blickte seiner Mutter über die Schulter. Ein bisschen neugierig war er doch. Und dass ausgerechnet dieses aufgeblasene Weib von einer Kusine Mutter eines gelungenen Kindes sein sollte – da schienen Zweifel schon angebracht. Als er »Moris'« Gesicht begutachtet hatte, drehte sich der Luk mit einem tiefen Seufzer um und ließ sich schwer auf einen Stuhl fallen.

»Na, na, na«, sagte er und schüttelte den Kopf. »Da hab' i scho schönere Kinder g'seh'n. Der Bua schaugt ja aus wie a Aff. Der werd's im Leb'n bestimmt net leicht ham.«

In den Gesichtern der Umherstehenden spiegelte sich blankes Entsetzen. Ohne eine erste Reaktion abzuwarten, fuhr der Luk ungerührt fort:

»He! Kusine! Wer hat dir denn den traurig'n Cowboy obazieg'lt?«

Es war, als müsste jeden Augenblick eine Bombe explodieren. Das mit dem »Aff« war ja schon schlimm genug und hätte wohl die humorvollste Kusine ins Mark getroffen. Aber das mit dem »Cowboy obazieg'lt« war mit das Vulgärste und Gemeinste, was die bayerische Sprache zu bieten hatte. Die Höck Maria verließ mit einem spitzen Schrei das Zimmer.

»Lukas!« Der ganze Jammer, das Elend und die abgrundtiefe Enttäuschung einer Mutter, die in diesem Moment von ihrem eigenen Sohn einen Schlag ins Gesicht bekommen hatte, vibrierten in diesem entsetzten Aufschrei. Der Hiasl, sein Vater, schloss die Augen und wurde kalkweiß. Auch Tatjanas Eltern sagten nichts. Fassungslos waren sie. Nicht mehr und nicht weniger. Tatjana rang nach Luft; unter dem bodenlangen Hauskleid wogte ihr mächtiger Busen, und die fleischigen Finger ihrer rechten Hand krallten sich um das linke Handgelenk, als müsse sie gewaltsam an sich halten, um dem ungeschlachten Vetter nicht an den Kittel zu springen. Ihre blauen Kulleraugen füllten sich mit Wasser, bis sie überliefen. Dicke Tränen rollten über ihr

Gesicht wie über einen imprägnierten Regenmantel. Sie schluchzte. Der Lukas fühlte, wie der Triumph in heißen Wellen durch seinen Körper flutete. Endlich hatte er an der dummen Gans eine Stelle entdeckt, wo sie empfindsam und verletzbar war. Er hatte ihr Mutterglück, ihren Stolz durch den Dreck gezogen. Er hätte jubeln können, wenn nicht Tatjana inzwischen zu ihrer alten, hochnäsigen und arroganten Form zurückgefunden hätte.

Sie putzte sich die Nase, trat einen Schritt auf den Lukas zu, der vorsichtshalber aufgestanden war, und legte los:

»Ja du Bauernbursch, du ganz windiger! Du bist ja noch da gleiche Dreckhammel wie früher. Mei Kind und a Aff! Ja hast denn di überhaupts scho amoi genau og'schaugt. Du greislicher Uhu, du greislicher. Und jetzt sag' i dir a no, wer mia den Cowboy obazieg'lt hat: Da Vata vo mei'm Maurice is da Finanzinspektor Sebastian Kreindl. Und bald werd er a Oberinspektor. Und Manier'n hat er, und schöna wia du schaugt er sowieso aus. Du Depp du.«

Der Luk hatte mit einem geradezu unverschämten Lächeln, die Hände tief in den Hosentaschen vergraben, der würzigen Rede seiner Kusine gelauscht.

Jetzt war wieder er an der Reihe, während sich sein Vater und die beiden alten Gröbmaier mit offenen Mäulern anstarrten.

»Schau, schau! Dös feine Fräulein Kusine ko plötzlich wieda Boarisch red'n. Und i hab' ma scho denkt, dass d' bloß no Französisch red'st. So, so. Und da Vata vo dei'm Aff'n is da Kreindl. Jetzt wundert mi nix mehr. Nacha sag eahm halt an schena Gruaß vom Höck Lukas, der wo eahm vor zwoa Jahr beim Wirt in Schnapfing a Senffass'l auf'n Schäd'l kippt hat. G'woant hat er, wie a kloans Kind, dös Rindviech.«

Die Gröbmaier Tatjana spie Gift und Galle:

»So, du warst der unverschämte Kerl, der wo dös g'macht hat. Da Wastl hat's mia scho erzählt, damals. Na, dös wenn er erfahrt, dass dös du warst. Dann g'freu di, Bürscherl.«

»I ko's scho nimma dawart'n, bis ma dei rachitischer Nas'nbohrer, dei untaernährta Beamt'nzipfe übern Weg kimmt. Nacha kunnt's leicht sei, dass i eahm sein Zipfe a no mit Senf ei'schmier. Der …«

Weiter kam der Luk mit seinen Beschimpfungen nicht mehr. Sein Vater, dessen zerfurchtes Gesicht wieder etwas Farbe bekommen hatte, packte ihn am Arm und donnerte seinen aus allen Fugen geratenen Sohn an:

»Schluss. Schluss sag' i! Hast denn gar koan Anstand und koane Manier'n. Solang i da bin, werd nix g'stritt'n!«

Der Lukas befreite sich aus der Umklammerung der väterlichen Hand und ging zur Türe.

»Is scho recht. I geh scho. Mit der damisch'n Ams'l möcht i sowieso nix mehr zum Toa ham. Pfüat euch Gott, alle mitanand. Und an recht an freundlich'n Gruaß an dein Inspektor.«

Der Lukas drückte seinem Vater den Autoschlüssel in die Hand und brummte im Hinausgehen: »I geh z' Fuaß hoam.«

Die Hände bis fast zu den Ellenbogen in den Hosentaschen vergraben, stapfte er durch den Schnee hinunter zur Hauptstraße. Sicher würde er einen finden, der ihn mit dem Auto mitnahm. Der Lukas fühlte sich sauwohl, so wohl, dass er ein Lied pfiff, was er sonst nie machte, weil er schlecht pfiff. In wenigen Minuten hatte er sich all das von der Seele geredet, was er seiner verhassten Kusine schon seit zwanzig Jahren hinreiben wollte. Der Fall war für ihn erledigt.

Bei den Gröbmaiers gab es Kaffee und Kuchen. Wiedersehensfreude indes wollte nicht so recht aufkommen. Die Höck Maria verzichtete sogar auf den Zwetschgendatschi, was auf eine erhebliche Unordnung ihres seelischen Zustandes schließen ließ. Der alte Gröbmaier war so in Gedanken versunken, dass er bereits den sechsten Löffel Zucker in seine Kaffeetasse kippte. Und wahrscheinlich hätte er noch weiter gesüßt, wenn seine Frau nicht die Zuckerdose außer Reichweite gebracht hätte.

Der Höck Hiasl klatschte einen gehäuften Löffel Sahne auf den Teller und sinnierte:

»Eigentlich ham si' die zwoa, da Bua und d' Tatjana, no nia mög'n. Und dös muaß i scho sag'n. Du …« – und dabei deutete er mit der Kuchengabel auf die junge Mutter –, »du hast unser'n Bua scho a recht drangsaliert. Damals, in de Ferien, bei uns dahoam.«

Tatjana stand auf und wischte ihre Kuchenfinger ans bodenlange Hauskleid.

»So, jetzt reicht's mir aber. Helf du nur auch noch dem Lukas. Das ist doch die Höhe!«

Jetzt sprach sie wieder reinstes Schriftdeutsch, was dem Hiasl natürlich nicht entging.

»Mit mia kannst scho Boarisch red'n. Überspannte Henna!«

Das Ende eines Nachmittags, der von Beginn an unter einem ungünstigen Stern gestanden hatte, kündigte sich brüsk an.

Die Höck Maria stand auf. Die Gröbmaiers auch, und auch der Hiasl erhob sich, nicht ohne zuvor noch ein Stück Zwetschgendatschi mitzunehmen.

»I moan, 's is bessa, wenn ma fahr'n«, fand die Maria, und keiner widersprach ihr. Der Abschied war frostig, und als die alte Gröbmaierin den Höcks noch ein »Kommt's halt bald wieder« mit auf den Weg gab, nahm das eigentlich niemand richtig ernst.

Die Tatjana schlich sich ins Kinderzimmer, schob vorsichtig den blütenweißen kleinen Baldachin zur Seite und betrachtete liebevoll, aber auch kritisch, ihren kleinen, zerknitterten Sohn.

Als sie sich satt gesehen hatte, gab sie ihrem Maurice einen Kuss auf den dunkel gelockten Schädel, küsste auch die dunklen Brauen, die für ein Kind seines Alters schon nachgerade buschig waren, und sagte nachdenklich:

»A bisse recht hat da Lukas ja scho. A schön's Kind bist ja net unbedingt. Aba wia a Aff. Na, wia a Aff schaugst wirkli net aus.«

Auf Zehenspitzen verließ sie das Kinderzimmer, hockte sich in die Stub'n und aß eine Banane. Und bei der Gelegenheit schwor sie ihrem Vetter Lukas künftige Verachtung und ewige Feindschaft.

Dem Luk hingegen war es, als sei eine Zentnerlast von seiner Seele genommen worden. Mit seinem rüpelhaften Benehmen hatte er einen deutlichen Schlussstrich unter die frostige Beziehung zur Gröbmaier Tatjana gezogen. Er war sehr stolz auf sich und sehr glücklich, was zur Folge hatte, dass seine guten Vorsätze, nämlich während der nächsten Wochen ein untadeliger Sohn zu sein, schnell beim Teufel waren.

Ein Bauer hatte ihn vom Haus der Gröbmaiers auf seinem Traktor mit nach Miesbach genommen. Inzwischen saß er im »Ochsenbräu« vor der fünften Halben Bier, und dass er in der Wirtsstube der einzige Gast war, störte ihn überhaupt nicht. Es war noch früher Vormittag, bis zum Beginn der Stallarbeit blieben noch gut und gerne sieben Stunden. Die Dollinger Kathi, die Bedienung, saß ganz allein am Stammtisch und las in einem Regenbogen-Blättchen zu Herzen gehende Geschichten. Da hatte der Luk eine Idee, die ihm zwar reichlich spät kam, aber immerhin …

Nach seiner Rückkehr aus Frankfurt war es ihm nicht in den Sinn gekommen, seine Freundin anzurufen. Vielleicht waren die beiden, die sich seit ihrer Schulzeit kannten, schon zu lange zusammen, um noch heiße Gefühle wie Liebe oder Sehnsucht wach zu halten. Dass sie heiraten würden, war keine Frage von Gefühlen, sondern nüchterne ökonomische Zweckmäßigkeit. Der Luk war jetzt fast 26 Jahre alt. Der Meinung seiner Eltern zufolge war es höchste Zeit, um für Nachwuchs zu sorgen. Die Hilde war auf einem großen Bauernhof gleich hinterm Schliersee zu Hause und zweifellos eine gute Partie. Seit über zehn Jahren gingen die beiden schon »mitanand«, und die Gewohnheit hatte zumindest dem Lukas eine bockbeinige, gleichgültige Sturheit angedeihen lassen. Er dachte gar nicht ans Heiraten. Seine Freiheit hatte er im Kopf, und es fiel schwer zu glauben, dass der Luk eines Tages tatsächlich ein erwachsenes Mannsbild würde.

Aber jetzt, nach der sechsten Halben, übermannte

ihn wieder einmal die Gewohnheit. Er stand auf und raunzte die Bedienung an: »He! Kathi. Telefonier'n mag i.«

Die Kathi starrte den Luk verwirrt an, und es schien ihr sichtlich Mühe zu bereiten, sich von den Geschichten ihres Blättchens zu lösen.

»In da Kuchl kannst telefonier'n«, murmelte die Kathi, und schon vertiefte sie sich wieder in ihre Lektüre.

Der Höck Lukas ging in die Kuchl und wählte die Nummer, die er vor zehn Jahren mit großen brennenden Ziffern in seinem Herzen eingegraben hatte. Inzwischen war es nur noch eine Nummer, derer er sich bediente, wenn es wieder an der Zeit war, von sich etwas hören zu lassen.

»Fuchsbichler«, meldete sich eine zarte weibliche Stimme. Es war die Hilde.

»I bin's, grüaß di«, säuselte der Luk.

»Ja so was! Da Herr Höck. Und i hab' ma denkt, du bist mit dein'm Bus'nfreund in Kanada.« Das klang gallig.

»Bi scho z'ruck. Dringende Geschäfte. Versteh'st? Jetzt bin i z' Miesbach. Da kunnt ma uns treffa, hab' i mia denkt.«

»So, so. Hast du da denkt. Da Bauer pfeift, und d' Magd muaß scho spritz'n. Na, na, mei Lieaba. Da schiabt si nix. Hast doch dein' Freund, 'n Grabner. Vielleicht hat der a bisse Zeit.«

Ein Knacken in der Hörermuschel signalisierte dem Luk, dass sein Vorschlag nicht so angekommen war, wie er es sich vorgestellt hatte. Die Fuchsbichler Hilde hatte aufgelegt.

Der Luk zog die Schultern hoch und hatte für die Reaktion seiner Freundin nur ein geringschätziges »Bläde Kuah, bläde« übrig. Dann setzte er sich wieder vor sein Bierglas und war gekränkt. Vorläufig wenigstens. Da aber Stimmungen und Gemütsregungen bei ihm nie von langer Dauer waren, ging der Lukas dazu über, seiner verletzten Eitelkeit etwas Honig aufzustreichen. Er stützte seinen Kopf, der im Jagdfieber zu glühen begann, in beide Hände, bediente sich eines verdächtig liebenswürdigen Tonfalls und gurrte wie ein Täuberich:

»Geh, Kathi! Hock di halt a bisse zu mir. Nacha bin i nimma gar so einsam.«

Die Kathi legte ihre Zeitung beiseite und zwickte ein Auge zu, weil sie den Luk schon durchschaut hatte.

»Aha. Schlechte Nachricht'n am Telefon. Aba vo mir aus. Hock i mi halt a bisse zu dir.«

Mit unverschämten, gierigen Augen beobachtete der Lukas die Kathi, wie sie ihren schwarzen Pullover nach unten zog, der ihrem gelungenen Oberbau eine ansehnliche Form verlieh. Die Kathi war wohl proportioniert, hatte einen kleinen, runden Hintern und kantige, feste Waden. Als einstmals erfolgreiche Skirennläuferin durfte sie die ja auch haben. Ihre dunklen, glatten Haare waren über der Stirn zu Pony-Fransen zurechtgestutzt, unter denen zwei lustige, graue Äuglein blitzten. Der Luk wusste, dass die Kathi seit Jahren mit einem Bärenmannsbild, einem Baggerführer aus Schliersee, liiert war, mit dem gar nicht gut Kirschen essen war. Der Lukas rutschte ganz nah an die Kathi heran, die schon vorsichtshalber am anderen Tischende Platz genommen hatte.

Dann sah er ihr tief in die Augen, dass der Kathi ganz schwindlig wurde.

»Bist a sauber's Madl, Kathi. Bloß schad', dass dei Freund a so a Hackstock is«, turtelte der Lukas.

Die Kathi starrte peinlich berührt vor sich auf die Tischplatte.

»Da Kare is ja scho seit drei Monat nimma da.« Das klang ganz nach schwerem Schicksalsschlag. Doch jetzt witterte der Luk Morgenluft.

»Ja wo is a denn?«, fragte er mit geheuchelter Anteilnahme und rückte ein Stück näher an die Kathi heran, dass sein Oberschenkel den ihren berührte. Die Kathi schien das nicht zu stören.

»Bei de Araba is er. Da baut sei Firma a Straß'. Weil die Kameltreiba ja unbedingt a Straß' brauch'n.«

»So, so. Bei de Araba is da Kare. Da hat er g'wiss scho so a Bauchtänzerin, so a Schleierschnall'n aufgriss'n. Oda er hat am End' scho an eignen Harem mit zwanz'g oda dreiß'g Weiba. Arme Kathi. Es is scho a Elend auf dera Welt.« Und dabei schüttelte der Luk unentwegt den Kopf, als gehe ihm das schwere Schicksal der allein gelassenen Kathi arg zu Herzen. Die Kathi starrte noch immer vor sich hin, und als der Luk jetzt seinen Arm um ihre Schulter legte, durchlief ihren Körper ein Schauer. Sie schloss die Augen und stellte sich einfach vor, dass die Finger, die jetzt ganz behutsam ihren Nacken streichelten, ihrem Kare gehören würden.

»I hab di scho imma mög'n, Kathi, ganz ehrlich«, flüsterte ihr der Luk ins Ohr.

Die Kathi sah ihn erstaunt an.

»Du kennst mi ja überhaupts net.« In das Erstaunen mischte sich Entrüstung.

»Trotzdem«, sagte der Luk. Dieser Logik war die Kathi nicht gewachsen, und nach einer kurzen Pause der Besinnung gestand sie dem Lukas: »I find di ja scho a ganz nett, aba …«

»Nix aba«, fiel ihr der Luk ins Wort und packte die Kathi, von Leidenschaft getrieben, mit der Sanftheit eines Vorschlaghammers an ihrem linken Oberschenkel, dass das arme Ding die Augen verdrehte. Endlich kam ein neuer Gast. (Dies muss im Interesse der beiden gesagt werden, da ihnen in absehbarer Zeit unweigerlich die Zügel ihrer Leidenschaft entglitten wären. Ein Skandal wäre die unausweichliche Folge gewesen.)

Die Kathi zupfte ihren Rock zurecht, straffte ihren Pullover abermals über der Brust und nahm die Bestellung auf, ein Bier und ein Stück Apfelkuchen. Komischer Heiliger, dachte die Kathi. Sie ging zum Schanktisch, und dabei hinkte sie ein wenig. Der Höck hatte doch recht kräftig hingelangt. Im Vorbeigehen warf sie dem Luk einen viel sagenden Blick zu.

Da blitzte schon eine ganze Menge Zuneigung.

Der neue Gast bekam sein Bier und seinen Apfelkuchen, und um ihm gleich die Illusion zu nehmen, dass dies eine gemütliche Wirtschaft sei, die zum Verweilen einlade, kassierte die Kathi gleich ab. Der Gast kam unüberhörbar aus Norddeutschland. Es war unwahrscheinlich, dass er wiederkäme.

Dem Höck schossen tausend Dinge durch den Kopf, und es war viel Unsittliches dabei. Als sich die Kathi wieder neben ihn setzte, nahm sie seine Hand, die er auf der Bank aufgestützt hatte, und streichelte sie zärtlich.

»In zwoa Stund' bin i mit da Arbeit fertig. Nacha kimmst.« Dabei deutete sie mit dem Daumen nach oben.

»Erster Stock, 's Zimmer ganz hint' im Gang.«

Der Luk zwickte die Kathi in ihren kleinen, kugeligen Hintern, der fest und handlich war. Sie quiekte wie ein Ferkel. Der Gast aus Norddeutschland guckte pikiert, stand auf und ging. Sein Bierglas war noch halb voll.

Kurz vor zwölf füllte sich die Wirtsstube schlagartig mit Gästen. Die Kathi hatte alle Hände voll zu tun, musste Bier einschenken, Essen austragen, kassieren. Für den Luk hatte sie jetzt keine Zeit mehr, allenfalls ab und zu ein viel sagendes Augenzwinkern. Die acht Biere waren auch an dem trinkfesten Wirtssohn aus Spechting nicht spurlos vorübergegangen. Er starrte in sein Bierglas und malte sich aus, was ihn bald erwarten würde. Seine Fantasie schlug Purzelbäume. Der Alkohol machte ihn bärenstark, und schon jetzt war er kaum zu bremsen. Nur das Geschnatter der Gäste störte ihn. Er winkte die Kathi zu sich an den Tisch und bezahlte.

»Bis bald«, sagte er noch und verließ das Lokal.

Auf dem Marktplatz sog er gierig die eiskalte Luft in sich hinein. Es war ein Tag zum Bäume-Ausreißen, zum Götter-Zeugen, es war *sein* Tag. Am Vormittag hatte er mit seiner verhassten Kusine abgerechnet. Den Nachmittag hatte er für seine Rache an der spröden Hilde verplant. Er würde sie mit der Kathi betrügen, das hatte sie nun davon. Und so wie sich der Tag entwickelte, würde es ihn nicht wundern, wenn auch noch der Abend Überraschungen brächte. Gebannt starrte er in das Schaufenster eines Bekleidungsgeschäfts. Eine Schaufensterpuppe mit kessem Hütchen und Pelzmantel lächelte ihn künstlich an. Die Augen des Lukas schweiften verträumt über die volle Länge des regungslosen, toten Körpers. Die Konturen verflüchtigten sich immer mehr; seine Fantasie zauberte alles störende Drumherum beiseite, bis die Puppe nackt vor ihm stand. Und jetzt sah sie aus wie die Kathi.

Der Luk gab sich einen Ruck, befreite sich gewaltsam aus seinen Träumereien und wurde plötzlich unheimlich müde. Warum, so fragte er sich, könnte er nicht im Zimmer beim »Ochsenbräu« auf die Kathi warten? Er ging zurück zum Wirtshaus, sicherte nach allen Seiten, um nicht gesehen zu werden, und schlich die hölzerne Treppe hinauf zum ersten Stock. Auf Zehenspitzen gelangte er zur Zimmertüre am Ende des Ganges. Die Türe war nicht verschlossen. Der Lukas sah ein schmales Bett, und alles andere interessierte ihn auch nicht. Er zog sich aus und stellte sich in eine schmale Duschkabine; Duschen konnte nicht schaden. Wenn er schon ein schlechter Mensch war, so wollte er wenigstens gut riechen. Er wusch alles, was von Bedeutung war, und nachdem er sich abgetrocknet hatte, verteilte er den Inhalt eines Parfüm-Fläschchens über seine gesamte Körperfront. Selbst die Zehen rieb er sorgfältig ein, weil er an Fußschweiß litt. Einbalsamiert wie Ramses legte er sich ins Bett. Und schlief ein.

Die Kathi hatte soeben ihre letzten Gäste abkassiert. Es war zwei Uhr, für sie Dienstschluss. Sie war sehr aufgeregt, denn seit sie mit ihrem Kare befreundet war, hatte sie ihn kein einziges Mal betrogen. Aber wäre sie nicht blöd, wenn sie abstinent und in demütiger

Keuschheit die Rückkehr ihres Baggerführers erwarten würde, wo er aller Wahrscheinlichkeit nach im fernen Arabien seine Suleikas im Dutzend vernaschte? Wahrscheinlich hatte der Höck Lukas Recht. Und sie wollte auch einmal Recht haben.

Die Kathi zitterte wie Espenlaub, als sie ihre Zimmertüre öffnete und den Lukas schlafend im Bett vorfand. Süßlicher Parfümduft hing schwer in dem kleinen Zimmer. Das leere Fläschchen machte die Kathi für einen Moment sehr traurig. Ihr Kare hatte es ihr vor seiner Abreise geschenkt. Dieser verrückte Bauer, dachte sie und lächelte. Sie entkleidete sich, wusch sich im Gegensatz zum Höck Lukas nicht und kroch zu ihm unter die Decke. Der Kerl stank zum Gotterbarmen. Während er aus prallen Backen gleichmäßig und mit pfeifendem Decrescendo die Luft ausstieß, vermengten sich Bierdunst und Parfüm zu einem betäubenden Elixier. Die Kathi zwickte den Lukas ganz vorsichtig in den Oberarm.

»He! Lukas! I bin da«, flüsterte sie.

Der Höck brummte irgend etwas Unverständliches und ließ seine Hand unter der Bettdecke ganz vorsichtig über den weichen Bauch der Kathi gleiten. Ohne die Augen zu öffnen, seufzte er: »Hilde. Bist endlich da.«

Wie von einer Tarantel gestochen, schnellte in diesem Augenblick die Kathi hoch, sprang aus dem Bett, suchte vergeblich nach Gegenständen, die ihr als Wurfgeschosse geeignet erschienen, und entlud eine Salve von Verwünschungen und Beschimpfungen über dem inzwischen hellwachen Luk.

»Ja du Saukerl, du miserabler! Raus aus dem Bett, sag i. I gib da glei a Hilde. Du Hur'nbock, du varkehrta!« In Windeseile hatte sich die Kathi wieder angezogen.

»Da gleiche Lump wia alle andern bist. No schlimma bist!«

Auch dem Lukas war die Lust am Sex vergangen. Er liebte zarte, stille und sanfte Frauen. Er rollte sich aus dem Bett, weil er sich nackt und noch dazu in dieser Situation sehr schämte, und zog sich, im Schutz der Bettstatt flach auf dem Boden liegend, die Unterhose an. Dass sich die Kathi inzwischen züchtig abgewendet hatte, war dem Luk in der Hektik des Aufbruchs entgangen.

Als er fertig angezogen war, stellte er sich hinter die Kathi, die leise weinte, und höhnte:

»Kathi, Kathi. Dös wenn i da Hilde erzähl', dös glaubt's ma nia. Aba du kannst es ja dein'm Kare erzähl'n. Der glaubt's da g'wiss.«

Dass sie von dem Bauernlackl gedemütigt worden war, kam die Kathi schon sehr hart an. Dass sie jetzt aber auch noch verspottet wurde, brachte sie ganz aus dem Häuschen. Sie drehte sich blitzschnell um, packte den Luk von hinten an beiden Armen, riss die Türe auf und gab ihm einen kräftigen Tritt in den Hintern, dass der Luk erst knapp vor der ersten Stufe wieder zum Stillstand kam. Die Türe fiel krachend ins Schloss.

Eigentlich waren beide froh, dass es mit ihnen nicht geklappt hatte. Zugegeben: die Kathi ein bisschen mehr als der Luk. Denn so konnte sie ihrem Kare ruhigen Gewissens gegenübertreten – so in zwei, drei Monaten.

12

Mit der Bockjagd ist es beim Platzl Anderl nun doch nichts mehr geworden. Sie haben ihm seinen guten Schwarzen angezogen und ihn in einen eichenen Sarg gelegt. Eiche hat's schon sein müssen, denn der Anderl war schließlich kein armer Mensch gewesen. Zwanzig Jahre lang hatte er als Inhaber eines gut gehenden Geschäfts im ganzen Landkreis Landmaschinen verkauft. Jetzt war er tot, und vielen, die ihn gut gekannt hatten, wollte das gar nicht in den Sinn. 53 war er erst, und für einen Menschen seines Kalibers war das einfach zu früh. Der Platzl war ein Bayer, sogar ein Schlierseer. Wenn er im Wirtshaus von Spechting seine Geschichten erzählte – ob sie wahr waren oder nicht, das war letztlich Wurscht –, dann stellte die Wirtin schon vorsichtshalber die Biergläser außer Reichweite, denn der Anderl pflegte mit Händen und Füßen zu reden. Sein Wortschatz schien ohne Grenzen zu sein, und wenn er in Fahrt kam, troff der geballte, saftige Unflat aus der an Unflätigem ohnehin so reichen bayerischen Sprache. Er konnte saufen wie ein Fuhrknecht, und wenn er seinen Rausch hatte, klafften zwei tiefe Narben, die er sich als Bub zugezogen hatte, als er mit dem Schlitten kopfüber in einen Stacheldraht gesaust war. Die zwei Narben verliefen waagrecht zu den beiden Mundwinkeln, und im Rausch verliehen sie ihm ein scheinbar ewiges Lächeln. Manchmal fiel er dann unter den Tisch, was nicht schlimm war, weil der Platzl in der Spechtinger Wirtschaft so gut wie zu Hause war.

Der Anderl war auch Jäger. Zwar hatte er keine eigene Jagd, aber den größten Teil seiner Freizeit verbrachte er im Revier des Wegscheider Martl, des Spechtinger Jagdpächters. Um auch im Winter, zur Zeit der Wildfütterung, mobil zu sein, hatte er sich schon vor Jahren einen geländegängigen Ami-Jeep zugelegt, mit mächtigen Reifen und zwei wuchtigen Eisenträgern als Stoßstangen. Derlei Zubehör schien dem Platzl Anderl auch aus einem anderen Grund unerlässlich, wie er selbst einmal im Wirtshaus verkündet hatte:

»Mit dem Karr'n hab' i a reelle Chance zu überleb'n, wenn i amoi im Vollrausch mit Vollgas an Bam dawisch.«

Nach Weihnachten ging mit dem Platzl Anderl plötzlich eine seltsame Veränderung vor sich. Er kam höchstens noch einmal die Woche zum Wirt nach Spechting, und wenn er dann in der Kuchl saß und seinen Wurstsalat lustlos in sich hineinschaufelte, höchstens noch zwei Bier trank und nur noch ab und zu mit seinen Zwanzigpfennigstumpen die Kuchl vernebelte, dann sah er außerordentlich bedrückt aus. Von Mal zu Mal wurde sein Gesicht fahler; seine Augen, die immer so hinterfotzig-listig gefunkelt hatten, wurden trüb und blieben ohne Glanz. Und dann kam dieses eigentümliche Hüsteln dazu, das ihm große Schmerzen zu bereiten schien. Aber jedes Mal, wenn die Höck Maria sagte: »Anderl, Anderl, du hast's auf da Lunga. Jetzt geh halt endlich zum Doktor«, dann erwachte in dem Anderl der alte Sturkopf; ganz ungehalten wurde er und machte einen Radau wie in seinen besten Zeiten:

»Ja, Kruzetürken! A Erkältung wird's halt sein. Is ja koa Wunder bei dem Sauweda.«

Aber der Anderl wusste ganz genau, dass es mehr war als eine Erkältung. Schon vor Wochen war er mit der Lisbeth, seiner Frau, nach München gefahren. In der Universitätsklinik hatten sie ihn gründlich untersucht, Gewebeproben entnommen und ihn wieder nach Hause geschickt mit dem Bescheid, dass zum Operieren kein Anlass bestehe. Aber nicht, weil dem Anderl nichts fehlte, sondern weil es für eine Operation bereits zu spät war. Der Anderl hatte Lungen- und Bronchialkrebs und war ohne Chance.

Zwei Wochen war der Platzl schon nicht mehr in Spechting gewesen. Es war Februar, und ein giftiger Wind fegte durch den Spechtinger Kessel. Der Schnee lag einen halben Meter hoch, und in den Wäldern rundum schleppten die Jäger für das Wild Heu und Kraftfutter zu den Futterstellen. Nur der Wegscheider Martl wusste, wie schlimm es um den Platzl Anderl in Wirklichkeit stand.

Eines Abends polterte der Martl in die Wirtsstube, klopfte sich – wie er es zum Leidwesen der Wirtin immer machte – in der Kuchl und nicht draußen den Schnee aus seiner Lodenjoppe, setzte sich schwer auf einen Stuhl, dass es nur so krachte, und fuhr sich ein paarmal mit seinen Riesenpratzen durch die nassen Haare und sagte mit tonloser Stimme:

»Den Anderl hams ins Krankenhaus. Vor zwoa Wocha scho. Krebs hat er. In da Lunga. Schlecht schaugt's aus.«

Die Höck Maria stellte ihren Kochtopf auf den Herd, setzte sich zu ihrem Bruder, dem Wegscheider, sperrte Mund und Augen ganz weit auf und sagte nur:

»A geh! Der Anderl! Ausg'rechnet der!«

Als ob sie jedem anderen, bloß nicht dem Anderl einen Krebs gegönnt hätte – genauso sagte sie das. Der Loibl Hans, ein schrundiger Bauer aus Pleining, dem noch in diesem Jahr der Siebzigste ins Haus stand, legte seinen Stumpen auf den Rand des Aschenbechers und sinnierte:

»I hab's dem Anderl immer g'sagt: Anderl, hab' i immer g'sagt, mit deine Zwanzgerstump'n bringst di no ins Grab. Mach's wie i, rauch Fufzgerstump'n, dann wirst hundert Jahr oid.«

Der Loibl Hans meinte das auch ganz im Ernst, und weil er schon einmal dabei war, erteilte er gleich dem Wegscheider Martl noch eine Lehre: »Und du, Wegscheider, du varreckst no vor 'm Anderl, weil d' gar nix rauchst.«

»Und du, Loibl«, mischte sich die Höck Maria unwirsch ein, »bist a Rindviech, weil man net so pietätlos über einen Halbtoten redt. Außerdem hat der Anderl seine Stump'n immer bei mir kauft. Und i verkauf koa Glump.«

»Hab' i dös jemals behaupt? Dös hört si ja grad' an, wie wenn du glaubst, dass ich glaub', dass der Anderl wegen deine Stump'n ...«

Der Loibl Hans, der jetzt richtig in Fahrt war, wurde jäh vom Schlagen der Haustüre unterbrochen. Man hörte, wie jemand im Hausgang den Schnee von den

Stiefeln stampfte, und kurz darauf trat der Georg Limmer in die Kuchl.

»Aha, der Stadtfleck hat a no an Durscht«, lachte der Loibl, und weil er schon ein paar Halbe Bier zu viel hatte, machte er gleich noch einen Reim drauf:

»Kommt der Limmer, wird's Wetter schlimmer.«

Und dabei schüttelte er sich vor Vergnügen, dass der Gamsbart auf seinem Hut wild hin und her hüpfte. Dem Wegscheider war gar nicht zum Lachen zumute, und so erhob er sich mit einem tiefen Seufzer, ging zur Türe, und bevor er die Kuchl verließ, wandte er sich noch einmal um und sagte zum Georg Limmer:

»Du kennst doch a den Anderl. Woaßt scho, den Platzl aus Schliersee. Ich glaub', der freut si narrisch, wenn d' eahm a amoi b'suachst. Bloß schick di, weil lang lebt er nimma. Der Kruzefix-Krebs der …«

Und während er mit dem grausamen Schicksal seines besten Freundes haderte, schlurfte er grollend durch den Hausgang.

Seit er in diesem Dorf lebte, versuchte Georg Limmer zu ergründen, nach welchen Kriterien Trauer und Leid, Betroffenheit und Mitgefühl verteilt wurden. Denn in der Stadt war das anders: Da wurde an den Gräbern gejammert auf Teufel komm raus. Ob man dem Verstorbenen zu Lebzeiten wohl gesonnen war oder ihn aus tiefstem Herzen verabscheut hatte, in der Stunde des Todes und danach hatte man ihm gewogen zu sein. Ganze Horden von Philistern hatte Georg Limmer an Gräbern weinen sehen. Und nie hatte er begriffen, wo sie ihre Tränen hernahmen. Der Grabner Karl, der grobe Bauernklotz aus Bergham, hatte es ihm einmal erklärt:

»Wenn oana zwanz'ge is, mit dem Motorradl verunglückt und stirbt, dann is dös a schlimme G'schicht und scho zum Woana. Wenn aba oana sieb'zge is und stirbt, dann gibt's doch koan Grund zum Woana. Is doch normal, dass oana mit sieb'zge stirbt. Und nach der Beerdigung muaß im Wirtshaus oafach g'lacht wer'n, weil endli a Ruah is.«

Das hatte der Grabner Karl gesagt, und bestimmt ist dem noch nie eine Träne ausgekommen, wenn's ihm nicht danach war. Aber noch war der Platzl Anderl ja am Leben, und während dem Limmer Georg all diese Dinge wieder in den Sinn kamen, hatte ihm die Höck Maria eine schäumende Halbe auf den Tisch gestellt. Der Loibl Hans leerte sein Glas mit einem mächtigen Zug, bezahlte und hatte einige Mühe, sich auf seinen vom Alkohol mürb gewordenen Gichthax'n aufzurichten. Als er es endlich geschafft hatte, zwickte er noch einen frischen Fufzgerstumpen zwischen die faltigen Lippen und nuschelte mit zusammengepressten Kiefern:

»Der Loibl fährt jetzt heim, da könnt's euch drüber freun.«

»Und fahr bloß vorsichtig, es hat wieder g'schneit«, gab ihm der Limmer Georg zu bedenken. Da drehte sich der Loibl Hans, der inzwischen die Kuchltüre erreicht hatte, ganz langsam um, wackelte zuerst mit dem Kopf, dann mit dem ganzen dünnen und vom Bier nur noch schwer unter Kontrolle zu haltenden Körper, hob mahnend den rechten Zeigefinger, der vom vielen Stumpenhalten schon ganz braun war, und warnte:

»Mei Rausch geht niemand was an. Weder di no d' Wirtin, no an Platzl Anderl. Mei Rausch is mei Sach'. Capito?«

Und während er seine Warnung schloss, brachte er sich einigermaßen behände mit einer gleichzeitigen Drehung auf beiden Absätzen in den Hausgang. Erst fünf Minuten später grummelte draußen der Motor seines Autos. Es war für den Loibl Hans bestimmt nicht leicht gewesen, das Loch für den Zündschlüssel zu finden. Die Höck Maria schüttelte nur immerwährend den Kopf und zeterte:

»Mi tat's ja net wundern, wenn's den Loibl no vor 'm Platzl eingrab'n. Möcht gern wiss'n, was die im Himmi drob'n sag'n, wenn die zwoa Hirsch'n mitanand daherkemman.«

Am nächsten Tag, so hatte es Georg Limmer mit dem Höck Lukas vereinbart, wollten sie den Platzl Anderl im Miesbacher Krankenhaus besuchen. Dass dieser Tag ausgerechnet ein Donnerstag war, kam dem Luk sehr zupass, musste er doch ohnehin in die Kreisstadt zum Kälbermarkt. Nach der Stallarbeit um neun Uhr früh stieß er einen schrillen Pfiff aus, das Zeichen zum Aufbruch. Georg Limmer zog sich seinen Anorak an, schlüpfte in seine gefütterten Fäustlinge und stülpte sich eine Mütze über. Auf der Dorfstraße wartete schon der Luk mit seinem Traktor, vermummt bis unter die Nasenspitze. In dem kleinen Anhänger schmiegten sich zwei Stierkälber aneinander, festes, gesundes oberbayerisches Fleckvieh.

»I hab' dem Anderl a paar Flasch'n Bier mitg'nomma«, sagte der Luk und deutete mit dem Kopf auf ein Biertragl, das er auf dem hinteren rechten Schutzblech deponiert hatte. »Ein paar Flaschen Bier« waren für den Luk immerhin 20.

»Willst den Anderl wohl mit Gewalt umbringen«, mäkelte der Limmer Georg.

»Hab di net so. Er muaß dös Tragl ja net auf oan Sitz trink'n. Er kann's ja auf zwoamal leer macha.«

Und weil auch der Georg nicht mit leeren Händen dastehen wollte, hatte er eine Flasche Sekt mitgenommen. Der Limmer kletterte auf den freien linken Kotflügel, und ab ging die Fahrt durch den verschneiten Wald, hinüber zur Hauptstraße.

Zwanzig Minuten brauchten sie bis zur Stadt, und auf dem Parkplatz vor der Oberlandhalle reihte sich ein Traktor an den anderen. Der Luk gab noch einmal richtig Gas, dass die beiden Kälber im Hänger verängstigt aufjaulten, aus dem Auspuff fegte eine schwarze Dieselwolke himmelan, und dann vergluckerte der Motor wie ein absaufender Fels. Der Luk zerrte seine beiden Stierkälber in die riesige Halle, in der es zuging, als würde zum Jüngsten Gericht für oberbayerisches Fleckvieh geblasen. Dann nahm er seine beiden Nummern in Empfang, und weil er nur verkaufen, aber nicht kaufen wollte, war sein Bleiben in der Oberlandhalle nicht mehr länger vonnöten. Da in der Regel jedes Stück verkauft wird, musste sich der Höck Lukas auch keine Sorgen um sein Geld machen, das spätestens zwei Tage später per Scheck im Spechtinger Briefkasten stecken würde.

Zum Krankenhaus waren es von der Oberlandhalle nicht mehr als fünf Minuten Fußweg. Der Luk und der Limmer stapften durch den mistbraunen Schnee, in den die mächtigen Profile der Traktorenreifen bizarre Ornamente gemalt hatten.

Die beiden waren schon fast an der Kantine der

Oberlandhalle vorbei, hinter deren beschlagenen Scheiben die Bauern dröhnten, als plötzlich der Luk innehielt und sich dem Limmer zuwandte. In seiner Stimme lag etwas Lauerndes, und sie klang verdächtig nach Hinterhalt:

»Du, Girgl, sag amoi, friert's di a so wia mi?«

»Ich weiß nicht. Wie arg friert's dich denn?«

»Zum Gotterbarmen friert's mi«, klagte der Luk, und dabei machte er ein Gesicht, als stünde der Tod schon ganz dicht bei ihm.

»I glaub gar«, jammerte er weiter, »dass meine Hax'n scho erfroren sind. No zwei, drei Minut'n, nacha müass mas amputier'n. A kloane Chance hätt' ma allerdings no …« Und dabei zwickte er die Augen zusammen, und sein Mund wurde ganz schief: »Wenn ma jetzt schnell a Bierle und a Schnapse pack'n, vielleicht kimm i nacha durch.«

Es war gegen seine sonstige Gewohnheit, lange Erklärungen abzugeben, wenn er ins Wirtshaus wollte; und schon mehr als einmal war es passiert, dass die beiden in einer Wirtschaft »verhockt« waren und der Lukas über einem Dutzend Halben Bier einfach die Stallarbeit »vergessen« hatte. Der Dumme war dann stets der Limmer, wenn ihn die Höck Maria am nächsten Tag angiftete:

»Und i hab' immer 'denkt, dass du wenigstens der G'scheitere bist. Aber nix bist. Der gleiche Hirsch wie da Bua bist!« Dem Luk war das zwar jedesmal furchtbar peinlich, wenn er seinen Freund bei den Eltern ohne böse Absicht in Misskredit brachte, aber Wirtschaften übten auf ihn eine unbeschreibliche, unwiderstehliche Anziehungskraft aus. Und weil er wusste, dass er mit einer Ablehnung ohne Chance war, zuckte der Girgl auch jetzt nur die Schultern und sagte:

»Wenn's um die G'sundheit geht, dann trink ma halt eine.«

Jetzt strahlte der Luk übers ganze Gesicht, schlug dem Georg auf die Schulter, dass es nur so patschte, und sagte mit dem Ausdruck tiefster Dankbarkeit:

»Bist halt doch a feina Kamerad.«

Man kann es sich sparen, den mählichen Niedergang der beiden bis hin zur Trunkenheit zu schildern. Jedenfalls: Mit beginnender Dämmerung wollte der Luk wieder einmal sterben, weil ihm hundeelend war. Zehn Halbe Bier und fünf doppelte Obstler hatten ihm das Kreuz gebrochen. Dem Limmer Georg war auch nicht mehr so, wie er es gerne gehabt hätte, und erst als feststand, dass sie die Allerletzten in der Oberlandhallen-Kantine waren, mühten sie sich nach draußen. Kaum hatte der erste eisige Windhauch den Lukas gebeutelt, taumelte er auf den erstbesten Traktor zu, krallte sich an irgendeinem griffigen Teil fest und kotzte mühsam alles heraus, was er die letzten Stunden problemlos in sich hineingeschüttet hatte. Als er allmählich wieder ins Lot kam und sein Blick zusehends aufklarte, bewegte er sich schleppenden Schritts bis zum Heck des Traktors und näherte sein Gesicht ruckweise dem Kennzeichen, so weit, bis seine Nase fast das eisige Blech berührte. Dann drehte er sich mit einem zufriedenen Seufzer um und schlurfte auf den Girgl zu, der in angemessener Entfernung den Befreiungsversuchen seines Freundes beigewohnt hatte.

»Girgl«, flüsterte der Luk, »alles in Ordnung. I hab an fremd'n Traktor angschpie'bn.«

Sein eigener stand ein paar Reihen weiter, ganz allein, mit einem Tragl Bier auf dem Schutzblech. Inzwischen war es sechs Uhr und stockdunkel. Die Frage, die sich beim Erklettern des Traktors für beide stellte, war die: Würden sie dem Platzl Anderl einen Gefallen erweisen, wenn sie um diese Zeit und in diesem Zustand ins Krankenhaus gingen? Der Limmer Georg, der auch gewaltig mit Bier und Schnaps zu kämpfen hatte, riet ab:

»So wie wir ausschaun, behaltens uns doch gleich im Krankenhaus. Außerdem ist bestimmt keine Besuchszeit mehr«, gab er zu bedenken. Der Lukas, der gerade seinen Diesel vorglühte, wusste es besser:

»Der Anderl ist Privatpatient, und ein Privatpatient hat immer Besuchszeit. Sonntag und Werktag, Tag und Nacht, Sommer und Winter. Außerdem: Glaubst vielleicht, ich nehm des ganze Bier wieder mit heim nach Spechting? Kommt nicht in Frage.«

Seltsam, dachte der Girgl, immer wenn der Luk seinen Rausch hat, versucht er es mit Hochdeutsch. Wirklich seltsam. Auch dem Limmer Georg ging es zu schlecht, um noch Resistenz zu entwickeln. Er spürte, wie ihm die Kälte vom Kotflügel durch die Hose kroch und weiter nach oben. Der Lukas, im Landkreis als einer der beständigsten und sichersten Vollrauschfahrer bekannt (wenn man von einem eineinhalbjährigen Führerscheinentzug wegen Trunkenheit am Steuer mit Unfallfolge absieht), kam ohne Zwischenfall am Krankenhaus an, stellte den Motor ab, übergab dem bereits abgestiegenen Girgl das Biertragl, und mit dem Bier in der Mitte steuerten die beiden auf den Nebeneingang des Krankenhauses zu. Zu dieser Vorsichtsmaßnahme hatte der Lukas geraten, weil er sich nicht unbedingt mit der Empfangs-Schwester auseinander setzen wollte. Unbemerkt gelangten die beiden mit dem Lift bis ins obere Stockwerk.

»Die Zimmernummer. Woaßt du, wo da Anderl liegt?«, zischte der Luk.

»Ich weiß nicht. Ich war noch nie da.«

»Und wenn ma a Schwester frag'n, schmeiß'ns uns hochkantig außa.«

»Bleib du mit dem Bier im Lift. Ich schau mal nach«, sagte der Limmer Georg.

»Aber schick di. Bevor's ma wieder schlecht wird«, grantelte der Luk hinterher. Dann setzte er sich auf das Biertragl und hielt sein Knie in die Lichtschranke, um den Lift am Fahren zu hindern. Zehn Zimmertüren waren im obersten Stockwerk wie an einer Perlenschnur nebeneinander aufgereiht. Fünf Zimmer hatte der Girgl bereits erfolglos inspiziert, als er wieder am Lift vorbeikam, dessen Türe sich gerade geräuschlos schloss, weil der Höck Lukas prompt auf seiner Bierkiste eingeschlafen und ihm das Knie aus dem Lichtstrahl geglitten war.

»Höck! Du Rindvieh! Bleib da!« zischte ihm der Girgl noch hinterher, aber der Luk war nicht mehr zu bremsen. Mit einem sanften Ruck kam der Lift im Erdgeschoss zum Stillstand. Die Türe summte zur Seite, und erst der unterdrückte Schrei einer Krankenschwester weckte den Höck Lukas aus seinem Dämmer. Zwar gelang es ihm mühsam, die Augen zu öffnen, aber sein Bewusstsein war allenfalls zur Hälfte gegenwärtig. So hockte er auf seinen 20 Bierflaschen und starrte glasigen Blicks auf die verschwommenen Konturen eines Menschen.

»Anderl, bist du's?«, lallte der Luk, und erst jetzt wurde offenbar, welch fürchterlichen Rausch er sich eingefangen hatte.

»Ich geb' Ihnen gleich einen Anderl«, entrüstete sich die Schwester, »Sie haben ja einen Rausch. Und was für einen!«

Die klirrende Stimme, noch dazu eine weibliche, holte den Luk schlagartig wieder auf den Boden der Realität zurück. Er sprang verhältnismäßig behände auf, so gut das eben sein Rausch zuließ, und schnauzte die verdutzte Schwester an:

»Was sagst? An Rausch hab i! Nix hab i. Völlig überarbeitet bin i. Erledigt! Geschafft! Kaputt! Oda moanst, dass i vo 20 volle Bierflaschl an Rausch hab. Vom Anschaun vielleicht. Kreuzkruzetürken.«

Die Schwester hielt den Mund offen, die Augen auch, sogar ganz weit, und als der Luk auch noch fluchte, bekreuzigte sie sich, weil sie doch eine Ordensschwester war.

Bevor es ihr gelang, Atem für eine neue Attacke gegen den Eindringling zu schöpfen, kam ihr der Luk zuvor:

»Und jetzt möcht' i wiss'n, wo der Platzl Anderl liegt. Aber flott.« Und dabei flackerten seine Augen wild, und seine Wangen glühten.

»Zimmer 312, ganz oben«, kam die gehauchte Antwort.

Der Höck Lukas drückte den obersten Knopf, warf der Schwester durch die sich langsam schließende Tür noch einen grimmigen Blick zu und liftete abermals nach oben. Im dritten Stock angekommen, hatte er doch Bedenken, dass sein rüdes Benehmen möglicherweise ein Nachspiel haben könnte. Aber offensichtlich war das Personal daran gewöhnt, dass Besucher, die zum Platzl Anderl wollten, nicht vom feinsten Schlag waren. So blieb der Ausrutscher des Höck Lukas auch ungeahndet, was er wiederum als Beweis für sein Respekt gebietendes Auftreten wertete. Der Limmer Georg, der das Zimmer des Platzl Anderl inzwischen ausfindig gemacht hatte, wartete indes ungeduldig auf den Höck Lukas.

»Wo bleibst denn, du Trödler? Der Anderl möcht' endlich ein Bier, sagt er.«

»A Krankenschwester hat mi belästigt, weil i so pfundig ausschaug, hats g'sagt«, gab der Luk schnippisch zurück. »Und morgen möchts mit mir zum Tanz, hat's g'sagt.«

Zimmer 312 war ein Einzelzimmer, eine Mansarde, klein und fast zu gemütlich für ein Krankenzimmer. Der Anderl hockte auf der Bettkante, im Fernseher sprach Strauß.

»Unsa neua Kanzla«, sagte der Platzl Anderl.

»Euer Kanzler, wenn überhaupt«, entgegnete der Limmer Georg mit einem Augenzwinkern, denn beide, der Luk und der Anderl, wussten, auf welcher Seite er stand.

»Kommunist«, grummelte der Luk.

»Prost«, sagte der Platzl Anderl, »schön, dass ihr a amoi herg'fund'n habt's.«

Zwei, drei kleine, zaghafte Schlucke nahm er aus der Bierflasche, dann wurde er von einem scheußlichen Hustenanfall geschüttelt. Es klang nicht gut, und die beiden mussten keine Mediziner sein, um zu sehen, wie schlimm es um den Platzl bestellt war. Die Bräune von einst war einer gelben, kränklichen Blässe gewichen. In den dunklen Augen schimmerte nur noch der matte Glanz eines Todkranken. Und die Stimme, mit der der Anderl ehedem komplette Bierzeltkapellen zu übertönen vermocht hatte, war brüchig wie morsche Rinde. Neben dem Bett stand ein Sauerstoffgerät, das er in den letzten Tagen immer häufiger gebraucht hatte.

»Seltsam«, arbeitete es in Georg Limmers verwirrtem Kopf, »seltsam, dass dieser Mensch vielleicht nur noch ein paar Tage zu leben hat. Vor ein paar Monaten noch hätte jeder, der ihn kannte, schwören mögen, dass er hundert Jahre alt wird.«

Jetzt saß er auf seiner Bettkante, kaum dass er sich aufrecht halten konnte, eingepackt in einen blau-rot gestreiften Schlafanzug, die knochigen Füße in Filzpantoffeln versteckt.

»Ob er es wohl weiß, das mit dem Krebs«, überlegte der Girgl weiter, »es muss doch schrecklich sein zu wissen, dass jeden Moment Schluss sein kann. Warum lacht er denn, wenn er's weiß? Keine Spur von Entsetzen, von Aufgabe, Resignation. Er will einfach weiterleben, und so verdrängt er die furchtbare Wahrheit.« All das machte den Girgl sehr betroffen, während der Anderl so tat, als hätte er nur eine schlimme Erkältung zu überwinden, und dem Luk die Funktion des Sauerstoffgeräts erklärte. Der Luk saß da, als hätte er seit Tagen keinen Rausch mehr gehabt, und log auf Teufel komm raus:

»Guat schaugst aus, Anderl. A bissl mager bist scho. Aber bis in a paar Woch'n bist wieder pfenningguat beinand.«

Und als diesem derben, dickhäutigen, im Moment noch voll unter Alkohol stehenden Bauernburschen plötzlich ein paar Tränen übers Gesicht rollten, da wurde der Anderl ganz fuchtig und schimpfte wie früher, nur nicht so laut:

»Ja, du Hirsch, du damischer! Was zahnst denn da. Tust grad, als wenn i schon hin wär. Aber da wird nix draus. Kannst di drauf verlass'n!«

Der Lukas wischte sich mit seinem Anorakärmel verstohlen übers Gesicht. Es war das erste Mal, dass der Girgl den Lukas hatte weinen sehen.

»A Schmarrn! I und zahna! Die warme Luft treibt mir's Wasser in d' Aug'n, sonst nix«, wehrte sich der Luk, als ob's eine Schande gewesen wäre, seine Gefühle zu zeigen. Und mit einer fürsorglichen Zärtlichkeit, die auch den Anderl überraschte, schüttelte er das Kopfkissen auf und steckte es dem Anderl hinter den Rücken, weil er es doch bequem haben sollte.

Vielleicht war es das erste Mal, dass sich der Girgl über seinen Freund Luk derlei Gedanken machte. Als der Limmer Georg in Spechting seinen Hof gepachtet hatte, waren sich die beiden erst einmal wie zwei Exoten gegenübergestanden. Auf der einen Seite der 24-jährige Bauer, dessen Lebensraum und Lebenslauf von unverrückbaren traditionellen Überlieferungen geprägt waren. Auf der anderen Seite der um zehn Jahre ältere Werbemann, der die beengende Freiheit der Großstadt mit der befreienden Enge des Dorfes vertauscht hatte, der sich anpassen wollte, ohne fortan ein Anpasser zu sein. Beide spürten die Faszination, die vom Leben und den Gewohnheiten des anderen ausging. Und beide fanden behutsam Wege, vom anderen zu lernen und sich zu akzeptieren. Sowohl für den Girgl als auch für den Höck Lukas war dieser Prozess ein wichtiges Erlebnis.

So wie jetzt, als der Luk dem Anderl seine mächtigen Pratz'n fast zärtlich auf die Schultern legte und brummelte:

»Anderl, denk dran. In a paar Woch'n geht d' Bockjagd wieda auf. Da brauchens dich. Oda find'st du's richtig, wenn die anderen deine Böck' schieß'n, die du jahrelang g'füttert hast?«

Und ganz kurz, nur einen Wimpernschlag lang, hatte der Anderl wieder dieses Feuer in den Augen, und während sich sein schwerer Atem rasselnd durch die Lungen plagte, sprach er ganz leise zu den beiden, als wär's ein Geheimnis, das nur für sie bestimmt war:

»Könnt's euch drauf verlass'n, dass i bei der Bockjagd wieder dabei bin. Zur Not im Rollstuhl und mit 'm Sauerstoffgerät auf 'm Hochsitz. In da Spechtinger Filz'n steht a Sechser-Bock. Der is allwei guat für a Goldmedaille. Und's Fleisch kriagt's ihr zwoa.«

Beide, der Luk und der Girgl, spürten, dass es für den Platzl Anderl wohl nie mehr eine Bockjagd geben würde. Ein ganz starkes Gefühl der Beklommenheit bemächtigte sich ihrer, und sie waren auch sicher, dass der Anderl genau wusste, wie es um ihn stand. Das fühlten sie. Obwohl es vielleicht das allerletzte Mal war, dass sie mit dem Anderl über die Bockjagd und seine schelmischen Lumpereien der früheren Jahre reden konnten, hatten sie doch das Gefühl, den Platzl jetzt alleine lassen zu müssen. Das Reden hatte ihn einfach angestrengt, auch wenn er dabei sehr glücklich war.

»Beinahe hätt ich's vergessen«, sagte der Limmer Georg, quälte sich aus dem für ihn viel zu engen Sessel und holte seine Sekt-Flasche aus der Innentasche des Anoraks. »Wenn d' Lust hast, trinkst den Sekt. Der ist gut für den Blutdruck.« Und stellte das inzwischen lauwarme Zeug auf das weiße Nachtkastl.

»Nix da«, wehrte der Anderl ab, »den trink ma an Ostern mitanand in Spechting beim Wirt.«

Dann kramte der Platzl aus der Nachtkastl-Schublade einen Kugelschreiber hervor und gab ihn dem Girgl.

»Da, du Stadtfleck. Schreib'n wirst ja wohl können, wenn'st scho sonst nix G'scheits g'lernt hast. Schreib auf die Flasch'n: ›Dieser Sekt gehört Andreas Platzl aus Schliersee und koam andern.‹«

Der Luk und der Girgl schauten sich kurz an, und wahrscheinlich dachten sie in diesem Augenblick dasselbe: dass der Platzl Anderl in Spechting wohl nie mehr einen Sekt trinken würde. Der Girgl schrieb gut leserlich den Text auf das Etikett, so wie's ihm der Anderl aufgetragen hatte. Dann standen die beiden auf, drückten dem Anderl die Hand, die kalt und knochig war, und sie sahen, dass er feuchte Augen hatte. Der Girgl steckte die Flasche wieder in die Innentasche seines Anoraks und sagte:

»Also Anderl. Dann bis bald in Spechting.« Dieses Mal gingen sie über die Treppen und benützten nicht den Lift. Als sie noch einmal nach oben blickten, stand der Anderl am Treppengeländer; ganz fest hielt er sich mit der Linken, und mit der Rechten winkte er zaghaft und flüsterte, dass es die beiden gerade noch verstehen konnten: »Also, bis bald. In Spechting.«

Die eisige Nachtluft auf dem Traktor blies den beiden auch noch das letzte bisschen Rausch aus den Köpfen. Sie redeten nicht miteinander, weil jeder seinen eigenen Gedanken nachhing. An den Anderl dachten sie, und wie lange er es wohl noch machen würde. Es war schon fast neun Uhr, als der Luk seinen Traktor durch die schmale Einfahrt zur Schupf balancierte. In der Wirtsstube brannte noch Licht, und drinnen schepperte die keifende Stimme des Wegscheider Martl, der seinen Traktor vor der Wirtschaft abgestellt hatte.

»So a Dreckhammel, so a varreckta! Den wenn i dawisch. Mein ganz'n Traktor hat er mia daschpieb'n. Wenn i bloß wüsst, wer's war. Zuascheiß'n dat i den mitsamt seim Traktor. Glatt zuascheiß'n!«

Der Luk und der Girgl blickten sich im milchigen Licht, das durch die Scheiben der Wirtsstube auf die Straße fiel, kurz an und brachen in schallendes Gelächter aus. Der Limmer Georg, der noch gern eine Halbe getrunken hätte, stapfte zu seinem Haus hinüber. Er fand, dass es wohl besser wäre, eine Begegnung mit der Wirtin wenigstens heute zu vermeiden. Denn dass er wieder mal nicht »der G'scheitere, sondern der gleiche Hirsch wie der Lukas« war, könnte er morgen, mit klarem Kopf, leichter ertragen.

Drei Wochen hat der Platzl Anderl noch gelebt. Die Sektflasche mit der Aufschrift: »Dieser Sekt gehört Andreas Platzl aus Schliersee und koam andern«, blieb als unantastbare Erinnerung in der Spechtinger Wirtschaft. Als er starb, war sein Freund, der Wegscheider Martl, bei ihm, und das hat dem Anderl das Sterben ein bisschen leichter gemacht. Es war ein Montag, und als er spürte, dass es mit ihm zu Ende ging, sagte er dem Wegscheider:

»I bin froh, dass heut koa Freitag is, dös bringt bloß Unglück.«

Dann war's aus mit ihm.

Am Jahrestag der Kalten Sophie, der letzten der vier Eisheiligen, einen Tag bevor die Bockjagd angeblasen wurde, haben sie den Andreas Platzl auf dem Westenhofener Friedhof in Schliersee begraben, drei Grabreihen neben dem berüchtigten Wildschützen Georg Jennerwein. Es war ein sonniger Vorfrühlingstag, ideales Beerdigungswetter. Beinahe 500 Trauergäste aus dem ganzen Landkreis gaben dem Anderl die letzte Ehre. Ein wenig abseits hatte sich eine Gruppe von Mannsbildern postiert, knochige, rote Bauernschädel, die aus jahrelanger Erfahrung wussten, wo man am günstigsten steht, um sich gleich nach der Trauerfeier den besten Platz im Wirtshaus zu sichern. Acht Spechtinger waren es, der Loibl Hans aus Pleining und der Bauunternehmer Steininger aus Steinkirchen. Letzterer, ein unsympathischer, fetter, geldgieriger Knochen, den keiner der Spechtinger so recht mochte und den der Inglfinger Korbinian aus Riederau vor noch nicht allzulanger Zeit einen »Lumpen und Halsabschneider« geheißen hatte (was dem Inglfinger Korbinian eine gerichtliche Klage einbrachte), war dem Platzl Andreas nur in seiner Eigenschaft als Geschäftsmann »auf die Leich gegangen«. War es ihm zu dessen Lebzeiten nicht gelungen, eines Grundstücks habhaft zu werden, das dem Anderl gehörte, so hoffte er, zumindest jetzt, mit der erbenden Witwe, ins Geschäft zu kommen. Ein mieser Hund war der Steininger, und zu den Spechtingern hatte er sich nur gesellt, weil ihn auf dieser exponierten Stelle die Platzl Lisbeth einfach sehen musste.

Der Pfarrer Obinger, schlecht informiert, indem der Anderl zwar seine Kirchensteuer regelmäßig bezahlt hatte, ansonsten aber ein liederlicher Christ gewesen war, erzählte etwas von einem »herzensguten Menschen, braven Katholiken, treu sorgenden Vater, Bruder, Onkel« und so weiter. Dem Bauunternehmer Steininger dauerte das alles schon viel zu lange. Er war immer Geschäftsmann, und während er sich mit dem Taschentuch den Schweiß von der Stirn tupfte, maßen seine Schweinsäuglein unablässig das Geviert des Friedhofs ab. »Mein Gott«, murmelte er, »mein Gott! Was wär das für ein herrlicher Bauplatz. Zehn Einfamilienhäuser! Ach was, zwölf! Mit Garten und Blick aufs Gebirg.«

Als der Pfarrer Obinger am Grab dem Anderl Gutes tat und betete: »Du hast zerschlagen mein Gebein, aufjubeln wird der Herr in mir. Lass mich vernehmen Freude und Wonne, und mein zerschlagen Gebein wird frohlocken«, zischte der Loibl Hans dem Steininger ins Ohr:

»Und wenn du net glei dei gottloses Schandmaul hältst, dann zerschlag i dir dein Gebein. Aber dös versprich i dir: Zum Frohlocken gibt's da nix mehr.«

Der Steininger blies beleidigt aus seinen Hamsterbacken, gab mit einem »Bauernfünfer, unverschämter« seiner Empörung Ausdruck und entfernte sich mit schleichendem Rückwärtsgang. Erst als er außer Sichtweite war, flitzten seine kurzen Beinchen über den knirschenden Kies und steuerten dem Friedhofsportal zu. In zehn Minuten hatte er den nächsten Geschäftstermin, und die Platzl Lisbeth würde ihm mitsamt ihrem Grundstück auf Dauer ohnehin nicht entkommen.

Der Loibl Hans war's zufrieden und seufzte: »So, Anderl, jetzt kriagst doch no a schöne Beerdigung mit lauter brave Leut'.«

13

Mit dem Tod des Platzl Anderl war im Spechtinger Wirtshaus eine bedrückende Leere eingekehrt. Nicht, dass er der Einzige gewesen wäre, der mit schöner Regelmäßigkeit seine Tollheiten vollführt hatte. An liebenswerten »Damischen« hatte es in Spechting ohnehin nie gemangelt. Aber es war doch, als hätte man einem gesunden Baum die Krone abgesägt. Noch Wochen nach seiner Beerdigung jammerte die Höck Maria, wenn die ganze Gesellschaft wieder einmal in der Kuchl des Wirtshauses zusammenhockte: »Mei, wenn dös bloß der Anderl no erleb'n könnt'.«

Der Wegscheider Martl, einstmals bester Freund des Anderl, wurde dann stets ganz giftig.

»Bist glei stad«, raunzte er seine Schwester an, »da Anderl hat's guat. Der muaß si wenigst'ns euer G'wasch nimma anhör'n.«

Für den Wegscheider hatte der Tod des Anderl auch noch andere, waidmännische Konsequenzen. Als Jagdpächter musste er sich nun nach einem neuen Jäger umschauen. An Interessenten bestand kein Mangel, und die Kette der Jagd- und Schießwütigen hätte wahrscheinlich bis weit hinter München gereicht. Das waren aber genau die, die der Wegscheider in seinem Revier nicht haben wollte. Er brauchte einen vom Waidwerk besessenen Heger und Pfleger. Dass die besten Böcke beizeiten weggeputzt würden, dafür wollte er schon selbst sorgen. Der Schindler Franz, der seinen Beruf als Metzger aufgegeben hatte, weil er von einem Tag auf den anderen kein Blut mehr sehen konnte, und jetzt als Tennislehrer ein paar Mark verdiente, schien dem Wegscheider der geeignete Mann zu sein. Der Schindler hatte zwar den Jagdschein, auch eine Schrot- und Bockbüchse. Aber zwei ganz erhebliche Mängel hielten ihn letztlich davon ab, dem Wild mit Pulver und Blei nachzustellen. Zum einen hätte der Schindler Franz nach einem Blattschuss das Wild aufbrechen müssen, und das widerstrebte ihm, weil er, wie gesagt, kein Blut sehen konnte. Zum anderen wäre ein Blattschuss auch ein ganz unglaublicher Zufall gewesen, denn der Schindler Franz war über die Maßen kurzsichtig und konnte auf zwanzig Meter Entfernung keinen Marder von einem Kaninchen unterscheiden. Als Heger indes war er einsame Klasse.

Eine Woche nachdem der Anderl unter der Erde war, übernahm der Schindler Franz seine neue Aufgabe im Wegscheiderschen Revier. Neben besagter Linsentrübung litt der Franz von Zeit zu Zeit auch noch unter einer weiteren Trübung, nämlich der seines Bewusstseins. Er trank gern mal über den Durst, wobei eine Unart offen zutage trat: Er denunzierte Leute, die er nicht mochte, die er sozusagen »auf dem Kraut gefressen hatte«. So waren auch einige Bauern, vor allem die Einödler, in deren Wäldern der Schindler ja künftig nach dem Rechten sehen sollte, gar nicht erbaut über den neuen Jäger. Dass der Schindler noch dazu ein »Preuß« oder gar ein »schlesischer Flüchtling« war, der allerdings schon seit 30 Jahren im Bayerischen lebte, hatte die sturen Bauernschädel noch mehr in Harnisch gebracht.

So viel stand fest: Auf den neuen Jäger kamen schlechte Zeiten zu. Und der Metzger Sepp, der Wurster Toni und der Springer Marinus, eine eingeschworene Clique von starrköpfigen Einödlern, warteten nur auf die erste Gelegenheit, um dem Schindler am Zeug zu flicken. Und das ging schneller, als letztendlich allen Beteiligten lieb sein konnte.

Wie der ganze Streit am Sonntagabend im Wirtshaus von Spechting angefangen hatte, war einwandfrei zu klären. Am Stammtisch hockten der Wegscheider Martl, der Schindler Franz, der Lehrer Buchinger und die drei Einödler, die zwar den Wegscheider gut leiden konnten, nicht aber seinen taufrischen Jäger. Der Lehrer, der Metzger Sepp, der Wurster Toni und der Springer Marinus saßen beim »Watten«, einem beliebten bayerischen Kartenspiel, bei dem immer zwei zusammenspielen und sich mit Augenzwinkern, Achselzucken oder einer versteckten Handbewegung ihre eigenen Trümpfe signalisieren dürfen. Ein Team bildeten der Lehrer und der Metzger, das andere der Wurster und der Springer. Neben dem Metzger Sepp saß der Schindler Franz, was dem Metzger zwar missfiel, doch behielt er es mangels passender Gelegenheit noch für sich. Schwerer Tabakqualm klebte unter der Stubendecke, das Nannerl, die Bedienung, flitzte mit vollen Bierkrügen von einem Tisch zum andern und verschwand zum Nachladen wie hinter einer Nebelwand in der Kuchl. Noch war es recht gemütlich.

Nun hatte der Schindler Franz eine Angewohnheit, die sowohl von seiner Kurzsichtigkeit als auch von seiner permanenten Nervosität herrühren konnte: Von Zeit zu Zeit zwickte er ein Auge zu, welches, war für ihn selbst und auch für andere nie vorhersehbar. Wenn er sehr nervös war, kniff er auch dann und wann beide Augen zu. Blitzartig. Doch das kam seltener vor. Der Metzger Sepp hatte gerade seine fünf Karten zum letzten, alles entscheidenden Spiel aufgenommen, als der Schindler Franz plötzlich sein rechtes Auge zuzwickte. Als ob ein Orkan durch die Wirtsstube fegte, wirbelten in unfassbar schneller Folge Spielkarten, Zwiebelringe, saurer Presssack und Biergläser über den Tisch. Der Metzger Sepp sprang auf und brüllte den völlig verdatterten Schindler an, und sein ohnehin schon sirrender Mezzosopran drohte jeden Moment überzuschnappen:

»Ja du Dreckhammel, du ganz ausg'schamter. Dem andern deut'n, dass i den ›Welli‹ hab. Ja, wo gibt's denn so was. Du Kiebitz, du miserabler.«

»Was hab i! Nix hab i!«, verteidigte sich der Schindler, der noch im Sitzen fast so groß war wie der Metzger Sepp im Stehen, »'s Aug hat mir halt zuckt. Seit meiner Kindheit zuckt mei Aug«, schrie nun der Schindler Franz.

Dass er ein Bombenblatt mit zwei »Kritischen«, dem »Max« und dem »Welli«, der mit einem Zwinkern des rechten Auges dem Partner signalisiert wurde, auf der Hand hatte, brachte den Metzger fast um den Verstand. Obwohl doch nur eine Maß Bier auf dem Spiel stand. Aber darum ging's dem Metzger Sepp auch gar nicht. Er suchte Streit. Und jetzt hatte er endlich einen Grund.

»'s Aug hat eahm zuckt«, höhnte der Metzger, »glei zuckt bei mir was, dann zuckt bei dir aba nix mehr.«

Und zur Bedienung gewandt, plärrte er über die

Köpfe der teils feixenden, teils erschreckten Bauern hinweg:

»Zahl'n möcht i. Aber im Galopp. Wo solche Grattler san, schmeckt mir koa Bier nimma.«

Der Lehrer Buchinger, der Wegscheider, der Wurster Toni und der Springer Marinus schüttelten ihre Köpfe, und der Marinus stellte traurig fest:

»Jetzt spinnt er. Jetzt draht er durch.«

Der Metzger Sepp stülpte sich seinen Filzhut über den schütteren Haarkranz und fegte wie ein geölter Blitz zur Türe hinaus.

Am Nebentisch hatte der Limmer Georg den Auftritt des Metzger Sepp verständnislos mitverfolgt. Er kannte die Zusammenhänge auch nicht – noch nicht. Er begriff nur eins: Beim Spiel war es nicht mit rechten Dingen zugegangen. Einer platzte, weil er sich schon zuvor einen ausgeguckt hatte, an dem er seine Aggressionen auslassen wollte. So waren die Leute hier. Sie kamen ohne Psychologen, Psychoanalyse und Gruppentherapien aus, weil sie ihre Konflikte lösten, indem sie sich anplärrten, dem anderen nichts schuldig blieben, nicht duckmäuserten, den andern über sich nie im Unklaren ließen.

Das wird's wohl auch diesmal sein, dachte der Limmer Georg, und er sah hinüber zum Schindler Franz, wie er dasaß mit seinem Augenzwinkern, das seit dem Zwischenfall vor ein paar Minuten noch viel hektischer geworden war, seit er versuchte, allmählich Ordnung in das Chaos zu bringen, indem er zerfledderte Spielkarten, Glasscherben, Zwiebelringe und gemischten Presssack zu einem Haufen zusammenschob. Und das alles hatte nur stattgefunden, weil der Schindler über den Metzger angeblich irgendwann mal »etwas erzählt haben soll«.

Die meisten wussten natürlich davon, nur bis zum Limmer Georg war die Sache noch nicht vorgedrungen. So suchte er die Nähe des Wegscheider, der sich mittlerweile in die Kuchl verzogen hatte.

»Du, Wegscheider, was is denn mit dene zwei los?«, bohrte der Limmer.

»Dös geht di gar nix an. Du bist koa Jager«, gab er barsch zurück.

»Geh, sag's eahm halt, du sturer Knocha«, mischte sich jetzt die Wirtin ein, »irgendwann erfahrt er's ja doch. Und da is es doch g'scheiter, du sagst es eahm als an anderer, der wieder bloß an Schmarrn erzählt.«

Der Wegscheider Martl kratzte sich hinterm Ohr, nahm noch einen mächtigen Zug aus seinem Bierglas und meinte:

»Also guat. Die G'schicht ist schnell erzählt. Da Metzger Sepp hat Taub'n und Henna dahoam auf seim Hof. Und im Winter hat eahm da Fuchs a paar vo seine halb verhungert'n Viecher g'holt. Dann hat da Metzger einfach a paar Fangeis'n ausg'legt. An Fuchs hat er scho dawischt, aba a Bock und a Rehgoaß san a in de Eis'n tappt, und da hat's eahna an Hax'n abgriss'n. Da Bock, no dazu a schöner Sechser, is elend varreckt, und d' Goaß rennt wahrscheinlich heut no mit drei Hax'n im Holz umanand.«

Den Limmer Georg fror. Tellereisen waren eine gemeine, hinterfotzige Sache. Sie verletzten das Wild meistens nur an den Läufen, ohne es jedoch gleich zu töten. Füchse, die in derlei Fangeisen geraten, beißen sich unter unvorstellbaren Qualen oft selbst den gefangenen Lauf durch, um sich aus der entsetzlichen Lage zu befreien.

»Ist ja furchtbar«, stöhnte der Limmer Georg.

»Furchtbar is dös, so, so, furchtbar, moant da Herr Stadtfleck. A Sauerei ist dös und a Riesengemeinheit«, brüllte der Wegscheider und schlug mit der flachen Hand auf den Tisch, dass die Gläser hüpften.

Das war's also: Ein Bauer versuchte sich eines Räubers zu erwehren, der ihm Stück für Stück aus dem Hühnerstall geholt hatte. Sauberes Waidwerk war das nicht, aber was hätte er tun sollen? Den Wegscheider um einen nächtlichen Ansitz bitten, um auf den Fuchs zu passen? Dazu war dem Jagdpächter seine Zeit zu kostbar. Und wer konnte schon mit Sicherheit voraussagen, wann sich Meister Reineke wieder im Hühnerstall oder im Taubenschlag des Metzger Sepp gütlich tun würde? Die übrigen Spechtinger Bauern hatte das unwaidmännische Verhalten des Metzger Sepp denn auch wenig aufgeregt. Sie wussten alle aus eigener Erfahrung, welchen Schaden das Wild in ihren Wäldern anzurichten vermochte. Sie waren auf das Wild einfach nicht gut zu sprechen. Und ein Fuchs im Hühnerstall war sowieso der Albtraum eines jeden Bauern.

Am meisten ärgerte den Metzger Sepp, dass der Schindler Franz in Spechting, in Riederau, Grasham und Schnapfing »getratscht« hatte. Waren ihm die Bauern auch deswegen nicht gram, so würde der Sepp in den Wirtshäusern der Umgebung in den nächsten Wochen und Monaten doch ganz schön »gepflanzt«, auf den Arm genommen werden. Und das stank ihm gewaltig. Noch dazu, wo der Schindler Franz »ein Preuß, gar ein Flüchtling war«.

Als der Sepp nach dem Streit nach Hause kam, sein Auto in die Schupf stellte und ins Haus polterte, war seine Wut noch lange nicht verraucht. Er saß am Tisch, raufte sich den Haarkranz und murmelte unablässig:

»Der Hund, der miserablige, der wird sich no wundern. Dem werd ich sein Tratschmaul scho noch stopf'n.« Die Finni, seine Frau, stand kopfschüttelnd neben ihm, und weil es spät war, hatte sie schon ihr Nachthemd an, bodenlang, mit Enzian und Alpenrosen draufgedruckt. Sie mochte es ganz besonders gern, weil der Sepp es ihr einmal geschenkt hatte. Dass es der Gewinn bei einer Rot-Kreuz-Tombola auf dem Gmunder Volksfest war, hatte er ihr allerdings nie erzählt. So stand sie da, das Haar, das sie tagsüber zu einem Knoten gebunden trug, weit über die fleischigen Schultern fallend, die nackten Füße in Filzpantoffeln vergraben, und vor ihrem mächtigen Busen, der vor Aufregung bebte, hielt sie einen Teller mit sauren Knödeln, die der Sepp so gern mochte. Doch heute sann er auf Rache, und mit sauren Knödeln hatte er nichts im Sinn.

»Friss deine Knödl selber«, raunzte er die Finni an, die erschreckt einen Schritt zurückwich und dabei gleich noch aus Versehen dem »Maxi«, dem altersschwachen Spitz, einen Tritt versetzte, dass er sich winselnd hinterm Ofen verkroch.

»Ja was hast denn! Geh', red halt. Was is denn?«, versuchte die Finni mit ihrem Sepp ins Gespräch zu kommen. Seit dreißig Jahren waren die beiden verheiratet, doch so hatte sie ihn noch nie erlebt. Plötzlich, als sei ihm mit der letzten Frage die Erleuchtung gekommen, stand der Sepp auf, packte die Finni einigermaßen liebevoll an ihren kernigen Armen, sah sie von oben bis unten an und fand, dass sie trotz ihrer 58 Jahre noch recht jugendlich aussah, streifte mit einem Blick ihren Busen, dann die sauren Knödel, die sie immer noch in den Händen hielt, und sagte:

»Finni, i muaß noch mal fort. In oana Stund bin i wieda da.«

Die Finni stellte mit einem abgrundtiefen Seufzer den Knödel-Teller auf den Ofen und jammerte ihrem Sepp hinterher, der schon zur Tür hinaus war:

»Mei, Seppi, tu bloß nix Unrechts.«

Sie sagte das mit jener besorgten Ergebenheit, die die Kluft zwischen männlicher Entscheidungsfreiheit und weiblichem Gehorsam in bäuerlichen Familien auch heute noch deutlich macht.

Der Sepp hatte einen teuflischen Plan ausgeheckt, der, sollte er gelingen, dem Schindler Franz eine Lehre sein würde. Weil jeder in und um Spechting mit den Schwächen, Gepflogenheiten und Eigenarten des anderen vertraut war, konnte sich der Metzger Sepp an fünf Fingern abzählen, dass, erstens, der Schindler nach dem Zwischenfall arg gebeutelt wäre, dass er zweitens seinen Unmut im Bier ertränken und, drittens, mit seinem Rausch auch noch heimfahren würde. Und dass er sich aus Sicherheitsgründen und wegen seiner Kurzsichtigkeit auf seiner nächtlichen Heimfahrt ausschließlich am weißen Mittelstreifen orientierte, das hatte der Schindler Franz oft genug im Wirtshaus erzählt. Auf letzterem Umstand basierte dann auch der Racheplan des Metzger Sepp. Er nahm seine Taschenlampe aus dem Handschuhfach, ging in seine kleine Werkstatt, die im rückwärtigen Teil einer alten Scheune untergebracht war, und ließ den Lichtkegel über ein kleines Regal schweifen, in dem ein halbes Dutzend Farbkübel fein säuberlich aufgereiht waren. Der Sepp entschied sich für zwei Eimer mit schwarzer und weißer Farbe, steckte zwei Pinsel in seine Joppentasche und freute sich aus gutem Grund, dass die Nacht lau und die Straßen trocken waren.

Der Schindler Franz wohnte bei einem Einödbauern, etwa fünf Kilometer von Spechting entfernt, zur Untermiete. Die Straße führte etwa drei Kilometer bis Wolfsau über flaches Gelände, und von da ab, die restlichen zwei Kilometer, schlängelte sich die Teerstraße durch ein großes Waldstück talwärts. Diese letzten zwei Kilometer waren Privatstraße, und es hätte mit dem Teufel zugehen müssen, wenn um diese nachtschlafende Zeit außer dem Schindler Franz noch ein anderer dieses Straßenstück benützt hätte. Der Metzger Sepp fuhr am Wirtshaus in Spechting vorbei und grinste zufrieden, als er das Auto des Schindler Franz auf dem Parkplatz stehen sah. Dann schlug er die Richtung nach Wolfsau ein, fuhr weiter bis zum Beginn des Waldstücks, von wo aus sich die Privatstraße des Brandl-Bauern in vielen kleinen Kurven durchs Holz zwängte.

Der Sepp bog von der Teerstraße ab und stellte sein Auto hinter einen großen Holunderstrauch, sodass es in der Dunkelheit nicht gesehen werden konnte. Er nahm seine beiden Farbkübel aus dem Kofferraum, und unter fortwährendem diabolischen Kichern ging er die Straße entlang bis zu einer scharfen Rechtskurve. Er stellte seine Kübel ab, knipste seine Taschenlampe an, öffnete den Kübel, in dem die schwarze Farbe war, und begann im Schein der Taschenlampe, ein Teilstück der weißen, unterbrochenen Linie zu überpinseln. Nach fünf Minuten hatte der geschickte Metzger das Weiß unter schwarzer Farbe verschwinden lassen. Dann nahm er den weißen Farbkübel und zog behutsam neue weiße Striche, jedoch entgegengesetzt dem Kurvenverlauf, also nach links.

Von Zeit zu Zeit hielt er inne, um eines eventuell sich nähernden Motorengeräusches rechtzeitig gewahr zu werden. Doch es blieb ruhig. Eine knappe Viertelstunde brauchte der Sepp, dann war seine Falle perfekt. Er packte die Farbkübel, stieg wieder bergan, verstaute Farbe und Pinsel im Kofferraum – und wartete.

Eine halbe Stunde nach Mitternacht kam endlich der Schindler Franz. Dem Metzger Sepp wurde vor Aufregung abwechselnd heiß und kalt, seine schweißnassen Hände umklammerten das Lenkrad.

Gleich sollte ihm noch viel heißer werden. Denn eines war ihm im Schein des fahlen Mondlichts entgangen, als das Auto in das Waldstück eintauchte: Der Schindler Franz saß schnarchend auf dem Beifahrersitz, das Auto indes chauffierte der Limmer Georg, der sich im Spechtinger Wirtshaus angeboten hatte, den Franz mitsamt seinem Rausch heimzubringen. Mit dem Auto – so hatten die beiden vereinbart – würde der Limmer heimfahren und es tags darauf dem Schindler wieder bringen. Jetzt hatte der Wagen die »frisierte« Kurve erreicht. Der Limmer Georg zog das Fahrzeug, der Markierung folgend, nach links, und ehe er eine Chance hatte, die Falle zu erkennen, brach sich das Auto krachend einen Weg durch eine Buchenschonung. Äste peitschten an den Scheiben entlang, der Rückspiegel flog davon, der Limmer hielt sich schützend die Hände vors Gesicht, und der Schindler plärrte, von Angst, Halbschlaf und Rausch gepeinigt:

»Um Gott's will'n. Aua! Ah! Ah! Oh! Kruzefix! Was …«

Weiter kam er nicht. Denn eine mächtige Buche, der Schindler schätzte sie hinterher auf gut zweihundert Jahre, stoppte abrupt und krachend die Talfahrt. Der Motor jaulte noch ein paarmal nach, dann starb er. Auf dem Beifahrersitz wimmerte der Schindler:

»O Girgl, was machst denn. Mei Knie, mei Hirn, i stirb. Oh, oh! Notarzt! Polizei!«

»Freilich! D' Polizei brauchen wir ganz dringend, du Hirsch. Dass s' uns alle zwei den Führerschein nehmen«, antwortete der Limmer Georg wütend.

Auf seiner Stirn schwoll spürbar eine Beule, sonst schien ihm nichts zu fehlen. Der Schindler hatte sich an der Sonnenblende das Hirnkastl aufgeschlagen und sich die rechte Kniescheibe geprellt. Die beiden zwängten sich aus dem demolierten Auto und begutachteten im Schein einer Taschenlampe den Schaden. Die Frontseite schmiegte sich fast liebevoll um den Stamm der Buche, der Rückspiegel fehlte, und was das Fahrgestell während der rasanten Talfahrt über Äste und Baumstümpfe abgekriegt hatte, würde erst am nächsten Tag zu klären sein. Zunächst wollte der Limmer Georg aber etwas anderes klären: Wie es möglich war, dass eine Straßenmarkierung plötzlich in einer Buchenschonung enden konnte.

Während der Schindler noch klagte und wimmerte und große Mühe hatte, sich auf die neue Situation einzustellen, kletterte der Limmer Georg gut zwanzig Meter den Abhang hinauf zur Straße. Er tippte mit den

Fingerspitzen auf den frisch gepinselten weißen Strich und starrte fassungslos auf seine weißen Fingerkuppen.

»Ja, gibt's denn so was«, murmelte er, »das sind ja Methoden, schlimmer als in der Großstadt.«

Der Schindler Franz hatte inzwischen mühsam den Abhang erklommen, tupfte sich mit einem Taschentuch das Blut von der Stirn und schaute gebannt auf die weiß gefärbten Fingerspitzen des Limmer Georg. Dann wurden seine Augen groß und starr, und mit brüchiger Stimme stammelte er:

»Woaßt, was dös war? A reiner Mordversuch war dös. Tot hätt'n mia sei könna. Alle zwoa hätt'n mia tot sei könna.«

Der Limmer Georg fand, dass der Schindler damit gar nicht so Unrecht hatte, obwohl sich's so leicht ja nun auch wieder nicht stirbt. Außerdem bestand ja immer noch die Möglichkeit, dass sich ein bislang Unbekannter nur einen »Scherz« erlauben wollte. Einen schlechten zwar, aber in den letzten Jahren hatte der Limmer sich ja an einiges gewöhnen müssen. Inzwischen machte sich ein anderer vor Angst fast in die Hosen. Hinter einem Baum versteckt, hatte der Metzger Sepp die Folgen seiner »Markierungsarbeiten« abgewartet. Natürlich wollte er den Schindler nicht umbringen, und in jener Kurve war die Gefahr eines schweren Unfalls auch gering gewesen. Doch als er jetzt gewahr wurde, dass auch noch der Limmer Georg mit im Auto gesessen hatte, begann der Unglückselige leise zu jammern:

»Heiliger Leonhard, Schutzpatron der Bauern, da Limmer! Dös hab i net woll'n. Mei oh mei, dös gibt an Ärger.«

Und wie ein geprügelter Hund schlich er zu seinem Auto zurück und machte sich hinterm Lenkrad ganz klein, als könne er so dem Entdecktwerden eher entgehen.

Der Limmer Georg hatte indes schon einen Verdacht, denn er besann sich zu gut des unschönen Zwischenfalls im Spechtinger Wirtshaus. Aber er war fest entschlossen, auf eigene Faust nachzuforschen. Denn das hatte er schon lange von den schlitzohrigen Bauern gelernt: »Wenn du weißt, wer dir ein Kalb geklaut hat, sag ihm nur, dass du's weißt. Irgendwann wird er dir einen Stier schenken.«

Nun war dem Limmer Georg zwar nicht sonderlich an einem Stier gelegen, weil er schon einen hatte, aber irgendwann würde ihm der Metzger Sepp sicher dienlich sein können. Mit ein paar Festmetern vom besten buchenen Brennholz zum Beispiel. Vorausgesetzt natürlich, der Metzger Sepp war wirklich der Übeltäter.

Auch dem Schindler Franz war schon die Idee gekommen, dass ihn möglicherweise der Metzger vom rechten Weg abgebracht hatte. Aber bevor er sich wieder das Maul verbrannte, wollte er erst einmal darüber schlafen. Denn wenn diese Geschichte auch noch »polizeimaßig« oder sogar »g'richtsmaßig« würde, hätte der Jäger Schindler bei den Bauern wohl kein sonderlich feines Leben mehr. Denn das war ihm klar: Wenn's um ihre Ehre ging, waren die Bauernschädel zu jedem Meineid bereit und hielten zusammen wie Pech und Schwefel.

Der Metzger indes musste mit dem Schlimmsten rechnen. In panischer Angst, doch noch entdeckt zu werden, startete er den Motor und stob über Wolfsau nach Spechting und von da aus weiter zu seinem Hof, ohne dass die zwei Opfer erkennen konnten, wer da von dannen raste. Er stellte den Wagen zurück in die Schupf und versteckte die beiden Farbkübel mit den Pinseln unter einem Reisighaufen. Dann schlich er sich in die Schlafkammer und legte sich neben die Finni, die so gewaltig dalag wie die »Patrona Bavariae«; über ihrem regelmäßig wogenden Busen spannte sich das Nachthemd mit Enzian und Alpenrosen. Der Sepp hatte beträchtliche Mühe mit dem Einschlafen, und in seiner großen Not seufzte er ein knappes Nachtgebet, das erste seit Jahren:

»Herrgott, mach, dass de mia nia draufkemman, was i g'macht hab. A Zwanzger für 'n Opferstock is dir g'wiss.« Und als hätte es der Herrgott bloß aufs Geld abgesehen, ließ er den Sepp alsbald einschlafen.

Beim Metzger Sepp hatte alles seine Ordnung. Das lag in der Natur der Sache, denn ein Bauer hatte sich in erster Linie nach den Gepflogenheiten des Viehs zu richten und stellte darauf seine eigenen Gewohnheiten ab. Diese Ordnung wurde zu einem nicht unwesentlichen Teil auch vom »Millifahrer«, dem Milchtankwagenfahrer der Molkerei, bestimmt. Zum Metzger Sepp kam er jeden Morgen um viertel vor sieben, im Winter, wenn der Schnee hoch lag, auch mal um fünf Minuten später. Also mussten der Sepp und die Finni, die ohne Kinder geblieben waren, bereits um fünf Uhr mit dem Melken anfangen. Das war eine fürwahr unchristliche Zeit, und so hatte der Sepp sich an das Frühaufstehen auch nie gewöhnen können. Umso verwunderter war die Finni, als ihr Sepp am nächsten Tag schon um halb fünf am Küchentisch saß, ohne dass sie ihn hatte wecken müssen.

»Hunger hab i halt«, brummelte der Sepp mürrisch, als er den fragenden Blick seiner Bäuerin bemerkte. Das mochte stimmen, denn die Metzgersche Ordnung verlangte natürlich auch geregelte Essenszeiten, und die sauren Knödel hatte der Sepp am Abend zuvor ja verschmäht, weil er Wichtigeres zu tun gehabt hatte. So rumorte die ganze Nacht über sein Magen, der sich dieser Ordnung im Verlauf der letzten dreißig Jahre gleichfalls hatte anpassen müssen. Aber noch etwas ließ den Metzger Sepp sozusagen über Nacht zum Frühaufsteher werden: sein schlechtes Gewissen und die Angst, dass man auf ihn als den Urheber des nächtlichen Anschlags stoßen könnte. Also war's mit dem Hunger schließlich doch nicht so weit her; lustlos stocherte der Sepp in seiner Millisuppn, warme Milch mit eingeweichten Brotbrocken, herum. Die Finni war bereits im Stall, als sich der Sepp an der Kuchltüre noch einmal umdrehte, sich an den Gekreuzigten wandte, der inmitten welker Palmwedel im Herrgottswinkel hing und den er mit unterdrückter Stimme zur Kooperation ermahnte:

»Also denk dran. Wenn nix aufkimmt, is dir a Zwanzger sicher. I schwör's.«

Dann wühlte er in seinem Hosensack, zog einen Zwanzigmarkschein hervor und legte ihn deutlich sichtbar für seinen Herrgott auf den Küchenkasten.

Während der Metzger Sepp kurz vor acht Uhr den letzten Schubkarren voll Mist hinters Haus schob, saß der Limmer Georg in Spechting beim Kaffee. Sein Schädel brummte wie eine Bassgeige, und seine Stirn schmückte eine in sämtlichen Farben des Regenbogens schimmernde Beule. Er betrachtete sich im Spiegel und fand, dass ein dringender Besuch notwendig war: Als gelehriger Schüler der um Tricks und Finten nie verlegenen Bauern wickelte er sich also einen mächtigen Verband um den Kopf, beträufelte die Stirnseite mit roter Tinte, um durchsickerndes Blut vorzutäuschen, setzte sich ins Auto und fuhr die drei Kilometer bis zum Metzger-Hof.

Der Sepp saß in der Kuchl und las den »Miesbacher Merkur«, den ihm der Postbote gerade ins Haus gebracht hatte. Als der Limmer Georg in die Kuchl eintrat und mit kraftloser, geschmerzter Stimme einen »gesunden Morgen« wünschte, ließ der Sepp, der mit dem Rücken zur Türe saß, ganz langsam die Zeitung sinken, drehte nicht minder langsam seinen Kopf zur Seite und starrte den Limmer Girgl an, als wäre er eben des Leibhaftigen ansichtig geworden.

»Um Gott's will'n«, stammelte der Metzger Sepp, »dös hab' i net ...«

»Red ruhig weiter, Sepp«, munterte ihn der Limmer Georg auf, »hast nicht damit gerechnet, dass ich beim Schindler Franz mit im Auto sitz«, und lachend wickelte der Limmer seinen Verband ganz langsam vom Kopf, bis die harmlose, aber nichtsdestoweniger imposante Beule zum Vorschein kam.

»Jessas, bin i froh, dass dir net mehra passiert is. Aber du Lump hast mir mit dem Verband an schönen Schreck eing'jagt. Aber sag, was ist dem Schindler passiert?«

Und wieder bekam seine Stimme einen bedrückten Ton.

»'s Hirn hat er sich auch ordentlich ang'haut, und a Prellung am Hax'n hat er«, antwortete der Limmer. »Und sein Auto schaut auch nicht mehr so aus wie früher. Tausend Mark Schaden werden's schon sein.«

»Mei o mei, tausend Mark«, jammerte der Sepp, »i woaß ja a net, welcha Deifi mi da gritt'n hat. Aber der Schindler, der Hundling, hat mi mit seiner damischen Blinzlerei …«

»… und weil er die G'schichte mit den Fangeisen erzählt hat«, warf der Limmer ein.

»… ganz aus der Fassung 'bracht«, fuhr der Sepp ungerührt fort, und erst jetzt kam's ihm, was der Limmer da gesagt hatte.

»So, so, du woaßt es also a scho. Jetzt bin i direkt froh, dass der Jager an Binkl am Hirn und a Prellung am Hax'n hat.«

Als sei ihm im Moment etwas siedend heiß eingefallen, was er schon längst erledigen wollte, stellte sich der Sepp auf die Zehenspitzen, holte mit einer raschen Handbewegung den Zwanzigmarkschein vom Küchenkasten, wedelte damit in Richtung Herrgottswinkel und lachte bitter:

»Ha, ha. Mit dem Zwanzger für 'n Opferstock wird's nix. Hast mi ja sauber ausg'schmiert. Na, na, liaba Herrgott, den Zwanzger kriagt da Schindler Franz – oder da Wirt in Spechting.«

Und flink vergrub er den Geldschein wieder in seinem Hosensack.

»Und koan Ton zur Bäuerin, sonst untergrabst mei Autorität«, warnte der Metzger, packte den Limmer am Ärmel und zog ihn hinter sich her ins Freie. Es musste eben alles seine Ordnung haben, und durch

Autoritätseinbußen hätte diese Ordnung einen empfindlichen Knacks erlitten. Die 1000 Mark dagegen würde er, wenn alles seinen ordentlichen Gang ging, vergleichsweise leicht verschmerzen können.

Er ging mit dem Limmer Georg hinters Haus, wo die Selch war, öffnete die eiserne Türe, sodass das Tageslicht einen dämmrigen Raum erhellte, in dem an sechs Stangen übereinander etwa 30 Stück Geräuchertes hingen.

»Schnell, such dir zwoa Stückl aus, bevor d' Bäurin kimmt. Als Trostpflaster. Dös kannst dir nacha aufs Hirn leg'n oda selba fress'n, ganz wia 's mogst.«

Der Limmer nahm sich zwei ordentliche Schinkenstücke und fand, dass es ganz angenehm war, leicht verletzt zu sein. Dass die Sache zwischen dem Metzger Sepp und dem Schindler Franz letztlich doch noch gut für beide Teile ausging, war gar nicht selbstverständlich. Noch drei Tage später, als der Limmer Georg mit dem Jäger ein vermittelndes Gespräch führte, war dieser wild entschlossen, den Metzger vor Gericht zu bringen. Weil – davon war er felsenfest überzeugt – der Metzger immer wieder versuchen würde, ihm am Zeug zu flicken. »Der Hundling gibt doch koa Ruah, bis i wirklich amoi hi bin«, sagte er. Und wenn der Metzger eine Zeit lang im Gefängnis säße, dann hatte er wenigstens seine Ruhe.

»Schau, Franz«, gab ihm der Limmer zu bedenken, »erstens muss der Sepp wegen einer solchen Geschichte nicht ins Gefängnis, und zweitens würde er dir doch nur das Leben schwer machen, wenn du ihn zur Anzeige bringst. Du willst ja in seinem Holz jagen, du bist doch auf ihn angewiesen.«

»Hm, hm«, brummte der Schindler Franz und fand mehr und mehr Gefallen an der Idee, sich großzügig zu zeigen. Der Metzger hatte seinen Schrecken ja schon reichlich abgekriegt. »Also guat«, meinte der Schindler schließlich, und was er dann sagte, klang fast feierlich: »I verzeih's dem Bazi. Aber beim nächst'n Unfall, bei dem i net selber hundertprozentig schuld bi, ist da Metzger dran.«

Der Metzger zahlte auch willig die Autoreparatur in Höhe von 1200 Mark, und die drei versprachen sich hoch und heilig, nie etwas in der Wirtschaft oder anderen gegenüber über den peinlichen Unfall verlauten zu lassen.

Als der Limmer Georg wieder daheim war, setzte er sich in sein kleines Zimmer im Obergeschoss, das er zum »Denken« eingerichtet hatte; oder zum Nachdenken, ganz nach Bedarf. Als er noch in der Großstadt lebte, wo die Mieten schier unerschwinglich waren, da hatte er immer von solch einem Zimmer geträumt. Damals fand er es eher traurig, dass er zum Denken oder Nachdenken ein besonderes Zimmer brauchte. Jetzt hatte er seinen Hof, und das kleine Zimmer oben links benützte er nur für Denk-Zwecke, wenn er nach der Arbeit Zeit zum Grübeln fand. Es war nüchtern und ablenkungsfrei eingerichtet. In der Mitte stand ein Tisch, davor ein Stuhl, sonst nichts. Nur Boden, Decke, vier Wände und zwei Fenster, deren Vorhänge immer zugezogen waren. Dem Höck Lukas hatte er einmal das Zimmer gezeigt und ihm dessen Sinn erklärt. Daraufhin hatte ihn der Luk in sanftem Ton für verrückt erklärt. Klar, dass die Bauern darüber anders dachten: Ein Denk-Zimmer, wie es der Limmer Georg hatte, war unverständlicher, völlig überflüssiger Luxus und wurde von denen, die davon wussten, nur milde belächelt. Nicht, dass sich die Bauern aus Nachdenken nichts gemacht hätten. Aber dafür war das Wirtshaus da. Das Wirtshaus war alles für sie: Ort zum Denken, Spielhölle, Platz zum Austausch von Neuigkeiten jeder Art, Treffpunkt für Problembeladene, Marktplatz und Beichtstuhl zugleich. Was der Limmer indessen an Eigenbrötlerischem trieb, war fast schon ein bisschen Anarchie. Nichts Beunruhigendes zwar, denn man hatte ihn ja weitgehend unter Kontrolle; *einen* braven Außenseiter konnte man sich schließlich in dieser aufmerksamen Großfamilie von Gottesfürchtigen und Gesetzestreuen leisten – einen »Stadtfleck« eben, der in ihrer Mitte zwar so etwas wie ein kleiner Bauer geworden war, aber eben doch ein »Zuag'roaster« blieb.

Angesichts dieser unbestreitbaren Tatsache befand sich der Limmer Georg nach wie vor in einem Zwiespalt. Einerseits war er mehr als angetan von der Hand voll Menschen, die in und um Spechting lebten. Er war vernarrt in seinen Hof und in dieses Wirtshaus, in dem ganz gewöhnliche Menschen so gänzlich gewöhnliche und auch ungewöhnliche Dinge taten und erlebten. Andererseits vermisste er doch hin und wieder die Konzerte von früher, das Theater, die Gespräche mit den Freunden und Kollegen. Vielleicht, so überlegte er, spielte er hier auch nur die Rolle des Exoten, des Weitgereisten, dem man interessiert zuhörte, wenn er von Afrika oder Australien erzählte. Seine Geschichten weckten eine staunende Sehnsucht, vor allem bei den jungen Burschen, die nicht durch die Bank zufriedene

Bauern waren, nicht um jeden Preis an ihrer Scholle und der ererbten Idylle hingen. Für sie war das, was der Stadtfleck für sich als Hintertür zum Paradies entdeckt hatte, nichts als ein Platz, an dem hart gearbeitet wurde. Zwar gab es nie Langeweile, aber Weile genug. Und vielleicht war dies mit ein Grund, weshalb sie immer noch zu Hause, auf ihren Höfen waren.

14

Georg Limmer war nicht der einzige »Zuag'roaste« im Dorf. Es gab noch einen, und der hatte vor gut und gerne fünfzehn Jahren dem Zwickl Balthasar ein Grundstück abgeschwatzt. Für ein Butterbrot war es damals hergegangen, und auch nur, weil der hartnäckig feilschende Rummel Kasimir ein Polizist war. Kein hohes Tier, aber immerhin ein Land-Gendarm mit nützlichen Beziehungen zu nützlichen Beamten in den kreisstädtischen Behörden. Der Balthasar hatte nicht ahnen können, welche Laus er sich und der ganzen Dorfgemeinschaft in den Pelz setzen würde. Wie einen Schutzheiligen hatte er den Polizisten verehrt, der in seiner grünen Uniform so schneidig und Respekt gebietend aussah. In seiner Jugend hatte der Zwickl Balthasar auch immer Gendarm werden wollen, aber da er der älteste Sohn war, musste er schon beizeiten den Hof übernehmen. Seine unverrückbaren Vorstellungen von Recht und Ordnung, von allem was sein musste und was nicht sein durfte, waren bis ins hohe Alter in ihm dringeblieben. Dass er der Einzige im Dorf war, dem die unmittelbare Nachbarschaft eines Polizisten recht gelegen kam, focht den Balthasar nicht im Geringsten an. Es war sein Grund und Boden, und mit dem konnte er machen, was ihm beliebte.

War er auch ein komischer Kauz, der mit dem Verkauf von Weideland als Baugrundstück gegen die guten Dorfsitten verstoßen hatte, so hatte doch jeder Spechtinger dem kränkelnden und fast siebzigjährigen Zwickl Balthasar einen schönen, leisen Tod gewünscht. Doch es kam ganz anders.

Es war einen Tag vor Heiligabend. Schneeflocken tanzten vor den hell erleuchteten Stallfenstern, und es war bitter kalt. Draußen lag schon fast ein Meter Schnee, und es versprach ein friedliches Fest zu werden. Wie jeden Abend, wenn er von der Kreisstadt nach Hause kam, stapfte der Rummel Kasimir hinüber zum Zwickl-Hof, um frische Milch zu holen. Obwohl er schon kurz vor der Pensionierung stand, befähigte ihn seine untersetzte, kräftige Erscheinung immer noch, zumindest dem alten Zwickl Respekt einzuflößen. Mit einem herzhaften Ruck öffnete der Hauptwachtmeister Rummel die Stalltüre, sodass ein eisiger Windhauch über die Rücken der erschreckten Kühe strich.

»Zwickl, i brauch a Milli!« Seine Stimme klang wie Säbelrasseln, und was er sagte, war ein Befehl. Der Theres, der Bäuerin, wäre vor Schreck beinahe das Melkgeschirr aus der Hand geglitten, das sie gerade am schlaffen Winter-Euter einer Kuh anzubringen versuchte.

»Jessas, der Herr Rummel«, stöhnte die Theres und deutete mit einer kurzen Kopfbewegung nach oben. »Der Bauer is drob'n im Heustock. Er schmeißt grad 's Futter fürs Vieh oba.«

Auch dem Zwickl Balthasar, der über dem Stall mit der Heugabel herumwerkte, war die Ankunft seines Nachbarn nicht entgangen. Wenn er auch mit den Augen in letzter Zeit ziemlich Ärger hatte, seine Ohren waren immer noch in Ordnung.

»I kimm scho, Herr Rummel. I kimm ja scho«, krächzte der alte Zwickl, der gerade anfangen wollte, das Heu durch eine Luke in den Stall hinunterzuwerfen.

Plötzlich rumpelte es im Heustock, ein paar Büschel Heu fielen von der Decke auf den Stallboden, und dann folgte mit einem gellenden Schrei der Zwickl Balthasar. Kopfüber stürzte er durch die Heuluke und schlug mit dem Schädel auf dem steinernen Stallboden auf. Regungslos blieb er liegen. Mit einem entsetzten Aufschrei rannte die Theres zu ihrem Mann, über den sich bereits der Rummel gebeugt hatte. Er fühlte den Puls und presste sein Ohr gegen die Brust des Gestürzten, in der sich bereits nichts mehr rührte; aus seinem Mund sickerte ein dünner Blutfaden. Der Zwickl Balthasar hatte sich das Genick gebrochen. Der Polizist drückte dem Toten die Augen zu, und erst jetzt begriff die Theres, dass es aus war mit ihrem Mann. Während sie von Weinkrämpfen geschüttelt vor der Leiche ihres Balthasar kniete, erhob sich der Gendarm Rummel, fingerte aus der Innentasche seiner Uniform einen Notizblock und einen Kugelschreiber hervor und sagte ganz beiläufig zu der immer noch am Boden knienden Theres: »Zwicklerin, mein aufrichtiges Beileid.« Er befand sich schon mitten im Dienst, indem er notierte und das zu Notierende vor sich hin murmelte: »Name, Geburtsdatum, Geburtsort und so weiter. Todesursache: Sturz vom Heustock auf den Stallboden. Todesart: Vermutlich Genickbruch. Fremdverschulden scheidet aus. Zeugen: Kasimir Rummel, Polizeihauptwachtmeister, Theresia Zwickl, nunmehrige Witwe des Verstorbenen.« Und weil der Gendarm Rummel ein gewissenhafter Hauptwachtmeister war, ging er auch noch hinauf in den Heustock und stellte mit geübtem Blick fest, dass der Zwickl Balthasar über den Stiel seiner Heugabel gestolpert war, was er natürlich auch notierte.

Es wäre ungerecht gewesen, dem Polizisten angesichts des Unglücks, das in Sekundenschnelle über die Zwickl Theres hereingebrochen war, Hartherzigkeit oder Gefühlskälte zu unterstellen. Er war halt immer im Dienst, und allzu viel menschliche Zuneigung hatte er für den Bauern Zwickl ohnehin nie zu entdecken vermocht. Eigentlich hatte er die Bauern noch nie leiden können. Der Mist, der Gestank – überhaupt das ganze Drumherum hatte er nie mit seinem keimfreien Leben in Einklang bringen können, in dem immer alles sauber war und nach Rasierwasser und Haarpomade roch.

Noch am selben Abend kam der Arzt aus Miesbach und stellte den Totenschein aus. Für die Theres war dies eine zusätzliche Qual, weil sie es nun auch noch schriftlich hatte, dass ihr Balthasar tot war.

Am nächsten Tag war Heiligabend, ein Samstag. Dann kamen die beiden Weihnachtsfeiertage. Weil an Sonn- und Feiertagen nicht beerdigt wurde, blieb der alte Zwickl drei Tage lang in der Spechtinger Kirche aufgebahrt, was weiter nicht schlimm war, weil die bittere Kälte im Gotteshaus den Leichnam frisch hielt. Die Leichenfrau hatte ihn besonders hübsch gemacht, auf seine blassen Wangen etwas Rouge aufgelegt, einen schnurgeraden Mittelscheitel gezogen und seinen buschigen Schnauzbart gebürstet, weil doch Weihnachten war. Und alle Spechtinger, die an dem offenen Sarg vorbeizogen, fanden, dass der Balthasar im Leben nicht halb so gut ausgesehen hatte wie im Tod.

Das alles war vor gut zehn Jahren passiert, und der Limmer Georg kannte die Geschichte auch nur vom Erzählen. Der Rummel Kasimir war inzwischen hoch in den Siebzigern, aber Polizist war er immer noch mit Leib und Seele – auch im Ruhestand. Und wenn es irgendein Gesetz gegeben hätte, das Polizeibeamte erst mit ihrem Tod in den Ruhestand versetzte, der Rummel Kasimir hätte es mit Sicherheit genützt. Jetzt indessen züchtete er Tauben, Lauch und Radieschen, und das war ihm einfach zu wenig.

Es war wieder einmal Herbst geworden. Die Wiesen rund um Spechting hatten sich zu grauen Matten verfärbt, das Laub der Rotbuchen schien zu glühen, und die gut zwei Meter hohe Hecke, die das Haus des Rummel Kasimir wie ein Schutzwall umgab, leuchtete gelb in der Herbstsonne. Und weil Herbst und Winter eine Menge Weile mit sich bringen, ließ es der Höck Lukas auf dem elterlichen Hof gemütlicher laufen als sonst. Manchmal wusste er nicht mehr, was er mit seiner Freizeit anstellen sollte, und da besuchte er seinen Freund, den Limmer Georg.

»Geh, Girgl, dreh'ma a Rund'n ums Dorf. Vielleicht rührt si was beim Rummel. Der hat um die Zeit immer seine Herbst-Manöver«, sagte der Luk, und als ihn der Limmer verständnislos anschaute, lachte er: »Kimm weiter! Wirst's scho sehn.«

Die beiden liefen die Dorfstraße entlang und bogen hinter dem Ortsschild nach links in den Weg ein, der sich zum Rummelschen Haus hinaufschlängelte. Und da war es auch schon deutlich zu hören: »Plopp, plopp, plopp.«

Während der Höck Lukas den Zeigefinger auf die Lippen drückte, pirschten sich die beiden in gebückter Haltung bis zur Hecke. Dann legten sie sich auf den Bauch und konnten so durch das Geäst ins Innere des Gartens schauen. Was sie zu sehen bekamen, ließ den Limmer Georg daran zweifeln, ob er noch auf dieser Welt sei.

Im Garten verteilt, unter Apfel- und Zwetschgenbäumen, an den Hausecken und sogar im Regenfass waren lebensgroße Pappfiguren aufgestellt, wie sie bei Polizei und Militär für Schießübungen verwendet werden. Hinter dem Komposthaufen hatte der Rummel Kasimir seinen Kleinwagen in Deckung gebracht. Er selbst kauerte hinter der geöffneten Wagentüre und feuerte mit einem Luftgewehr in die Luft: »plopp, plopp, plopp.«

Der Limmer starrte seinen Freund an und flüsterte:

»Luk, zwick mich. Ich kann's nicht glauben.« Der Luk legte wieder seinen Finger auf die Lippen und deutete mit dem Kopf zum Rummel hinüber. Was da passierte, war zu komisch.

Der Rummel Kasimir legte gerade sein Gewehr ins Gras und holte aus seinem Auto den ausgedienten Trichter eines Feuerlöschers, den er sich als Megafon vor den Mund hielt. Dann hallte seine schnarrende Stimme durch den Obstgarten: »Achtung, Achtung! Hier spricht die Polizei. Das Haus ist umstellt! Sie haben keine Chance! Kommen Sie mit erhobenen Händen heraus. Gegenwehr ist zwecklos!«

Ein paar Sekunden vergingen, dann öffnete sich langsam die Haustüre, und ins Freie trat mit erhobenen Händen – Erna, die Frau des Rummel Kasimir. In der Rechten hielt sie eine grüne Spielzeugpistole und machte ein Gesicht zum Gotterbarmen. Und wieder schnarrte die Stimme des Ex-Polizisten: »Werfen Sie die Waffe ins Gras, und kommen Sie mit erhobenen Händen zu mir.«

Erna befolgte auch diesen Befehl, und während sie langsam auf den Komposthaufen zuging, erhob sich der Rummel zu seiner vollen Größe von einsachtundsechzig, und jetzt war es wirklich wie im Kino. Der »Einsatzleiter«, bekleidet mit Stahlhelm und geflecktem Kampfanzug, das Luftgewehr auf seine Frau gerichtet, wandte sich an die zwei Pappfiguren, die zu seiner Linken an einen Zwetschgenbaum gelehnt waren.

»Festnehmen!«, befahl er, und damit war die Übung beendet.

Erna ließ sich erschöpft ins Gras fallen und jammerte:

»Mei, Kasimir! I kann nimmer. Deine Übungen mach'n mi ganz hin. Könnt ma denn net amoi mitanand zum Schwammerlsuch'n geh? Immer bloß Überfall und Schiaß'n. Du bist doch koa Polizist mehr.«

»Ein Polizeibeamter ist immer im Dienst, auch wenn er seine Pension bezieht«, gab der Rummel barsch zurück. »Und morgen probier'n wir eine neue Variante: I stürm dös Haus, und meine Leut geb'n mia Feuerschutz.« Und dabei deutete er mit dem ausgestreckten Arm auf die Pappkameraden, die grau und stumm im Garten umherlehnten.

Während die beiden Lauscher geräuschlos den Rückzug antraten, flüsterte der Limmer Georg dem Luk ins Ohr: »Luk, jetzt weiß ich's. Dein Dorf ist in guten Händen.«

Der Limmer Georg hatte für Polizisten noch nie allzu viel übrig gehabt. Dass sie in diesem Staat allgegenwärtig waren, war wohl unabänderlich; seine Sympathien indes würden sie wohl nie bekommen. Pensionierte Gendarmen hingegen waren ihm gleichgültig, weil die ja nicht mehr unter dem schützenden Mantel ihrer Befugnisse Schaden anrichten konnten. Mit dem Ruheständler Kasimir Rummel war das alles ganz anders. Er befand sich immer auf Wach-Gang, einen Leerlauf durfte es in seinem aus Recht und Ordnung gezimmerten Leben nie und nimmer geben. Ein rechter Kotzbrocken war dieser Kerl, der seine Augen und Ohren immer und überall offen hielt. Ging er am Sonntag am Wirtshaus vorbei, so unterließ er es nie, einen prüfenden Blick auf die Reifenprofile der dort abgestellten Autos zu werfen. Schien ihm ein Pneu zu glatt, so heftete er entweder einen Zettel mit der Aufschrift »Reifen abgefahren. Gez. Rummel, Polizeihauptwachtmeister i. R.« an die Windschutzscheibe, oder er erstattete gleich Anzeige bei der Inspektion in der Kreisstadt. Den Wegscheider Martl hatte er schon einmal erwischt, wie der mit seinem Traktor 200 Meter weit auf der Dorfstraße fuhr, um einen Odelbanzen zu holen. Dass die TÜV-Plakette für eine solche Fahrt auf öffentlichen Straßen auf dem Nummernschild fehlte, hatte der Rummel gesehen, ohne genau hinzuschauen.

Zwei Wochen später hatte der Wegscheider eine Anzeige am Hals.

Jeden andern hätten die Spechtinger Bauern in einem ähnlich gelagerten Fall zum Teufel gejagt. Der Rummel Kasimir hingegen blieb unbehelligt, auch wenn sie ihm am Wirtshaustisch in seiner Abwesenheit nichts Gutes wünschten. Für die Spechtinger war er immer noch ein Polizeibeamter, und da schien es ratsam, gedämpfte Demut zu zeigen.

Der Limmer Georg indessen mochte nicht demütig sein; also ersann er einen bösen Plan. Was er vorhatte, war so böse, dass er nicht einmal den Höck Lukas ins Vertrauen zog. Er wollte dem Rummel seine Räuber-und-Gendarm-Spielchen ein für alle Mal vermiesen. Und zwar schon am nächsten Tag.

Das war ein Samstag. Ein sanfter Westwind schüttelte die Bäume. Es war warm und sonnig, ideales »Manöverwetter«. Nach dem Mittagessen, kurz nach eins, schulterte der Limmer Georg einen kleinen Leinensack und stapfte bergan, über graue abgemähte Wiesen, bis zum nahen Wald. Er wollte zum Rummelschen Haus, hatte sich jedoch für einen kleinen Umweg entschieden, um nicht gesehen zu werden. Nach einer knappen Viertelstunde erreichte er unbemerkt die Hecke, die das Haus des Polizisten umgab. Mühelos fand er das Loch wieder, durch das er tags zuvor zusammen mit dem Höck Lukas die Schießübungen des Ex-Polizisten beobachtet hatte. Der Limmer Georg legte sich auf den Bauch, öffnete den Leinensack und kramte seine Kleinbildkamera hervor, die er schon daheim mit dem Weitwinkel-Objektiv bestückt hatte, das er noch aus seinen Zeiten in der Stadt besaß. Er brachte die Kamera in Anschlag und wartete. Noch rührte sich nichts. Die grauen Pappkameraden lehnten immer noch unter den

Obstbäumen, Rummels Kleinwagen parkte hinterm Komposthaufen.

Es dauerte fast eine Stunde, bis der Rummel kam. Auch heute hatte er wieder Großes vor: Den kahlen Schädel unter dem Stahlhelm verborgen, eingewickelt in den viel zu großen gefleckten Tarnanzug, in der Rechten die grüne Spielzeugpistole, mit der am Vortag seine Frau Widerstand hatte vortäuschen müssen. Wenige Schritte hinter ihm folgte Erna in einer lustig geblümten Kittelschürze, das Luftgewehr in der Rechten.

»Also du kennst meinen Plan«, kommandierte der Rummel. »Du und die andern, ihr gebt mir Feuerschutz, und i stürm' dös Haus.«

Frau Erna nickte, als habe sie alles begriffen. Und während sie im Schutze des Komposthaufens Stellung bezog, kam der Rummel dem Limmer so nahe, dass dieser fast schon dessen tarngefleckten Beine hätte greifen können.

Im Garten herrschte für ein paar Sekunden Stille. Es war die Ruhe vor dem Sturm, und als der losbrach, hätte der Limmer um ein Haar die Beherrschung verloren, so unglaublich komisch war das, was nun passierte.

Mit einem gellenden Schrei rannte der Rummel im Zickzack durch den Garten, warf sich bäuchlings hinter schützende Rhabarberstauden, sprang wieder auf, lief abermals Zickzack, während seine Rechte die grüne Spielzeugpistole umklammert hielt. Und hinter dem Komposthaufen gab ihm seine Frau pausenlos »Feuerschutz« und schrie unablässig: »Peng! Peng! Peng!«

Der Limmer fotografierte die Szene, was das Zeug hielt. Inzwischen hatte der Rummel das Haus erreicht. Schwer atmend stand er mit dem Rücken zur Wand neben der Haustüre, die er jetzt mit einem kräftigen Stiefeltritt aufstieß. Die Pistole im Anschlag, sprang er mit einem federnden Satz, der einem Dreißigjährigen Ehre gemacht hätte, in den Hausgang.

Zwei, drei Minuten später erschien er keuchend, aber offensichtlich zufrieden mit dem Ausgang seines Sturmlaufs, auf dem Balkon im ersten Stock. Und wie er da stand, umgeben von roten Geranien, der Stahlhelm war ihm im Eifer des Gefechts tief übers linke Ohr gerutscht, musste ihn der Limmer Georg einfach nochmals ablichten.

Völlig außer Atem krächzte der Siegreiche: »I hab' den Kerl. Übungsende!«

Erna kroch hinter dem Komposthaufen hervor, an ihrer bunten Kittelschürze klebte faules Gras.

Als die beiden im Haus verschwunden waren, machte sich der Limmer unbemerkt auf den Heimweg. Noch am selben Abend entwickelte er den Film in seinem kleinen Fotolabor, das er sich unlängst in einer Ecke des Stalls eingerichtet hatte. Er konnte sich gar nicht satt sehen an den Bildern. Den letzten Teil seines bösen Plans wollte er nach Mitternacht vollenden, wenn im Dorf alles schlief.

Der nächste Tag war ein Sonntag. Es war nicht unbedingt die tiefe Gläubigkeit seiner Schafe, der Pfarrer Adolf Obinger einen gleich bleibend guten Besuch des Gottesdienstes zu verdanken hatte. Vielmehr war es nicht empfehlenswert, im Dorf aus der Reihe zu tanzen. Und kam einer gar zu spät ins Gotteshaus, so scheute Hochwürden auch nicht vor einem herben Wort des Tadels zurück, das er dem Säumigen direkt von der Kanzel aus unter die Nase rieb. Um dieser Maßregelung vor kompletter Gemeinde nicht anheim zu fallen, versammelte sich die Mehrzahl der Spechtinger in der Regel schon eine Viertelstunde vor Beginn der sonntäglichen Liturgie in der Nähe der Kirche.

So geschah es auch an diesem Sonntag, und alsbald zeigte sich, dass es gerade heute gut war, etwas früher da zu sein. Um die große, hölzerne Anschlagtafel, gleich neben der Friedhofmauer, hatte sich ein Dutzend Männer und Frauen geschart. Die Erregung überschlug sich, was kein Wunder war, da es Unglaubliches zu sehen gab. Auf dem Brett waren ein halbes Dutzend Fotos angeklebt. Sie zeigten den Rummel Kasimir im Kampfanzug mit Stahlhelm bäuchlings hinter Rhabarber, im Sprung über einem Salatbeet und siegreich auf dem Balkon inmitten fetter Geranien. Die Bilder zeigten auch Erna, seine Frau, mit dem Gewehr im Anschlag und großen Blumen auf der Kittelschürze. Und über all dem ein schwarzer Schriftzug auf weißem Karton: »Spechtinger, ihr seid in guten Händen.«

Nun war den meisten Spechtingern zwar bekannt, wie schwer es dem Rummel vor etlichen Jahren gefallen war, Abschied vom aktiven Polizeidienst zu nehmen. Auch wussten fast alle von seinen Schießübungen im eigenen Garten. Dass er es mit seinen Reaktivierungsversuchen so weit trieb, war indessen neu. Der Wegscheider, dem der Rummel ja schon einmal zu einer Anzeige verholfen hatte und der ihm deshalb schon längst nicht mehr grün war, starrte gebannt auf die Fotos und stammelte fassungslos:

»Dös darf net wahr sein. Ja, dös gibt's doch net. Ja, gibt's denn so was. Ja, so a Hirsch, so a damischer.«

Und als sei sein Kopfschütteln und sein wiederholtes »Dös gibt's doch net« ein Signal zum Beginn allgemeiner Entrüstung, stimmte der Brandl Leonhard mit ein:

»Da schaug her, wia der Rummel no springa ko, und dabei jammert er ständig, wie schlecht's seine Gichthax'n geht. So a Pharisäer, so a trauriger.«

Angewidert wandte sich der Brandl ab, der Rohwein Albert, der alle um Haupteslänge überragte, machte seinen Hals noch länger, weil er einen schlechten Platz in der letzten Reihe erwischt hatte, und glickerte wie ein Lamm:

»Hi, hi, hi. Dös gibt an Ärger. Hi, hi, hi. Den Rummel trifft da Schlag, wann a dös sieht. Hi, hi, hi.«

Jedem war klar, dass der Rummel Kasimir die Fotos schwerlich selbst aufgehängt hatte. Einige von ihnen waren des Fotografierens ein wenig kundig, der Metzger Sepp hatte es gar zu einer oftmals bestaunten »Meisterschaft« als Lichtbildner gebracht, was einmal im Jahr offenbar wurde, wenn er im Wirtshaus die Dias vorführte, die er im Laufe des Jahres im Stall und auf der Weide geschossen hatte. Da der Metzger Sepp den Rummel jedoch kaum kannte, geschweige denn einen plausiblen Grund hatte, den Ex-Polizisten öffentlich zu verunglimpfen, wurde er schnell vom Tatverdacht befreit.

Im allgemeinen Kichern und Grübeln merkte keiner, dass von weiter hinten bereits Unheil drohte. Eilig näherte sich die Rummel Erna, flankiert von ihrem Mann und dem Pfarrer Obinger. Noch konnten die drei nicht sehen, was die Ursache für die schnatternde und kichernde Versammlung war. Die Menge verstummte, ein Spalier tat sich auf, und während Hochwürden immer noch nicht so recht begriff, was passiert war, schlug sich die Rummel Erna bereits mit einem spitzen Aufschrei die Hände vors Gesicht. Bevor ihr Mann, der Kasimir, sie zu fassen kriegte, drehte sie sich um und rannte die Dorfstraße hinauf – laut weinend und schreiend:

»Mei, o mei! Die Schand! Der Spott! I hab's ja g'wusst, dass dös ganze Theater bloß Verdruss bringt.«

Zwei Dutzend Augenpaare verfolgten groß die flüchtende Erna Rummel. Ihr Kasimir, Hauptziel des Hohns, dachte allerdings nicht an Flucht. Während sich in seinem Gesicht ein gefährliches Wechselspiel der Farben vollzog, nachdem er die Bilder ein paar Augenblicke lang auf sich hatte wirken lassen, begann er mit schnarrender Stimme, den Fall zu klären: »Wer hat dös fotografiert?«

Diese Frage kam so unverhofft, dass die Umherstehenden nur verdutzt schwiegen. Der Inglfinger Korbinian fand als erster »passende« Worte:

»Der Hanfstaengl aus München, der Königlich Bayerische Hoffotograf, wird's halt g'wes'n sein.«

Fast alle lachten.

»Oda da Verfassungsschutz«, schrie jetzt der Brandl Leonhard.

Wieder lachten fast alle.

Selbst der Rummel begriff jetzt, dass der Urheber dieser Aktion, die ihn bis ins Mark getroffen hatte, nicht hier und nicht heute zu ermitteln war. Dazu gehörte Geduld. Und davon hatte er ja reichlich.

Dann gingen alle in die Kirche, und während sich Pfarrer Adolf Obinger in der Sakristei das Messgewand überstreifte, murmelte er verdrossen, weil der Rummel Kasimir sein Freund war:

»Pfui, sag' ich da bloß. Den armen, alten Mann so zu verhöhnen. Ich wünsch dem Übeltäter ja nix Schlimmes. Wenn er ein Christ ist, wird's ihm der Herrgott vielleicht verzeihen. Wenn er keiner ist, dann ist er schon gestraft genug. Pfui und nochmals pfui.«

Nach dem Introitus warteten alle gespannt auf die Predigt. Die Bauern kannten ihren Pfarrer, der seit über 30 Jahren die Gemeinde versorgte. Und so wussten sie auch, dass Hochwürden die Predigt gerne zum Anlass nahm, um auch zu profanen Dingen deutlich Stellung zu nehmen. So wie damals, als einer im Dorf verbreitet hatte, dass »Paulus«, der Zehn-Kilo-Kater des Pfarrers, eine geile Bestie sei, die nicht einmal vor minderjährigen Kätzinnen Halt mache. Den Pfarrer Obinger hatte diese Verleumdung so schwer getroffen, dass er den größten Teil der Sonntagspredigt der Rehabilitierung seines Katers und den böswilligen Unterstellungen des Denunzianten widmete.

Inzwischen hatte Pfarrer Obinger die 23 Stufen bis zur Kanzel erklommen. Er stützte seine Arme auf die kunstvoll geschnitzte Brüstung und blickte drohend auf seine Schäfchen herab. Der Brandl Leonhard, der in der letzten Bank saß, gab dem Wegscheider Martl mit dem Ellenbogen einen Stoß in die Rippen und flüsterte:

»I wett' mit dir a Maß Bier, dass er jetzt glei mit der G'schicht vom Gendarm ofangt.« Die Maß Bier wäre dem Brandl sicher gewesen, wenn sich der Wegscheider auf die Wette eingelassen hätte. Denn im selben Moment begann auch schon die priesterliche Schelte:

»Liebe Gläubige«, hob Hochwürden Obinger an, und seine Stimme klang verdächtig nach Güte. Doch dann ging's los. Wie ein Gewitter brauste die Stimme des Gottesmannes durchs Kirchenschiff:

»Eine Riesensauerei ist heute in eurem Dorf passiert. Ein Mitbruder wurde öffentlich verhöhnt und verspottet. Ein Mann, der sich in jahrzehntelangem selbstlosen Einsatz als Polizeibeamter den Respekt aller verdient hat, wurde von einem schwarzen Schaf in unserer Gemeinde als Dummkopf lächerlich gemacht. Sollte dieser Jemand unerkannt und anonym bleiben, so möchte ich ihm an diesem heiligen Ort zurufen: Pfui! Pfui! Pfui! Und das versprech ich ihm: Der Allerhöchste wird sich für ihn etwas Besonderes einfallen lassen …«

Fast eine Viertelstunde predigte Hochwürden dann von Nächstenliebe und Gemeinsinn und dass doch alle Mitglieder eine große christliche Familie seien. Die Zeit bis zum »Amen« wurde unendlich lang. Der Höck Lukas, der immer neben dem Hauptportal ganz hinten stand, weil ihm vom Weihrauch schon öfters übel geworden war, wartete auch dieses Mal nicht bis zum »Agnus Dei«, sondern stahl sich schon vor dem »Kyrie« aus der Kirche.

Im Eilschritt brachte der Luk die Strecke von der Kirche bis zum Haus des Limmer Georg hinter sich. Denn nur zu gut hatte sich ihm das eingeprägt, was ihm der Girgl vor zwei Tagen gesagt hatte, als sie von ihrer Lauschaktion beim Rummel Kasimir zurückgekehrt waren:

»Luk, jetzt weiß ich's«, hatte der Limmer gesagt, »dein Dorf ist in guten Händen.« Und der gleiche Text schmückte das weiße Pappschild, das über den Fotos befestigt war. Für den Luk war die Sache klar.

Der Limmer Georg wäre natürlich nur zu gerne dabei gewesen, als die »Riesensauerei« ruchbar wurde. Aber damit hätte er sich unweigerlich selbst als Täter entlarvt, denn seit er im Dorf lebte, hatte er noch nie einen Gottesdienst besucht. Warum also grade heut? Diese Frage wäre wohl von der Mehrzahl der Spechtinger leicht zu beantworten gewesen. Und auch vom Rummel Kasimir.

Der Höck Lukas rauschte wie ein Orkan in die Stube, in der der Limmer Georg gerade über seiner Milchabrechnung brütete.

»Limmer, du Rindviech! Ja du ganz damischer Hund, du damischer. Den Rummel muaß er fotografieren. Und de Buidl'n a no aufhänga. Freilich, du bist ja a ganz a G'scheiter. Dem Stadtfleck war sicher z'wenig Leb'n im Dorf. Aba dös schwör i dir: Jetzt wird's lebendig im Dorf. Da Rummel is ganz narrisch, sei Frau hat g'woant, und da Pfarrer hat sogar vo da Kanz'l plärrt.«

Der Limmer Georg hatte sich auf seinem Stuhl zurückgelehnt und den Lukas interessiert angeschaut. Jetzt beugte sich der Luk, der inzwischen auf einem Stuhl Platz genommen hatte, über den Tisch, stützte sein Kinn auf die Tischplatte, sein Mund wurde wieder einmal ganz schief, und in seinen Augen leuchtete Tücke:

»Hast Glück, dass i dei Freund bin. Von mia erfahrt niemand nix. I gönn's ja dem nixnutzig'n Haderlump'n ... Vielleicht bleibt er jetzt a Zeit lang dahoam, weil er si' so schämt. I hab' eh scho' lang drauf g'wart, dass er mi ozoagt, weil i doch so miserable Reif'n auf mei'm Auto hab. Jetzt ko i 's no a bisse drauflass'n.«

Dass der Rummel Kasimir für die nächste Zeit aus schierer Scham daheim bleiben würde, erwies sich schon bald als Trugschluss. Wie ein böser Schatten geisterte er in den nächsten Wochen durchs Dorf. Die Bilder hatte er noch am selben Tag von der Anschlagtafel entfernt und in sein dickes Fotoalbum eingeklebt. Gegen die Fotos an sich hätte er auch nie etwas einzuwenden gehabt. Dass sie jedoch auf eine derart hinterhältige Art und Weise der Öffentlichkeit zugänglich gemacht worden waren, das hatte ihn zutiefst verletzt. Und wenn es sein letzter »Fall« wäre, er würde ihn aufklären.

Es war sein allerletzter Fall. Vier Monate später starb der Rummel Kasimir, mitten im Winter. Er war fast 76 Jahre alt geworden, und einige im Dorf meinten, dass es nicht zu früh war. Hatte er auch einen sanften Tod, so muss das Sterben für den alten Rummel doch furchtbar gewesen sein, weil ihm die Aufklärung seines allerletzten Falls versagt geblieben war. Seine letzten Worte waren:

»Den Kerl krieg i scho no, der wo die Fotos g'macht hat.« Als sein Leichnam in der Spechtinger Kirche aufgebahrt wurde, legte Erna, seine Witwe, ein rotes Samtkissen auf den Sarg. Darauf lagen das Eiserne Kreuz, das Verwundetenabzeichen in Gold und die Verdienstmedaille der Bayerischen Landpolizei in Silber. So hatte es sich ihr Kasimir gewünscht.

Der Limmer Georg hatte immer geglaubt, dass der Rummel einer von jenen Menschen war, die man nicht vermisst, wenn sie tot sind. Er hatte eine Fülle negativer Eigenschaften besessen, die ihn entbehrlich zu machen schienen, und sein bisschen Hilfsbereitschaft und Warmherzigkeit hatten sich darauf reduziert, dass er im Winter den Spatzen und Meisen ein Vogelhäuschen in den Garten stellte. Doch als der Gendarm unter der Erde lag, schien dem Dorf ein nicht unwesentlicher Teil abhanden gekommen zu sein. Erna, die Witwe, war wenige Wochen nach dem Tod ihres Mannes zu ihrer Schwester nach Travemünde gezogen, nachdem sie das Haus an einen Münchner Geschäftsmann verkauft hatte.

Der Winter, in dem der Rummel Kasimir das Zeitliche segnete, schien zum Sterben wie gemacht zu sein. Kurz nach Weihnachten starb auch der alte Höck Hiasl im biblischen Alter von 98 Jahren. Er war der Großvater des Luk, und mit seinem Ableben ging der ganzen Familie ein lang gehegter Wunsch in Erfüllung, weil der Alte schon seit Jahren nicht mehr ganz richtig im Kopf war und seine Mitmenschen rund um die Uhr drangsalierte.

Es wurde eine große Beerdigung, über die man im Dorf und der näheren Umgebung noch lange sprach. Denn selbst erfahrene Beerdigungsgänger konnten sich nicht erinnern, dass bei einer Leichenfeier jemals annähernd so viel Bier und Schnaps gesoffen worden war wie beim alten Höck. Vereinzelt entdeckte man bei den Bauern zwar Spuren von Trauer und Wehmut, aber auch nur, weil die Höck Maria, die Wirtin, in der Früh um fünf dem lustigen Treiben mit Nachdruck ein Ende setzte und das Wirtshaus zusperrte.

Vier Wochen später erwischte es den Holzner Max. Die Nachricht von seinem Tod wurde mit tiefer Bestürzung aufgenommen, weil er erst 20 Jahre alt und noch dazu der einzige Sohn auf dem elterlichen Hof war. Beim Odelfahren war er mit seinem Traktor einen Abhang hinabgestürzt, aus dem Führerhaus geschleudert und von dem Odelfass erschlagen worden. Und kaum zwei Wochen später starb der Gstettner Toni, um den es, wie der Höck Lukas sagte, »wirklich schad war«.

Auch der Limmer Georg war sehr betroffen, weil der Toni ein Mensch gewesen war, dessen ganzes Leben aus Frohsinn und Lachen zu bestehen schien. Eine gute Haut, ohne Falsch und Hinterhalt, ein Bauer mit Umsicht und Erfahrung und ein Musiker mit Leib und Seele. Zwar war der Toni kein Spechtinger, was umso mehr für seine Klasse sprach, da er selbst als Nicht-Einheimischer in Spechting in hohem Ansehen stand. Es war gut, dass es ab und zu Menschen wie den Gstettner Toni gab, und es war ein Elend, dass er nur 40 Jahre alt wurde. Einen Großteil seiner Popularität und Beliebtheit hatte der Toni seinen musikalischen Fähigkeiten zu verdanken. Er spielte meisterlich Ziehharmonika und Zither und blies nicht minder fein auf dem Kornett. Der Limmer Georg hatte den Gstettner Toni zu einem Zeitpunkt kennen gelernt, als er am allerwenigsten mit dessen Bekanntschaft gerechnet hatte.

Es war mitten in der Nacht gewesen, so gegen drei. Es goss in Strömen und das schon seit Stunden. Plötzlich rumpelte es an der Haustür. In Frage kamen als nächtliche Besucher eigentlich nur der Höck Lukas oder der Grabner Karl – oder beide zusammen. Nächtliche Ruhestörung auf zwei oder drei Schnäpse war ihr »Hobby«. Der Limmer war oft gar nicht einmal unglücklich über die Störung.

Er öffnete die Tür und sah sich einem Mannsbild gegenüber, das der Regen vom Scheitel bis zur Sohle aufgeweicht hatte. Der Kerl sah gespenstisch aus, umso mehr, als er in schallendes Gelächter ausbrach, da der Limmer Georg so verdutzt dreinblickte. Der Lodenmantel reichte ihm bis fast zu den Knöcheln, und der Filzhut war so groß, dass er die Hälfte der Ohren abbog, sodass sie fast rechtwinklig vom Schädel abstanden.

Der Mensch kam nicht mit leeren Händen. Er hatte Gepäck bei sich, ganz so, als wolle er sich für längere Zeit einmieten. Bei genauerer Betrachtung identifizierte der Limmer einen Zitherkasten in der Linken, ein Futteral, vermutlich mit Trompete, in der Rechten und auf dem Rücken, mit zwei breiten Schulterriemen befestigt, die Hülle einer Ziehharmonika.

»Nix für unguat«, lachte der durchnässte Mann. »Wenn du da Limmer bist, nacha bin i da Gstettner Toni von Bergham. Mia ham a bisse Musi g'macht, drob'n in Riederau. Und weil mia mei Karr'n varreckt is, muaß i z' Fuaß hoam geh. Na hab i mia denkt: Beim Limmer brennt a Licht. Schaug'st vorbei. Is ja wichtig, dass i di kenna lern. Oda net?«

Der Limmer schluckte: »Und deine Instrumente. Wieso schleppst die denn mit dir im Regen herum?«

»Weil die ganze Welt volla Verbrecher is. Und oana vo dene knackt bestimmt mei Auto und nimmt ois mit. Aba meine Instrumente sind mei Leb'n. Und auf sei Leb'n soll ma aufpass'n wia auf nix auf der Welt.«

Wieder lachte der Gstettner, und er gefiel dem Limmer. Der Toni war inzwischen in den Hausgang gestolpert, weil er nicht mehr ganz nüchtern war, stellte seine Instrumente auf den Boden, auf dem sich sogleich eine Vielzahl kleiner Bäche bildete. Er schälte sich aus seinem nassen Lodenmantel, stülpte seinen Hut über den Garderobenhaken und setzte sich mit einem wohligen Grunzen an den warmen Kachelofen.

Der Limmer goss zwei Obstler ein. Er fand es schön, dass ein Fremder, den er nur vom Hörensagen kannte, bei ihm vorbeikam, um ihn kennen zu lernen. Das war neu, weil bislang immer er die Initiative hatte ergreifen müssen, um das Vertrauen der Dörfler zu gewinnen.

Darauf tranken sie noch zwei Obstler. Dann machte der Gstettner plötzlich einen ganz langen Hals und schielte um die Ecke, ins andere Zimmer hinüber.

»Ja Kruzefix. Mia san ja Kolleg'n«, sagte der Toni, und freudig erregt deutete er auf ein Klavier, auf dem der Limmer Georg gelegentlich mit recht mäßiger Meisterschaft spielte.

Der Toni wackelte ins andere Zimmer hinüber und setzte sich an das Instrument.

»Geh, spiel halt was«, munterte ihn der Limmer auf.

»Hm, hm«, brummelte der Gstettner und schlug mit seinen mächtigen Pratz'n ein paar Akkorde an. Doch es lief nicht so, wie er es sich vorgestellt hatte. Missmutig rutschte er auf dem Drehsessel herum, beugte sich ganz tief zur Seite, sodass sein Körper parallel zur Klaviatur zu liegen kam, und versuchte es abermals mit der rechten Hand, wobei er sich mit der Linken vom Boden abstützte. Er machte ein todernstes Gesicht, und der Limmer überlegte schon, ob der Toni möglicherweise einen Defekt am Instrument entdeckt hatte, der ihm bislang entgangen war. »Was hast denn, Toni?« fragte der Limmer. »Stimmt mit dem Klavier irgendwas nicht?«

»Mit dem Klavier stimmt alles«, raunzte der Gstettner, »bloß hab i no nia auf am Klavier g'spuit. Auf da Quetsch'n san de Tast'n senkrecht und aufm Klavier sans waagrecht. Jetzt kimm i ins Schleudern.«

Das war's also. Mit seinen Verrenkungen wollte der Toni nur jene Position erreichen, die er sonst beim Spiel mit der Ziehharmonika einnahm. Die Tasten mussten senkrecht sein!

Plötzlich sprang der Toni auf, schob den Sessel zur Seite, kippte das Klavier, das mit knapp 150 Kilo nur ein Fliegengewicht unter den Klavieren war, auf die Schmalseite, sodass die Klaviatur senkrecht zu stehen kam. Dann kniete er sich hinter dem Klavier auf den Boden und begann zu spielen. Das alles war so schnell gegangen, dass der Limmer auch keine Chance gehabt hatte, den Kraftakt des Gstettner Toni zu verhindern.

»Du ruinierst mir noch mein Instrument«, klagte der Limmer.

»Dann müsst mei Ziehmusi scho lang kaputt sein. Die steht scho seit zwanz'g Jahr aufm Kopf«, lachte der Toni, und im selben Moment begann er sein hinreißendes einhändiges Spiel, während er die Linke, mit der er nichts anzufangen wusste, in seinem Hosensack vergrub.

»Gott mit Dir, du Land der Bayern«, spielte er, danach Walzer, Märsche und allerlei Liedgut aus seiner bayerischen Heimat. Und es gelang ihm wie selten zuvor. Fast eine halbe Stunde spielte er, und ab und zu jauchzte er schrill und war sehr stolz auf seine Erfindung, das »hochkant stehende Ziehharmonikaklavier«.

Als er genug hatte, stand er auf und brachte das Klavier in seine ursprüngliche Position zurück. Ganz behutsam machte er das, weil er ja wusste, wie man mit Instrumenten umzugehen hatte. Dann setzte er sich wieder auf die Ofenbank, rieb sich vergnügt die Hände, verlangte noch einen letzten Obstler und kippte ihn mit einem Schnapper hinunter.

Inzwischen war es fast fünf Uhr morgens. Und weil der Regen aufgehört hatte, entschloss sich der Gstettner Toni, den Heimweg zu Fuß zurückzulegen, obwohl ihm der Limmer Georg angeboten hatte, ihn nach Hause zu fahren.

»Nix da«, wehrte der Toni ab, »du gehst jetzt ins Bett, und i geh jetzt hoam, weil i nacha genau recht zur Stallarbeit kimm. Und zuvor spui i no meim David dös schöne Lieadl von de brav'n Küh mit de dick'n Euter. Aufm Kornett spui i dös, weil dös da David so gern mog.«

»Und wer ist dein – David?« fragte der Limmer mehr aus Höflichkeit als aus Interesse, denn er war hundemüde.

»Der David is mei Stier«, sagte der Gstettner Toni, schulterte seine Ziehharmonika, packte mit der Rechten die Zither, mit der Linken das Kornett, nuschelte noch ein »Vergelt's Gott für den Schnaps« und wackelte die Dorfstraße hinunter, Richtung Bergham. Der Limmer blickte ihm nach, bis er im trüben Licht der Morgendämmerung in den Wald eintauchte. Dann legte er sich ins Bett, und bevor er einschlief, dachte er, dass es schön sei, in diesem Dorf zu leben und zu arbeiten.

»Auf sei Leb'n soll ma aufpass'n wia auf nix auf da Welt«, hatte der Gstettner Toni dem Limmer Georg in jener Nacht ans Herz gelegt. Doch schon bald wurde offenbar, dass es doch nur so dahergesagt war. Einen Tag nach Dreikönig, am 7. Januar, verfehlte der Gstettner Toni eine Rechtskurve. Er war nicht einmal schnell gefahren, aber doch schnell genug, um sich das Genick zu brechen. Er hatte mit ein paar Freunden im Wirtshaus von Riederau musiziert und mehr getrunken, als für ihn gut war. Als ihn der Stiller Sepp, ein Jäger aus dem Spechtinger Nachbarrevier, in den Trümmern seines Autos fand, war der Toni schon tot. Der Kofferraumdeckel am Heck stand sperrangelweit offen, und daneben lagen im Schnee drei schwarze Kasten; sie sahen aus wie drei kleine schwarze Särge. Darin waren eine Ziehharmonika, eine Zither und ein Kornett.

Wo die Natur den Rhythmus des Lebens und der Arbeit bestimmt, ist der Tod die einzig bemerkenswerte Abwechslung. Deshalb war das Sterben im Dorf seit jeher von einer seltsamen Bedeutung. Es hatte nichts Apokalyptisches, nichts Furchterregendes, nichts, wovor einem graute. Die Lücken, die ein Verstorbener hinterließ, blieben ohne Nachwirkung, weil man ihn in Geschichten – in wahren und unwahren – einfach weiterleben ließ. Auch war die Familie eines Dahingeschiedenen meistens so vielköpfig, dass die Arbeit auf dem Hof nur selten ernsthaft gefährdet wurde. Irgendwie ging es immer weiter. Dass es meistens die »Besten« zuvorderst erwischte, lag wohl daran, dass die sich aus dem Sterben nicht allzu viel machten und dementsprechend sorglos, bis hin zur Fahrlässigkeit gelebt hatten. Wie der Gstettner Toni, der zu Lebzeiten nie auf die Idee gekommen wäre, dass er sich im Rausch einmal das Genick brechen könnte.

»Wenn's dich erwischt, dann erwischt's dich eben«, war sein Wahlspruch gewesen, und er hatte natürlich Recht behalten.

Wie es seit jeher der Brauch war, schaufelten die Nachbarn das Grab, in dem der Toni zur letzten Ruhe gebettet werden sollte. Der Grabner Karl, der Inglfinger Korbinian und der Einhauser Kaspar hatten sich zu diesem letzten Freundschaftsdienst bereit erklärt, und der Gstettner Toni brachte die drei noch als Toter zum Schwitzen. Der Boden war knochenhart, und der Grabner zog schon eine Sprengung mittels Dynamit in Erwägung, als er in eineinhalb Meter Tiefe auf besonderen Widerstand stieß. Es war das Skelett vom *alten* Gstettner, der bereits seit 25 Jahren im Familiengrab lag.

»Aha«, sagte der Grabner und stützte sich nachdenklich auf den Schaufelstiel. »Der oide Gstettner is ganz schön mager word'n.«

»Aba genau so zäh wia früher is a scho no«, lachte der Korbinian, der den alten Gstettner gut gekannt hatte.

Die neue Situation erforderte von den dreien eine längere Denkpause. Das Skelett in seinen Einzelteilen freizulegen, wäre einer archäologischen Filigranarbeit gleichgekommen, was bei dem harten Boden wohl mehrere Tage in Anspruch genommen hätte.

Der Grabner Karl, der in schwierigen Situationen ein Freund rascher Entschlüsse war, packte eine Schaufel, sprang in das offene Grab und murmelte:

»Muasst scho entschuldig'n, Xaverl, aba jetzt flieg'n glei d' Fetz'n. Morg'n braucht da Toni dös Grab, dös muasst scho versteh'n.«

Dann schaufelte der Grabner die harte Erde und das, was vom alten Gstettner Xaver übrig geblieben war, auf einen Schubkarren, und der Inglfinger Korbinian machte sich mit der Ladung auf den Weg zur Friedhofsmauer, wo Schutt und Kompost gelagert wurden. Bevor er die Erde und alles andere auf den Haufen kippte, klagte der Korbinian voller Mitgefühl:

»O mei, Xaverl, da bist a Zeit lang beschäftigt, dass deine Knocha bis zum Jüngst'n G'richt wieder alle beinand hast.«

Und damit kippte er den alten Gstettner samt der Erde an die Friedhofsmauer.

Epilog

Eine dampfende, gewittrige Nacht lag über Spechting. Georg Limmer saß immer noch am Fenster in der kleinen Kammer beim Wirt und starrte unverwandt in jene Richtung, wo sein Hof in Schutt und Asche lag und wo sein Traum binnen weniger Minuten zu nichts verbrannt war. Der Limmer war inzwischen sehr betrunken. Die Schnapsflasche, die er nach der Katastrophe der Höck Maria abgekauft hatte, war längst geleert. Über der Straße, auf den frisch gemähten Wiesen zirpten die Grillen. Eine eigentümliche Sanftheit lag über dem Dorf. Der Limmer war zu benommen, um einen klaren Gedanken zu fassen. Für einen Augenblick dachte er an Selbstmord, nicht ernsthaft zwar, aber es war das Einzige, wozu er sich angesichts seiner derzeitigen Verfassung in der Lage fühlte. Er legte seinen Kopf auf das Fensterbrett und weinte. Wie in einem Film hatten sich die Bilder der letzten Jahre, sein Leben mit den Bauern, die Episoden und die Verrücktheiten seiner beiden Freunde aneinander gereiht. Kein Tag war wie der andere gewesen. Er hatte die Spröde der Bauern kennen gelernt, sich durch Ablehnung und Vorurteile hindurchgebissen. Und er war gar kein schlechter Bauer gewesen. Sogar ein Platz auf dem Friedhof war ihm versprochen worden, und von dem Tag an hatte er sich in guten Händen gewusst. Doch das war vorbei. Das Donnern und Rumoren der Baumaschinen weckte den Limmer schon zeitig. Eine Planierraupe kippte die verkohlten Trümmer »seines Hofs« auf zwei große Lastwagen. Der Limmer kleidete sich an und ging hinüber. Andreas Bierbichler, der Besitzer, stolzierte in hüfthohen Fischerstiefeln wie ein zu dick geratener Kranich über das Trümmerfeld und gab seine Anweisungen.

Als er den Limmer bemerkte, ging er auf ihn zu und strahlte mit glühenden Backen:

»Gut'n Morgen, Herr Limmer. Gut g'schlaf'n?«

»Es geht«, antwortete der Limmer.

»Heut Abend is alles weg. Dann ham wir a fein's Platzerl zum Bau'n«, sagte der Bierbichler und rieb sich vergnügt die Hände.

»Und was wollen Sie bauen, wenn ich fragen darf?«

Georg Limmer hatte ein schlechtes Gefühl.

»Ja, hm. Dös is net so einfach zu erklär'n. Dös is sogar recht schwer zum Erklär'n. I bau an neuen Hof. Aber …«

»Was aber …« unterbrach ihn der Limmer.

»Aber den Hof kriegt der Wurmdobler Xaver, dös heißt: Sei älteste Tochter kriagt den Hof, weil die heirat'n möcht. Und dahoam kanns net bleib'n.«

Der Limmer glaubte zu träumen.

»Aber unser Vertrag«, brüllte er, und am liebsten hätte er den feisten, hinterfotzigen Kerl über die verkohlten Schutthaufen geprügelt.

»Ganz ruhig bleib'n, Herr Limmer. Unser Vertrag gilt bloß für dös alte Anwesen. Von am neuen Hof steht da nix drin. So schaugt's aus.«

Maßlose Wut überkam den Limmer. Wie wild geworden stürzte er sich auf den kugeligen Kerl, packte ihn mit der einen Hand am Kragen und überschüttete ihn mit einer Salve von wechselweise vor- und rückhändig geschlagenen Maulschellen. Dabei schrie er mit überschnappender Stimme, und sein Gesicht war weiß wie die Bettlaken, die beim Lehmann auf dem Balkon flatterten: »Du Dreckskerl, du verdammter! Du Halsabschneider! Mistsau, verkommene!«

Und zum Abschluss seines Strafgerichts versetzte der Limmer dem Bierbichler einen gewaltigen Tritt in den Hintern, dass der kopfüber in einen verkohlten Heuhaufen flog. Der Planierraupenfahrer hatte wie angewurzelt in seiner Glaskabine gesessen und gebannt zugesehen.

Als sich der Bierbichler wieder aufgerappelt hatte, trat er ein paar Schritte zurück, fuhr sich mit der Hand über das rußgeschwärzte Gesicht und drohte:

»Limmer, dös wird dir no Leid tun. Dös gibt an Ärger. I schwör's dir.«

Der Limmer, außer sich vor Zorn, setzte gerade zum Sprung an, um dem Bierbichler eine weitere Abreibung zu verpassen, als ihn eine kräftige Hand am Arm packte. Es war der Luk.

»Schluss, Girgl. Dös reicht. Du machst doch alles bloß no schlimma, Hirsch, damischer.«

Der Limmer befreite sich aus der Umklammerung seines Freundes, drehte sich um und ging hinüber zur Wirtschaft. Der Höck Lukas folgte ihm.

Hinterm Wirtshaus legte sich der Limmer ins Gras, verschränkte die Hände unterm Kopf und atmete tief durch. Der Luk setzte sich neben ihn, und dann kam auch noch der Grabner Karl dazu.

»He! Limmer! I hab was für di!«

Dabei schwenkte er einen Zeitungsausschnitt, wie damals, als die Zwangsversteigerung des Horlacher-Anwesens angekündigt wurde.

»Was hast'n da?«, fragte der Luk. Der Limmer starrte teilnahmslos in den Himmel.

»In Weiding verpacht'ns a Landwirtschaft. Net groß, aba zum Leb'n tuat's es. Fuchzehn Stuckl Viech, Maschina san a dabei, und an Bergblick hast a no. War dös nix für di?«

Der Limmer stützte sich langsam auf die Ellenbogen. In seinen blauen Augen war ein eigentümlicher Glanz.

»Ich weiß, Karl, du meinst es sicher gut mit mir. Aber ich mag nimmer. Und ich kann auch nimmer. Es ist aus und vorbei.«

»Geh, Girgl. Was hast denn Narrisch's? Dös kann doch jed'n Baur'n passier'n, dass sei Hof abbrennt. Und jeda richtige Baur wird sein Hof wieder aufbau'n, und wenn a zehnmoi abbrennt.«

Der Karl hatte sich jetzt zu den beiden ins Gras gesetzt.

»Hast ja Recht, Karl«, sagte der Limmer mit tonloser Stimme. »Hast sogar sehr Recht. Jeder *richtige* Bauer würde nie aufgeben. Aber ich bin kein *richtiger* Bauer, und ich werd auch nie einer werden. Ich bin halt ein ›Stadtfleck‹, und ich bin nicht aus eurem Holz geschnitzt. Ich hab' mir die ganzen Jahre nur was vorgemacht. Ich hab' gedacht, man könnte seine Haut wechseln wie einen Lodenmantel. Es geht nicht, glaub's mir.«

Der Grabner und der Höck sahen sich betroffen an. Sie sagten nichts. Der Limmer Georg stand auf, packte